中国古典文学
读本丛书典藏

袁枚诗选

王英志 选注

人民文学出版社

图书在版编目(CIP)数据

袁枚诗选/王英志选注. —北京:人民文学出版社,2021
(中国古典文学读本丛书典藏)
ISBN 978-7-02-016163-8

Ⅰ.①袁… Ⅱ.①王… Ⅲ.①古典诗歌—诗集—中国—清代 Ⅳ.①I222.749

中国版本图书馆 CIP 数据核字(2020)第 041803 号

责任编辑	徐文凯
装帧设计	陶 雷
责任印制	王重艺

出版发行	人民文学出版社
社　　址	北京市朝内大街 166 号
邮政编码	100705
网　　址	http://www.rw-cn.com
印　　刷	三河市鑫金马印装有限公司
经　　销	全国新华书店等
字　　数	229 千字
开　　本	880 毫米×1230 毫米　1/32
印　　张	9.875　插页 3
印　　数	1—6000
版　　次	2009 年 1 月北京第 1 版
印　　次	2021 年 3 月第 1 次印刷
书　　号	978-7-02-016163-8
定　　价	36.00 元

如有印装质量问题,请与本社图书销售中心调换。电话:010-65233595

目　录

序　1
前言　1

钱塘江怀古　1
琵琶亭　2
同金十一沛恩游栖霞寺望桂林诸山　2
别常宁　6
黄鹤楼　7
题柳毅祠　7
汉江遇风　8
黄金台　9
举京兆　11
释褐　12
入翰林　12
陇上作　13
新燕篇　15
西施(二首选一)　16
张丽华(二首选一)　17
意有所得辄书数句(四首选一)　18
改官白下留别诸同年(四首选一)　19
良乡雾　20
落花(十五首选一)　21

1

抵金陵(二首选一) 22

谒长吏毕归而作诗(二首选一) 23

苦灾行 24

淮上中秋对月 27

署中感兴 28

捕蝗曲 28

留须 31

征漕叹 32

分校 36

李昌谷有《马诗二十一首》,余仿之作剑诗(二十二首选二) 38

沭阳移知江宁,别吏民于黄河岸上 40

府中趋 41

扬州回泊燕子矶登亭望雪(二首选一) 43

偶见 43

晚坐 44

春日郊行 45

元旦后二日过牛首宿丛云楼(二首选一) 45

挂冠(四首选一) 46

洲上寄南台 47

浴 48

解组归随园(二首选一) 48

归家即事 49

正月十七夜 54

江中看月作 55

芰竹 56

偕香亭、豫庭登永庆寺塔有作 57

读书(二首选一)　57

宿白土不寐　58

好作古文苦无题目,寻春辄不如意,戏题一首　59

老将行　59

七月二十日夜　61

杂诗八首(选二)　61

南楼观雨歌　65

水西亭夜坐　68

对日歌　70

葛岭遇雪　71

元夕过关山岭雪不止　71

大风过凤阳　72

茅店　73

峡石望二陵　74

沙沟　74

山泥　75

阌乡道中　75

寄聪娘(六首选二)　76

马嵬(四首选一)　77

登华山　78

古意(四首选二)　80

再题马嵬驿(四首选一)　81

边歌　82

温泉　83

归随园后陶西圃需次长安,入山道别(三首选一)　83

山居绝句(十一首选二)　84

以琴与古林禅师易竹　85

雨　86

雨后步水西亭　86

瘦梓人诗　87

南楼独坐(二首选一)　88

题竹垞《风怀》诗后有序　89

买梅　91

白衣山人画梅歌赠李晴江　91

登最高峰　93

削园竹为杖　95

秋夜杂诗并序(十五首选一)　95

病起六首(选一)　97

午倦　97

夜过借园见主人坐月下吹笛(二首选一)　98

即事　99

编得(二首选一)　99

还武林出城作(二首选一)　100

过葵巷旧宅　100

题柳如是画像　101

咏钱(六首选一)　105

偶然作(十三首选三)　106

书所见(六首选一)　108

客至　109

投郑板桥明府　110

推窗　111

子才子歌示庄念农　111

春日杂诗(十二首选二) 118

哭三妹五十韵 119

起早 126

明月 126

剑 127

夜立阶下 127

除夕望山尚书赐荷囊、胡饼、鹿肉,戏谢四绝句(选一)
　　128

自嘲 128

九月十一日夜 129

偶作 130

送鱼门舍人入都(四首选一) 130

嫁女词四首(选一) 131

早开梅冻伤矣,慰之以诗 133

春日杂诗(十二首选二) 134

虎丘悬一鱼头,长三丈,询其被获情节,为作巨鱼歌　135

小仆琴书事我有年,今年赎券去,跪辞泪下,作诗
　　送之 136

苔 137

病中赠内 138

偶作五绝句(选一) 138

雨过湖州 139

题史阁部遗像有序(四首选二) 139

除夕读蒋苕生编修诗即仿效其体奉题三首(选一) 142

二月十六日苏州信来,道孀女病危,余买舟往视,
　　至丹阳闻讣 144

续诗品三十二首(选四) 145

落日 150

渡江大风 150

还杭州五首(选二) 151

在邓尉忆家中梅花,莞然有作 153

苦旱 154

鸡 154

升沉 155

题宋人诗话 155

所见 157

玩月 157

谒岳王墓作十五绝句(选三) 158

施将军庙 160

湖上杂诗(二十一首选二) 162

谢赵耘松观察见访湖上,兼题其所著《瓯北集》(二首
    选一) 163

西湖小竹枝词(五首选一) 164

自题 165

遣兴杂诗(七首选一) 165

仿元遗山论诗(三十八首选一) 166

新昌道中 167

斑竹小住 168

从国清寺到高明寺看一路山色 168

山行 170

黄岩道中 170

观大龙湫作歌 171

卓笔峰(二首选一) 174

山行杂咏(六首选一) 174

看山有得作诗示霞裳 175

太白楼 176

从慈光寺步行穿石洞上木梯到文殊院 177

土人能负客游山者号曰"海马",作歌赠之 178

悼松 181

小心坡 183

品画 184

登小姑山 184

从端江到桂林,一路山水奇绝,有突过天台、雁荡者,赋六言九章,恐未足形容,终抱歉于山灵也(九首选二) 185

独秀峰 186

舟中遣怀四首(选一) 187

兴安 188

日日 189

新正十一日还山(六首选一) 189

遣怀杂诗(二十四首选一) 190

哭蒋心馀太史(二首选一) 191

憎蝇 192

渔梁道上作六绝句(选一) 192

在舟中回望天游一览楼已在天上 193

雨过 193

春日偶吟(十三首选二) 194

对书叹 195

庚戌春暮寓西湖孙氏宝石山庄,临行赋诗纪事(十二首

选一)　196
遣兴(二十四首选四)　197
纸鸢　199
高青士、左兰城两生远送江口,依依不舍,不能无诗
　　(二首选一)　200
成败　200
二闺秀诗　201
重阳　202
笔不老　203
记得　204
歌者天然官索诗(二首选一)　204
嘲守岁者　205
杂书十一绝句(选二)　206
示儿(二首选一)　207
诗城诗(四首选二)　207
病剧作绝命词留别诸故人　209
再作诗留别随园　210

[附录]
袁枚传记(选四种)　212
随园先生年谱　方濬师编纂　王英志校注　217
袁枚年谱简编　王英志撰　240
袁枚评论　270
一览表(二种)　王英志编制　280
我与袁枚的因缘　王英志　284

后记　289

序

刚读过王英志同志《袁枚诗选评》的《前言》，我的脑际不禁浮现起三十年前的往事。这段往事说明这位性灵派大师之于我是亲切的，1955年高校系科调整，我和江苏师院中文系全部师生浩浩荡荡地从苏州转到南京师院（现为南京师大）来。而南京师院校园恰恰位于袁枚随园的旧址。袁枚是我早已为之心折的诗人。虽说我个人写旧诗的路子略近于王渔洋而远于袁才子，但从时代的弄潮儿来说，我对他是敬仰的。他迸绝封建桎梏，追求个性自由，承传和发扬了晚明文艺启蒙运动消沉已久的遗绪，对晚清的地主开明派、资产阶级改良派，以至资产阶级革命派的真性情论，一直都起了开拓作用。出于这一种敬仰之情，刚安排好住处不久，我就走到寓所偏南不远的随家仓广场去凭吊遗址。作为随园的历史见证，仅仅留下茕然孤立的一块石碑了，上面刻着"清袁随园先生墓道"八字。暮色苍茫，归鸦点点。我沉吟四顾了一番，什么都没有了。诗人诗文中欣然为之点染的什么"随其夹涧为之桥，随之湍流为之舟"，什么小栖霞，什么"二十四景"，一切一切，园林的胜迹，都化为诗人笔底的菁英，成为我们今天的心灵供养。

在随园故址教书，在随园故址安家，在缅怀诗人謦欬的同时，我感到袁枚对我吸引力最大的是崇尚人情、揣摩人情、珍惜人情、歌咏人情，而"尊情"亦即合理。他这一种文艺思想的核心，分明是从明代李贽、汤显祖和公安派三袁承传而来的，顺乎时代的潮流，得到东南沃土的孕育，在晚明的春雷一度发生强烈震撼后，追求个性的自由和解放的星星火花，只留下一些小说和戏曲了。由于生产力破坏而带来的市民经济枯竭，人性、人情的呼声早已转为低沉。在诗文领域中,出现像袁枚这样强烈的反儒传统和人性复苏的光彩,不能不说是十分珍贵了。

为了勾画下作为中国市民经济和资本主义嫩芽的文艺奇葩,为了探索晚明之后文艺思潮究竟是体现为一段什么样的流程,我近年来经常注意与此有关的一系列问题。我写下了几篇有关这方面研究的文章,还初步考虑了一个整体的构制,也许可以不揣冒昧地写成一本《中国文艺启蒙思潮》吧。那么,在这本书中,为十八世纪初期个性复苏的人唱赞歌,我是不会忘记几乎是同时的文坛双星——曹雪芹和袁枚的。

出于这种心情的我,读到《袁枚诗选评》后的高兴是可想而知的。大约是三十年代,我曾经读过一本薄薄的《袁蒋诗选》,但作为袁氏专集的诗选还不曾见过,更不必说用马克思主义文艺观点去选评的了。英志同志的这一手笔,确乎是嘉惠士林,而对我的从文艺启蒙角度来写历史说来,更是大有启迪了。

去粗取精,是要有眼力的。要能从四千多首诗篇中,探龙取珠,斟酌各篇特点,阐发它们的思想或艺术的优长,移步换形,互不雷同,谈何容易!特别是在"点评"中,能联系袁枚的性灵说作为印证,力求创作与理论相结合,这对读者就更有帮助,使他们对诗歌的意蕴和技法的领略更为深化。英志同志研究古代文论有素,而于子才性灵说又早有专门著述。在这点上,对于我们的心灵中的"随园"任导游之职,是更多一层有利的条件的。

让我们从选评者的指引中走进这一位"不失其赤子之心"(《随园诗话》卷三)诗人的心灵世界吧。鄙视道学之情,流连山川风物之情,离别相思之情,特别是哀悼骨肉和亡友的沥血之情,因为"得其真"(《寄程鱼门之五》)而深深印着自我,孕育了一切出自肺腑的诗篇。精华所在,都成为我们深切领悟这一位性灵派大诗人的绝妙印证了。

可以保证,我们这次的心灵漫游,不会漏去任何一个非游不可的、代表性的佳景,而且是可以获得此中佳趣的,因为我们很幸运,有这么一位杰出的导游者。

吴调公
1986.9.10

前 言

一

袁枚字子才,号简斋,一号存斋,因居于江宁(今南京)小仓山随园,世称随园先生,晚年亦自号仓山居士、随园老人、仓山叟。浙江钱塘(今杭州)人,祖籍浙江慈溪。

袁枚于清康熙五十五年(1716)三月诞生于钱塘县东园大树巷(见《随园诗话》卷十)。嘉庆二年十一月十七日(1798年1月3日)卒于小仓山随园(见姚鼐《袁随园君墓志铭并序》)。综观袁枚一生行状,可明显划分为三个时期:康熙五十五年至乾隆四年(1716—1739)为学习与求仕时期;乾隆五年至十三年(1740—1748)为步入仕途与从政时期;乾隆十四年至嘉庆二年(1749—1797)为归隐赋闲与集中精力创作著述时期。

袁枚于乾隆文坛素有"奇才"、"豪才"之称,与赵翼、蒋士铨并称"三大家",为乾隆诗坛盟主、性灵派主将。袁枚主要著述计有:《小仓山房文集》三十五卷,《小仓山房外集》(骈文)八卷,《小仓山房诗集》三十七卷,《补遗》二卷,《随园诗话》十六卷,《补遗》十卷,《小仓山房尺牍》十卷,《随园随笔》二十八卷,《新齐谐》(又名《子不语》)二十四卷。此外还有《袁太史稿》、《牍外馀言》、《随园食单》等,真是"著作如山,名满天下"(钱泳《履园谭诗》)!

作为一个封建文人,袁枚的人品与生活态度都有其阶级烙印,为人所訾议,是顺理成章的。但其哲学思想、伦理观念等都有高出时俗之处。清代统治者为了加强思想控制,大力推行程、朱理学,在思想界形成了"非朱子之传义不敢学,非朱子之家理不敢行"(朱彝尊《传道录序》)的局面。同时,又辅以文字狱的高压政策,迫使知识分子埋头于训诂考据,汉学因之而兴盛。但袁枚却决然采取了鄙视汉学、反对理学的立场:"郑、孔门前不掉头,程、朱席上懒勾留。"(《遣兴》之一)宋理学鼓吹"存天理,去人欲",袁枚则反驳说:"天下之所以丛丛然望治于圣人,圣人之所以殷殷然治天下者,何哉?无他,情欲而已矣。老者思危,少者思怀,人之情也……好货好色,人之欲也。"(《清说》)肯定了人之有情欲的合理性。他还否定了"性善情恶"说,尊重"惟情自适"(同上)的自然真情,都是有识之见。对汉学考据,袁枚亦从理论上进行了批判。首先,他认为考据的对象"六经"就值得怀疑,"惟《论语》《周易》可信,其他经多可疑"(《答定宇第二书》),以动摇考据学赖以安身立命的基础。其次,又指出穷经考据"多附会,虽舍器不足以明道"(《答惠定宇书》),又否定了其本身的价值。袁枚的人生观原本入世,但当尝尽"为大官作奴"(《答陶观察问乞病书》)之苦而脱离官场后,亦就满足于"安居以适性,覃思以卒业"(《答朱竹君学士书》)的生活,转向任随自然的思想情趣。这其中自然有逃避现实的因素,上述思想对其诗歌创作都有积极与消极的影响。①

蒋子潇《游艺录》指出:"乾隆中诗风最盛,几于户曹、刘而人李、杜,袁简斋独倡性灵之说,江南北靡然从之。"袁枚首先是以倡导性灵说诗论的诗论家身份载入中国文学史的。性灵说是在当时社会经济中资本主义因素活跃的背景下发生的;它与袁枚反对理学、鄙视汉学等思想亦是密切相关的。性灵说又是在前人有关"性灵"的美学思想的基础上加以发展扩充的。它远绍南北朝锺嵘《诗品序》"陶性灵,发幽思"、"吟咏性情"、"自然英旨"等思想,故袁枚《仿元遗山论诗》诗批评翁方纲有"抄到锺嵘《诗品》日,该他知道性灵时"之说;它近承晚明李

---

① 关于袁枚的思想详参拙著《袁枚评传》第八至第十章,南京大学出版社2002年版。

赞"童心"说(见李贽《童心说》)、公安派"独抒性灵,不拘格套"说(见袁宏道《叙小修诗》),因此时人称之为袁中郎(宏道)后身。总之,袁枚远搜博取,发扬光大,使"性灵"之说由简单而丰富,由零碎而系统,进入了比较完备的理论形态。

袁枚倡导性灵说诗论,主要是与诗坛流行的拟古格调说及以考据为诗等形式主义诗风相抗衡,它阐述了诗歌创作的某些艺术规律,于促进清代诗歌的发展具有积极的作用。关于袁枚性灵说的内涵,学术界看法不尽一致,我在三万馀言硕士论文《袁枚"性灵说"内涵新探》(收入拙著《清人诗论研究》,江苏古籍出版社1986年版)尝这样说:

> 性灵说的理论核心是从诗歌创作的主观条件的角度出发,强调创作主体必须具有真情、个性、诗才三方面要素。在这三块理论基石上又生发出:创作构思需要灵感,艺术表现应具独创性并自然天成;作品内容则以抒写真情实感,表现个性为主,感情所寄寓的艺术形象要灵活、新鲜、生动、有趣;诗歌作品宜以感发人心,使人享受美感为其主要功能等艺术主张。相反,则须反对束缚性灵的"诗教"功利观及规唐模宋的拟古作风;亦反对以学问代替性灵,堆砌典故的考据诗,但并不排除诗歌创作应辅以学问与人功。

此看法,我至今没有改变。

二

袁枚《小仓山房诗集》现存其自21岁至82岁所写古今体诗4484首①,

---

① 据笔者主编的《袁枚全集》本《小仓山房诗集》,江苏古籍出版社1993年初版,1997年再版。据笔者编纂校点的《袁枚全集新编》则搜集增补了七百来首,见浙江古籍出版社2015年版。

这些诗大多体现了其性灵说对作品的美学追求，可称为性灵诗。袁枚诗歌的思想意旨丰富多彩，概括言之，可分为四个方面：一曰狂放之性，二曰风雅之怀，三曰真挚之情，四曰闲适之趣。

袁枚自幼因是家中长孙、独子，备受祖母宠爱，其母慈和端静，对他从不答督，其父则长年外出。因此袁枚得以发展天性，较少受到封建礼教的束缚，培养成一种自由独立的性格。而客观上晚明反叛传统的精神犹有馀响，对袁枚有潜移默化的影响（尽管他本人未必承认）。这都使他产生轻视传统观念、追求个性解放的思想。在诗中则表现为一种狂放的个性、一种不羁的激情。因此抒发狂放之性是袁枚诗歌的组成部分，特别在早期作品中更为明显。

袁枚的抒发狂放之性的作品主要体现为两类：一类是直摅胸臆，一类是借吟咏景物表现。

直摅胸臆是直接表达其自由狂放、唯我所适的个性，毫不温柔敦厚、含蓄蕴藉。例如，乾隆十四年（1749）袁枚辞官不久，作《偕香亭、豫庭登永庆寺塔有作》诗，就直接抒发了摆脱世俗羁绊，向往自由的个性，真是何其快哉！其《子才子歌示庄念农》诗则更是一篇披怀的个性宣言，值得一读，是袁枚思想解放、心怀坦荡、具有狂放个性的表现。《遣兴》诗之一则明确表白自己的思想倾向与志趣："郑、孔门前不掉头，程、朱席上懒勾留。一帆直渡东沂水，文学班中访子游。"清代乾隆时期盛行汉学考据，宣扬程朱理学。此诗却毫无隐晦地表明自己的观点，无所顾忌地抨击程朱理学与郑孔汉学，勇气非凡。

袁枚又常在景物诗中借描写自然山水以映衬自我形象，烘托独特的气质个性，高扬诗人的主体意识。如诗人于乾隆元年（1736）赴桂林省叔父时所写的《同金十一沛恩游栖霞寺望桂林诸山》诗，把桂林"奇山"写得生气勃勃，化为有生命活力的自然之物。而这正是年轻诗人当时狂放的气质个性的表露；而对昔日万千腾踔的"精灵"，此时被"化为石"的奇想与慨叹,则反映了诗人追慕自由的性灵。袁枚于随园所写的观雨景之作《南楼观雨歌》,其描写风、云、雷、电、雨、水,是一支宇宙生命的颂歌,亦是诗人狂放个性与旺盛生命力的迸发。

袁枚诗的风雅之怀涵义之一表现为仁爱之心,这自然是继承了儒家仁者爱人的思想传统。它表现为诗人与百姓休戚相关,乐百姓之乐,忧黎民之忧。特别是百姓遇到天灾人祸之时,诗人更会生出同情的仁爱之心,感同身受。当乾隆八年(1743)江苏沭阳连续发生水旱灾,身为县令的性灵诗人袁枚心痛如割,又束手无策,乃咏《苦灾行》诗。诗不仅实录了灾害肆虐给百姓带来的浩劫,更抒发了诗人面对灾民心急如焚,泄愤于天地的仁爱之心。完全发自诗人"苍生我辈忧"(《寄梅岑》诗四首其三)的仁爱情怀。

袁枚咏史诗亦不乏仁爱之心,如《马嵬》诗四首其二:"莫道当年《长恨歌》,人间亦自有银河。石壕村里夫妻别,泪比长生殿上多!"反映了黎民百姓的可悲命运。体现了诗人的民本思想。诗人的见解深刻,感情亦真挚。

袁枚诗的风雅之怀涵义之二是讽谕之情。这是指通过对社会恶势力的揭露,表现批判与愤恨之情。因为恶是扼杀善的,故其本质与仁爱之怀并无二致。讽谕是仁爱的另一种表现。具有仁爱之心的袁枚不会面对丑恶势力的肆虐而无动于衷。在创作实践中他有相当数量面对历史人物(包括统治者)而借古喻今或正视当代社会弊端发表见解、予以揭露的诗篇,大部分可以纳入讽谕诗范畴。钱振锽《袁枚传》云:"世但知枚以性灵为诗,不知枚以肝胆为文;但知枚有乐天之易,不知枚有史迁之愤。"实乃高见卓识,是真知袁枚者。

首先应该重视袁枚的咏史诗借咏史而"抒自己之怀抱",亦即对社会、人生发表看法,间接反映当代社会弊病。袁枚颇多咏写历代封建帝王之作,但对于帝王并无好感,常发针砭之言,且不无以古喻今之意。

文廷式《琴风馀谈》尝举袁子才诗:"其上感太伸,其下气尽挫。君看汉武朝,贤臣有几个?"认为"语颇有识,不愧风人之旨"。钱仲联师以为此乃影射乾隆皇帝,不为无见。(上引均见钱仲联等:《袁枚和陈衍》,《江海学刊》1995年第1期)又如写于乾隆二年(1737)博学鸿词试失利后的《黄金台》诗是寓意更加明显的一例。袁枚别具只眼,从中还看到了历代统治者都利用人才为个人效劳的目的:"为道昭王今便存,不报仇时台不筑。"

袁枚改官江南知县后,十分关心民生疾苦,为反映水、旱、蝗等天灾给百姓带来的巨大灾难,写下了《苦灾行》、《捕蝗曲》等诗。但是他更着力于把讽谕的锋芒指向人祸。《捕蝗曲》即抨击"苛政猛于虎,蠹吏虐于蝗"的黑暗现实,从而使诗意深化。而《征漕叹》、《南漕叹》等诗则直接揭露贪官恶吏的丑恶嘴脸,与白居易《卖炭翁》、《红线毯》一类讽谕诗的精神一脉相承。

再次,袁枚的咏物诗中亦不乏针砭时弊、揭露世俗丑态的讽谕之作。咏物诗并非单纯为物写生照相,"其妙处总在旁见侧出,吸取题神,不是此诗,恰是此诗"(《随园诗话》卷七),即含有深刻的寄托。袁枚笔下的咏物诗大致可分为两类:一类是寄寓个人性情遭际之作,像《落花》、《咏残雪》即属于作者翰林改官,失意自况的诗;另一类则富有更深广的社会意义,多是针对时代弊端与世态人情而发,价值更高。如《悼松》乃是其咏物诗中的上乘之作。又如小诗《鸡》写"主人"与"鸡"的关系,使人联想到封建社会君与臣、主与奴的欺骗与被欺骗、利用与被利用的关系。

风雅之怀固然属于真性情,但含有社会意义。而称袁枚诗的"真挚之情",乃是指表现个人的性情遭际,属于私人感情领域,不具有深刻的社会意义。其内容自然相当丰富。

首先看袁枚的亲情诗。亲情是人与人之间由共同血缘关系而产生的感情,这种感情具有先天性与伦理性,十分稳固与深厚。无论是父母与子女之间,还是兄弟姐妹之间,甚至其他有血缘关系者之间,多会休戚与共,互相连系着一条关心、思念的感情红线。袁枚乃性情中人,这种亲情又显得格外浓郁。袁枚写了不少乡情与天伦之乐的性灵诗。如《归家即事》、《还杭州》、《过葵巷旧宅》、《还武林出城外》等等,均为脍炙人口之作。袁枚对祖辈与父母怀有深厚感情。如《陇上作》诗是袁枚乾隆四年(1739)考中进士后衣锦还乡,祭奠祖母时所抒写的心曲。父母对子女的疼爱是一种舐犊情深的人性,是世界上最伟大、无私的感情。封建时代由于医学落后等原因,青年丧命乃至儿童早夭的现象经常发生。因此,表现失子丧女之痛的诗常见。此类诗最能显示身为父母的袁枚的真性情。如《哭阿良》诗写父女之情即极感人。手足之情亦是亲情的重要内容之一。嫡亲兄弟姐妹乃至叔伯兄弟姐妹之间关系一般都融洽密切。彼此长期相聚时或许感情显得平常,而于永别之际或久别重逢时,就显得突出。如《哭三妹五十韵》诗堪称催人泪下。它是对封建礼教的牺牲品三妹袁机——一个不幸妇女悲痛的挽歌。《还杭州》诗第二首写与阿姐之久别相逢,亦感慨万千。此时已非复《归家即事》诗所写情景,人事沧桑,恍若隔世。诗写姐见弟之情态,写弟之内心活动,都语语见真情,句句含热泪。

其次,看袁枚的友情诗。人生活于社会中,除血缘关系最为亲密之外,朋友知己亦是重要的人际关系。人需要相互支撑,志同道合、情趣相投者会结下深厚的友情关系。袁枚亲朋好友甚多,与很多人关系亲密。因此,抒发友情自然是其重要创作题材。作者于乾隆元年(1736)从桂林赴京应博学鸿词试,临行作《别常宁》诗,诗写与建立了友谊的叔父家小僮仆常宁分手时的感受。这种突破阶级隔阂的"知己"之感无疑是难能可贵的。袁枚还写有一些悼念亡友之什,更是独抒性灵的佳作。如《哭蒋心馀太史》、《瘗梓人诗并序》。

再次,看袁枚的爱情诗。袁枚的情诗很值得注意。袁枚认为:"且夫诗者,由情生者也。有必不可解之情,而后有必不可朽之诗。情所最先,莫如男女。"对情诗之推崇可谓至矣!基于反道学的思想,他有"目虽贱而真,珠虽贵而伪也"之喻(《答蕺园论诗书》)。即公开表明其抒写真情的情诗乃与矫饰的伪道学相对抗,"借男女之真情,发名教之伪药"(冯梦龙:《叙山歌》)。当然,袁枚的情诗玉石杂陈,时有"放浪亵狎,自命风流"(吴应和等编:《浙西六家诗钞》卷五)之弊。较健康的缘情之作,如《古意》、《寄聪娘》、《病中赠内》、《枫桥有怀》等写男女"必不可解之情",生动细致,缠绵悱恻,具有一定艺术魅力。

袁枚归隐后,无官一身轻,加之度过短期的经济拮据阶段,生活上已无后顾之忧,以著述讲学、隐居林泉、徜徉山水为生活内容。这种生活方式、生活态度与闲适有关。其诗作亦以表现闲适之趣作为重要内容之一。所谓闲适,是指一种精神、心境的状态,即平和恬静,悠闲自在,任随自然,与世无争。这种心境可使人享受到一种超然物外的情趣、乐趣,此乃闲适之趣。袁枚归隐后生活于随园这开放性的大自然之田园林泉的怀抱中,与大自然的接触更密切、更广阔,可以远离尘世喧嚣与俗务干扰,消除内心的苦闷烦恼,进入一种心灵得以平静休憩的境界,从而充分享受到消闲、超脱、忘我的乐趣。袁枚描写因隐居田园林泉中而享受到闲适之趣的作品颇多,如《水西亭夜坐》诗等。

袁枚笔下的自然之物具有灵性,富于情致,表现出诗人对自然的亲情,与自然的和谐,其中亦体现了诗人的闲适之趣。在绝句小诗中景物富于闲适之趣的佳句颇多,如:"几条金线忽摇曳,杨柳比人先觉风"(《春日杂吟》十二首其十二),"轻风刚值吟残春,替我吹翻一页书"(《步山下偶作》),"梧桐知秋来,叶叶自相语"(《夜立阶下》),"花似有情来作别,半随风去半升堂"(《春日杂吟》十二首其一),"青苔问红叶,何物是夕阳"(《苔》),等等,不一而足。其中的自然意象乃诗人以闲适的心境进行审美观照的产物,此所谓"山水以永趣也"(《瞻园小集诗序》),此"趣"即是闲适之趣。

三

袁枚诗可称性灵诗,具有明显的艺术特征。这些艺术特征使袁枚性灵诗歌在乾隆诗坛崇唐模宋的创作风气中别树一帜,独具特色,成为清代诗歌史上绝少依傍,而真正具有自己面目的诗歌。其主要方面表现在选材的平凡、琐细,诗歌意象的灵动、新奇、纤巧,情调的风趣、诙谐,以及白描手法与口语化等。

诗人创作选材的取向与其社会地位、社会环境、生活方式乃至性别、年龄等等都有密切关联。袁枚归隐后,生活在乾隆盛世的江南,没有急风暴雨式的政治动乱,社会比较安定,生活亦颇闲适。除了对百姓的苦乐曾表现出风雅之怀,其目光更多地投向自身,而自身生活在平凡的状态中,无公务缠身,所见亦是琐细的事情,这就决定了其诗歌(主要是纪事类型诗歌)创作于选材上具有平凡、琐细的特点。

所谓选材的平凡、琐细,是指反映人们司空见惯的日常生活素材,多为生活琐事、个人遭际,缺乏深刻的社会意义,但贴近诗人基本的生活状态,显得真实切。这一特点仅从袁枚一些诗歌的题目中就不难看出。如《到家》、《鼠啮戏作》、《留须》、《苦疮》、《削园竹为杖》,等等。诸如此类,所选题材皆囿于家庭、身边,为自身的平凡小事、细枝末节。具体言之,在表现家庭亲情与闲适之趣的纪事诗中,这一选材特点最为突出。袁枚诗选材的平凡、琐细当然有其亲切自然的优点,但亦有走向极端,过于私人化而失诸平庸无聊的弊端。

所谓意象,是诗歌艺术最小的能够独立运用的艺术单位,是构成诗歌意境的基础。意象营造于创作主体的审美构思,是感性的东西经过心灵化的产物。袁枚性灵诗的意象特征尽管比较多样,但其中最突出的特点是灵动、新奇、纤巧。

袁枚性灵诗意象灵动的特征主要体现于景物诗。意象的灵动,是袁枚"笔性灵"(《随园诗话补遗》卷十)的表现,或者说是袁枚的创作灵性、营构才能的表现。所谓"灵动"的含义有二:一是灵,指意象有灵性、有人情味,是人的性灵对象化的结果。它表现为意象的主观化、拟人化。二是动,是指意象之活泼,袁枚所谓"要教百句活,不许一字死"(《答东浦方伯信来问病》诗),动与灵活则呈动态。灵与动既有区别,又有联系,意象的灵与动可以独立表现,亦常同时并存。在袁枚的眼里,自然万物往往是有灵性、有感情之物,可与诗人心灵沟通,甚至物与物之间亦可有感情上的交流。这是袁枚重视感情的"性灵说"诗学思想的一种体现。在袁枚笔下原本无生命的"木然之物"可以赋之以生命、赋之以灵性、情感,变得有人情味,与人关系异常密切。这类诗例颇多。例如:"华清宫外水如汤,洗过行人流出墙。一样温存款寒士,不知世上有炎凉。"(《温朱》)"金、焦知客到,出郭远相迎。"(《渡江大风》)

袁枚性灵诗意象的第二个特点是新奇。这是性灵说诗论主张"超隽能新"(《随园诗话补遗》卷十),反对"描诗者像生花之类,所谓优孟衣冠"(《随园诗话》卷七)的观点在意象营造上的体现。袁枚诗歌独具面目的因素之一即是意象的新颖。这类诗作甚夥,兹信手拈来两例:"帆如云气吹将灭,灯近银河色不红。"(《江中看月作》)"沙起马从云里过,山深天入井中看。人穿三窟悬崖险,地裂千寻大壑宽。"(《阌乡道中》)又如《登华山》诗以动态意象显示出奇特之致,如"身入井"、"影坠巢"、"白日死崖上,黄河生树梢",皆历代华山诗中所未见,正因为意象奇,才写出华山之险绝。

袁枚性灵诗意象第三个特征是纤巧。这与其性灵诗选材琐细的特点相辅相成。所谓纤巧是指意象的细微、小巧。善于营造纤巧的意象，反映了诗人观察景物之细致、审美之敏锐，具有发现并表现空间意象之细微处与时间意象之瞬间性的能力。意象纤巧之作多显示柔婉的风格。兹举两例以见一斑："月下扫花影，扫勤花不动。"(《偶作五绝句》其四)"荷珠不甚惜，风来一齐倾。露零萤光湿，屦响蛩语停。"(《水西亭夜坐》)

袁枚性灵诗在审美情调上显示出风趣或诙谐的特征。风趣、诙谐的情调，从文化背景来看，与当时市民俗文艺颇为兴盛、市民趋俗的审美情趣流行相关。从美学渊源来说，是直接源于袁枚所推崇的杨万里之"风趣专写性灵"(《随园诗话》卷一)之说，故性灵说一再标举"风趣"或曰"生趣"。而从个性气质来说，袁枚乃性格诙谐、乐观、旷达之人。这种气质个性不能不于独抒性灵的作品中表现出来。从生活状态来说，袁枚因归隐与家居，比较闲适，而闲适容易产生无聊、枯燥之感，需要风趣、诙谐之味来调剂，以增添生活的乐趣或情趣。所谓"风趣"或曰"生趣"，乃重在幽默的情趣。这种情趣往往产生于诗人与他人的亲密关系，有时亦会自我调侃。读者可从中体会到出乎意料的审美情趣，发出会心的微笑。如："爱好由来落笔难，一诗千改始心安。阿婆还是初笄女，头未梳成不许看。"(《遣兴》诗二十四首其五)论诗诗一般皆写得古板正经，此诗却极具风趣，可见袁枚之个性。

袁枚更多的是诙谐滑稽之作，只要翻阅一下《小仓山房诗集》目录而常见"戏笔"、"戏题"等字样的标题就可知。诙谐滑稽表现了诗人诙谐的个性，亦是诗从真性情的自然流露，而诙谐中常寓讽刺、讽谕之旨，富于思想意义。与风趣相比，诙谐更为趋俗。

袁枚性灵诗文字表现的特点是白描与口语化。诗歌是语言的最高艺术。袁枚性灵诗语言的这一特点实际是上述三个特征的基础。"白描"原是指一种国画技法，即纯以黑线勾勒描摹，多不着色。北宋画家李伯时最擅此法。文学创作借用"白描"一语,主要是指一种真实、自然、简洁、朴素的文字风格。而性灵说之重"白描",还有一层重要意义,即反对诗中"填书塞典,满纸死气"(《随园诗话补遗》卷三)。所谓口语化,是指语言浅俗易懂,家常语、俗语皆可入诗。这一特点显然继承了白居易诗老妪能解的语言风格。白描诗虽因不用典故而易解,但不一定通俗化;而口语化则可与语言通俗化画等号。另外口语化亦可用典,这是其与白描又一不同之处。此类诗作俯拾即是。

综观上述,袁枚诗歌在思想内容与艺术形式两方面都有可称道之处,故不仅在当时有很大号召力以至形成性灵诗派,而且对近代诗人亦有影响。其诗代表了清诗独具的面貌。袁枚诗于清诗史上的意义主要在于此。但袁枚诗亦有缺陷,如洪亮吉所喻:"袁大令枚诗,如通天神狐,醉即露尾。"(《北江诗话》卷一)意谓其诗时有油滑纤佻的习气;而游戏笔墨或格调低卑之作亦难免。要之,袁枚诗歌创作在乾隆诗坛是独树一帜、颇有成绩的,但亦不可估计过高。

王 英 志

2004年8月于苏州大学凌云斋

钱塘江怀古[1]

江上钱王旧迹多[2],我来重唱《百年歌》[3]。劝王妙选三千弩[4],不射江潮射汴河[5]。

〔1〕此诗作于乾隆元年(1736),原见《小仓山房诗集》卷一。《小仓山房诗集》以此诗为起始。诗即景怀古,郁勃着一股豪气,年轻诗人于射潮治海塘与射朱温图帝业之间,倾慕后者,可见其当时政治上的雄心壮志。钱塘江:旧称浙江。此处钱塘江乃专指由杭州市闸口以下注入杭州湾一段,江口呈喇叭状。海潮倒灌,成著名的钱塘潮。怀古,追念古昔之事。张衡《东京赋》:"望先帝之旧墟,慨长思而怀古。"

〔2〕钱王:指五代时吴越国建立者钱镠(852—932),其在位期间曾征发民工修建钱塘江海塘。

〔3〕《百年歌》:乐曲名。据《旧五代史·庄宗纪》一:唐末李克用破孟方立后,置酒于三垂岗,乐作,伶人奏《百年歌》,陈其衰老之状,声调凄苦。克用引满,捋须指李存勖曰:"老夫壮心未已,二十年后,此子必战于此。"作者借此表达设想激励钱王"壮心"之意。

〔4〕三千弩(nǔ努):苏轼《八月十五看潮五绝》其五:"安得夫差水犀手,三千强弩射潮低。"(原注:吴越王尝以弓弩射潮头与海神战,自尔水进城。)弩,用机括发射的箭。

〔5〕汴(biàn变)河:唐宋时称隋代所开古运河通济渠之东段为汴河。汴河经汴京(今河南开封),故指代建都汴京的后梁太祖朱温。唐

1

开平元年(907)罗隐曾劝钱镠讨伐后梁,但未被采纳。

琵琶亭[1]

孤亭月落九江秋[2],弹过琵琶水尚愁[3]。今日芦花笑词客[4]:不曾老大已飘流[5]!

　　[1] 此诗作于乾隆元年(1736),原见《小仓山房诗集》卷一。是年作者迫于生计由杭州赴广西探望叔父,途经江西九江。诗触景生情,思古慨今,油然而生天涯沦落之感,词句中浸染着感伤的情调。琵琶亭,在江西九江西大江之滨,唐诗人白居易于元和十年(815)贬官九江郡司马,十一年(816)秋送客溢浦口,闻舟中夜弹琵琶者,听其音,问其人,因为长句,歌以赠之,命曰《琵琶行》(据《琵琶行·序》),后人因以名亭。
　　[2] 九江:在江西省北部、长江南岸。明、清为九江府治。
　　[3] 弹过琵琶:指《琵琶行》所写商人妇当年在江舟上弹过琵琶。水:即九江边之浔阳江水。
　　[4] 芦花:《琵琶行》:"浔阳江头夜送客,枫叶荻花秋瑟瑟。"荻花即芦花。词客:诗人自称。
　　[5] 老大:年长。《琵琶行》:"门前冷落鞍马稀,老大嫁作商人妇。"飘流:背井离乡,飘泊在外。

同金十一沛恩
游栖霞寺望桂林诸山[1]

奇山不入中原界[2],走入穷边才逞怪[3]。桂林天小青山大,山山都立青天外。我来六月游栖霞,天风拂面吹霜花[4]。一轮白日忽不见,高空都被芙蓉遮[5]。山腰有洞五里许[6],秉火直入冲乌鸦。怪石成形千百种,见人欲动争谽谺[7]。万古不知风雨色,一群仙鼠依为家[8]。出穴登高望众山,茫茫云海坠眼前。疑是盘古死后不肯化[9],头目手足骨节相钩连;又疑女娲氏一日七十有二变[10],青红隐现随云烟。蚩尤喷妖雾[11],尸罗袒右肩[12],猛士植竿发[13],鬼母戏青莲[14]。我知混沌以前乾坤毁[15],水沙激荡风轮颠[16]。山川人物熔在一炉内,精灵腾踔有万千[17],彼此游戏相爱怜。忽然刚风一吹化为石[18],清气既散浊气坚[19]。至今欲活不得、欲去不能,只得奇形诡状蹲人间。不然造化纵有千手眼[20],亦难一一施雕镌[21]。而况唐突真宰岂无罪[22],何以耿耿群飞欲刺天[23]?金台公子酌我酒[24],听我狂言呼否否[25];更指奇峰印证之,出入白云乱招手。几阵南风吹落日,骑马同归醉兀兀[26]。我本天涯万里人,愁心忽挂西斜月[27]。

〔1〕此诗作于乾隆元年(1736),原见《小仓山房诗集》卷一。时袁枚已抵广西桂林。诗写桂林诸山,驱遣古代神话与佛道典籍人物,使大自然万物灵动而富生气,充满神奇的历史感,造成磅礴飞动的气势,反映了诗人壮阔无羁的心境。金十一沛恩:姓金,名沛恩,排行第十一,当为广西巡抚金铁之子。栖霞寺,在广西桂林城外栖霞山上。寺后有栖霞洞,即七星岩,洞雄伟深邃,瑰丽多彩。

〔2〕中原:泛指黄河流域。

〔3〕穷边:指荒远之地桂林。

〔4〕天风:高天之风。司空图《诗品》:"天风浪浪,海山苍苍。"吹霜花:喻天风寒冷。

〔5〕芙蓉:莲花。比喻桂林诸山状如莲花。

〔6〕洞:指栖霞洞。五里许:大约五里长。许,约计的数量。

〔7〕谽谺(hān xiā 酣虾):原为山深貌。《汉书·司马相如传》:"通谷豁兮谽谺。"此处形容山石似张口貌。

〔8〕仙鼠:蝙蝠。《方言》八:"蝙蝠,自关而东,或谓之仙鼠。"

〔9〕盘古:我国神话中开天辟地首出创世的人。《艺文类聚》卷一引《三五历纪》:"天地浑沌如鸡子,盘古生其中,万八千岁,天地开辟,阳清为天,阴浊为地……天日高一丈,地日厚一丈,如此万八千岁,天数极高,地数极深,盘古极长。"化:化身。清马骕《绎史》卷一引《五运历年纪》:"首生盘古,垂死化身。"又,《述异记》:"盘古氏之死也,头为四岳,目为日月,脂膏为江海,毛发为草木。"此句与下句以盘古尸体喻山。

〔10〕女娲(wā 蛙)氏:神话中人类的始祖。传说她曾抟黄土造人,并炼五色石以补苍天,断鳌足以支撑四极,杀黑龙,止淫水,治服洪水。(见《淮南子·览冥训》)一日七十有二变:据《楚辞·天问》王逸注:"传言女娲人头蛇身,一日七十化。"此句与下句又以女娲氏之变幻多彩喻山。

〔11〕蚩(chī 吃)尤:神话中的战神,能呼风唤雨,与黄帝战,失败被杀。《山海经·大荒北经》:"蚩尤作兵伐黄帝,黄帝使应龙攻之冀州之野,应龙畜水。蚩尤请风伯雨师,纵大风雨,黄帝乃下天女曰魃,雨止,遂杀蚩尤。"此句喻山间雾气。

〔12〕尸罗:据《拾遗记》:沐胥国有术士尸罗,"善蛊惑之术,喷水为氛雾,暗数里间。"袒(tǎn 坦):裸露。此句亦喻山之生雾气。

〔13〕植竿发:树立着竹竿作头发。张衡《西京赋》:"(夏)育、(乌)

获之侪……植发如竿。"此句以猛士夏育、乌获之怒发喻山之丛竹。

〔14〕鬼母:据《述异记》载:"南海小虞山中有鬼母,能产天地鬼,一产十鬼,朝产暮食之。"青莲:青色莲花,原产印度。此句喻山花。

〔15〕混沌(dùn 顿):古人想象中的世界开辟前的状态。《白虎通·天地》:"混沌相连,视之不见,听之不闻。"乾坤:《周易》中两个卦名,此处指其引申义天地。此句谓世界原不分天地。

〔16〕风轮:原为佛语。《华严经》:"金轮水际,外有风轮。"颠:振荡。此喻风狂。

〔17〕精灵:鬼神或神仙之类。左思《吴都赋》:"精灵留其山阿。"腾踔(chuō 戳):跳跃。左思《吴都赋》:"狖貐猓然,腾踔飞超。"

〔18〕刚风:道家语,指高空的风。《朱子全书·理气一》:"问天有形质否?曰:只是个旋风,下软上坚,道家谓之刚风。"

〔19〕"清气"句:此谓混沌开而分天地。参见本诗注〔9〕:"天地开辟,阳清为天,阴浊为地。"

〔20〕造化:此谓创造化育自然者。

〔21〕雕镌(juān 娟):雕刻。

〔22〕唐突:冒犯。《世说新语·轻诋》:"何乃刻画无盐以唐突西子也。"真宰:原为假想中的宇宙主宰者。白居易《和雨中花》:"真宰倒持生杀柄,闲物命长人短命。"此处谓天。

〔23〕耿耿:微明貌。此处有隐约恍惚义。群飞欲刺天:韩愈《祭柳宗元文》:"一斥不复,群飞刺天。"此指山势欲冲天。

〔24〕金台公子:即巡抚金铁的公子金沛恩。

〔25〕否否:不然,不是这样。

〔26〕醉兀(wū 屋)兀:醉沉沉。苏轼《郑州别后马上寄子由》:"不饮胡为醉兀兀?"

〔27〕愁心:忧愁之情思。李白《闻王昌龄左迁龙标遥有此寄》:"我

寄愁心与明月,随风直到夜郎西。""愁心"句亦即"我寄愁心与明月"之意。

别常宁[1]

六千里外一奴星[2],送我依依远出城[3]。知己那须分贵贱,穷途容易感心情[4]。漓江此后何年到[5],别泪临歧为汝倾[6]。但听郎君消息好[7],早持僮约赴神京[8]。

〔1〕此诗作于乾隆元年(1736),原见《小仓山房诗集》卷一。时作者离开桂林去北京参加博学鸿词试。诗写与僮仆常宁的惜别之情、"知己"之感,发自肺腑,抒写性灵,难能可贵。常宁,作者原注曰:"叔家青衣。"指袁枚叔父袁鸿家中僮仆。青衣,汉以后为卑贱者之服,多为婢女别称,亦称童仆为"青衣",此即是。

〔2〕六千里:极言桂林距北京之遥。奴星:奴仆,谓常宁。

〔3〕依依:依恋貌。王维《渭川田家》:"田夫荷锄至,相见语依依。"

〔4〕穷途:困窘的境遇。陆游《穷途》:"穷途多感慨,老境少知闻。"感心情:有穷途易感之意。苏轼《答丁连州朝奉启》:"穷途易感,永好难忘。"

〔5〕漓江:桂江上游,流经桂林,江水清澈,风景秀丽。此指代桂林。

〔6〕临歧:即临歧路(岔路),面对惜别处。高适《别韦参军》:"丈夫不作儿女别,临歧涕泪沾衣巾。"汝:你,指常宁。

〔7〕郎君:唐代称新进士为郎君。此为袁枚自称。消息好:即通过考试,中进士。

〔8〕僮(tóng童)约:汉王褒作《僮约》,记奴仆的契约。此指僮仆的契约。赴神京:即赶到国都北京来找袁枚,请求帮他解除僮约。

黄鹤楼[1]

万里青天月,三更黄鹤楼。湘帘才手卷[2],汉水拍天流[3]。山影如争渡[4],渔歌半入秋。深宵无铁笛[5],空自泊孤舟。

〔1〕此诗作于乾隆元年(1736),原见《小仓山房诗集》卷一。此诗写黄鹤楼重在即景言情,以白描之笔描绘黄鹤楼夜月美景,突破了前人在黄鹤楼传说上大做文章的格套。黄鹤楼,故址在湖北武汉蛇山的黄鹤矶上。《寰宇记》:"昔费祎登仙,每乘黄鹤于此憩驾。故号为黄鹤楼。"相传始建于三国吴黄武二年(223)。

〔2〕湘帘:用湘妃竹(斑竹)做的帘子。范成大《夜宴曲》:"明琼翠带湘帘斑。"

〔3〕汉水:长江最大支流。源于陕西南部强宁,流经湖北西北部和中部,在武汉入长江。

〔4〕山影:指蛇山倒影。

〔5〕铁笛:铁制笛管。胡寅《游武夷赠刘生》:"更烦横铁笛,吹与众仙聆。"此处用《列仙全传》"取笛数弄"则有黄鹤飞来,可"跨鹤乘云而去"的典故。

题柳毅祠[1]

风鬟雨带藕丝裙[2],素手传笺寄暮云[3]。世上女儿多误

7

嫁,诸龙休恼洞庭君^[4]。

〔1〕此诗作于乾隆元年(1736)作者离桂林赴北京应试途中,原见《小仓山房诗集》卷一。诗借历史传说中龙女的遭际,衬托封建社会现实生活中妇女婚姻的不幸,寄予了深切的同情。柳毅,据唐人李朝威小说《柳毅传》:书生柳毅应举下第,过陕西泾阳时遇到洞庭龙女,龙女受夫泾川龙子虐待,被逐在野外牧羊,柳毅乃仗义援助,为牧羊龙女传书给其父洞庭君。洞庭君之弟钱塘君将龙女救回,后柳毅与龙女几经曲折而结成夫妇。后人为柳毅立祠于洞庭湖边。

〔2〕风鬟雨带:形容龙女发髻、发带散乱,与"风鬟雨鬓"意近。《柳毅传》:"昨下第,闲驱泾水右涘,见大王爱女牧羊于野,风鬟雨鬓,所不忍视。"藕丝裙:藕色丝裙。李贺《天上谣》:"粉霞红绶藕丝裙。"

〔3〕素手:皮肤白嫩的手。《古诗十九首》:"娥娥红粉妆,纤纤出素手。"传笺:谓龙女托柳毅传递书信。暮云:傍晚的云霞。王维《观猎》:"回看射雕处,千里暮云平。"此处"寄暮云"有寄送到千里暮云之外的洞庭湖之义。

〔4〕洞庭君:即《柳毅传》所谓"洞庭龙君",洞庭湖之龙王。

汉江遇风^[1]

风急蒲帆叶叶张^[2],芦花飞雪打潇湘^[3]。似盛汉水湖犹小^[4],欲上君山浪太狂^[5]。行役自来多涉险^[6],少年何事便离乡^[7]?黄昏渐喜惊涛定,远远渔歌唱夕阳。

〔1〕此诗作于乾隆元年(1736),原见《小仓山房诗集》卷一。作者时在赴京应试途中。诗写想象中的湘江与洞庭湖之景象,感叹行旅之艰难、离乡之惆怅,情随景变,曲折有致。汉江,见《黄鹤楼》注〔3〕。

〔2〕蒲帆:蒲草编就的帆。《国史补》:"舟船之盛,尽于江西。编蒲为帆,大者为数十幅。"李贺《江南弄》:"水风蒲云生老竹,渚溟蒲帆如一幅。"

〔3〕芦花飞雪:芦花似雪花飘飞,时当秋季。潇湘:湘江的别称。因其水清深得名,为湖南境内最大河流,源出广西灵川县东海洋山西麓,东北流贯湖南东部,入洞庭湖。

〔4〕湖:指洞庭湖。在湖南北部、长江南岸。我国第二大淡水湖,昔日号称"八百里洞庭"。汉江与洞庭湖并不直通。此句想象洞庭湖水势猛涨。

〔5〕君山:在洞庭湖中,相传为舜妃湘夫人游处,故又名湘山。黄庭坚《雨中登岳阳楼望君山》:"未到江南先一笑,岳阳楼上对君山。"

〔6〕行役:行旅、外出。杜甫《别房太尉墓》:"他乡复行役,驻马别孤坟。"涉险:经历危险。

〔7〕少年:此作者自称。

黄金台[1]

东海泱泱大风猛[2],燕王积怨何时逞[3]。筑台愿招英雄人,黄金之高与天等[4]。台未筑时如无人,台既筑时人纷纷。不知公等竟安在[5],剧辛、乐毅来成群[6]。残兵一队山东走[7],顷刻齐亡如反手[8]。回问当年豪举心[9]:果然值得黄金否？于今蔓草萦台绿〔10〕，千年壮士寻台哭。为道昭王今便存〔11〕，不报仇时台不筑。

〔1〕此诗作于乾隆二年（1737），原见《小仓山房诗集》卷一。时作者留寓北京。诗先褒而后贬，与历史上单纯为黄金台唱赞歌之作相比，立意更为深刻。作者此前应博学鸿词试报罢，怀才不遇，故吊古而慨今也。黄金台，又称金台、燕台。故址在今河北易县东南北易水南岸，相传为战国燕昭王所筑。昭王置千金于其上，以招致天下贤士，故得名。后世慕名，在北京等地皆有台以"黄金"为名，此诗所咏即北京黄金台。据《长安客话》："都城黄金台，出朝阳门循濠而南，至东南角，岿然一土阜是也，日薄崦嵫，茫茫落落，吊古之士，登斯台者，辄低回眷顾，有千秋灵气之想，京师八景有曰'金台夕照'即此。"

〔2〕泱（yāng央）泱：水深广貌。《诗·小雅·瞻彼洛矣》："瞻彼洛矣，维水泱泱。"

〔3〕燕（yān烟）王：燕昭王（？—前279），原为燕王哙的太子。积怨何时逞：指在燕王哙将王位禅让给其相子之后，不及三年燕国大乱，齐宣王乃乘机伐燕，杀哙及子之，燕国几乎灭亡。燕昭王即位后对齐积恨于心，欲报仇雪恨。

〔4〕黄金：置于台上之千金，亦即指黄金台。

〔5〕公等：指乐毅、剧辛等贤士。安在：在哪里？

〔6〕剧辛：赵国人，破齐之计多由其策划。乐毅：魏国名将乐羊之后，事燕昭王为上将军，统兵伐齐，破齐七十馀城。

〔7〕"残兵"句：谓乐毅与秦、楚、三晋合谋以伐齐，齐兵败，齐闵王败兵逃走状。

〔8〕"顷刻"句：谓齐国很快就残败不堪，燕兵一直攻破齐国都城临淄，尽取其宝，烧其宫室，燕昭王终于雪了破国杀父之恨。

〔9〕豪举:谓燕昭王筑黄金台以延请天下士的举动。
〔10〕蔓草萦台:蔓生的野草缠绕着黄金台,形容一派衰败景象。
〔11〕为道:为此说。存:活着。

举京兆^{〔1〕}

信当喜极翻愁误^{〔2〕},物到难求得尚疑。一日姓名京兆举,十年涕泪桂花知^{〔3〕}。泥金挂壁春来早^{〔4〕},贺客遮门月去迟。想见故园灯火夕^{〔5〕},老亲望眼正穿时^{〔6〕}。

〔1〕此诗作于乾隆三年(1737)中举后,原见《小仓山房诗集》卷一。诗写中举后似信还疑、苦尽甘来的激动心情,以及对故乡父母的思念,极为真实自然。举,中举。京兆,唐代指京兆府,治所在长安(今陕西西安)。此借指顺天府,治所在今北京。
〔2〕信:确实。翻:反而。
〔3〕十年:袁枚雍正五年(1727)为秀才,至中举人已有十年。桂花:乡试称"秋闱",在秋季举行。桂花代表秋季。
〔4〕"泥金"句:是想象明年力争登进士。泥金,泥金帖子,用于报新进士登科之喜。挂壁,指暂时搁置未发。春来早,指明年春举办会试。
〔5〕故园:家乡。此指钱塘(今浙江杭州)。
〔6〕老亲:年老的父母双亲。岑参《送张子尉南海》:"高堂有老亲。"

释褐[1]

学着宫袍体未安[2],蓝衫转觉脱时难[3]。呼僮好向空箱叠[4],留作他年故旧看[5]。

〔1〕此诗作于乾隆四年(1738)中进士后,原见《小仓山房诗集》卷二。诗写中进士后改穿官服不适应的感受,以及仍把"蓝衫"当故旧的感情,借衣服更换的典型细节反映了入仕时的复杂心态。释褐(hè贺),脱去平民百姓服装换上官服。褐,贫贱者之服。
〔2〕着:穿。宫袍:指官服。
〔3〕蓝衫:明清时秀才所穿的服装。
〔4〕僮:童仆。
〔5〕故旧:老朋友。

入翰林[1]

弱水蓬山路几重[2],今朝身到蕊珠宫[3]。尚无秘省书教读[4],已见名笺字不同[5]。斑管润生红药雨[6],锦袍香散玉堂风[7]。国恩岂是文章报,况复文章尚未工。

〔1〕此诗作于乾隆四年(1739),原见《小仓山房诗集》卷二。诗写考中进士,授翰林院庶吉士的喜悦兴奋,以及欲以"文章"报效朝廷的心

情,可见此时作者具有强烈的进取心。翰林,翰林院。官署名,掌编修国史,草拟制诰等职事。作者入翰林院为庶吉士,学习满文。

〔2〕弱水蓬山:渡弱水至蓬山,喻求仕之路艰难。弱水,古代神话中艰险难渡的河海,鹅毛不浮,不可渡也。蓬山,蓬莱山,相传为仙人所居。

〔3〕蕊珠宫:道教传说中的仙宫。此借喻翰林院。

〔4〕秘省:秘书省,掌管朝廷图书的官署。借指翰林院之庶常馆,为庶吉士读书处。

〔5〕"已见"句:名片上的署名已与以往不同。指中进士,授庶吉士。

〔6〕斑管:指毛笔。红药雨:雨的美称。红药,芍药花。二句是"红药雨生斑管润,玉堂风散锦袍香"的倒装句。

〔7〕锦袍:官服。玉堂:仙人居处。借指翰林院。

陇上作[1]

忆昔童孙小[2],曾蒙大母怜[3]。胜衣先取抱[4],弱冠尚同眠[5]。鬓影红灯下[6],书声白发前[7]。倚娇频索果,逃学免施鞭[8]。敬奉先生馔[9],亲装稚子绵[10]。掌珠真护惜[11],轩鹤望腾骞[12]。行药常扶背[13],看花屡抚肩。亲邻惊宠极,姊妹妒恩偏。"玉陛胪传夕[14],秋风榜发天[15];望儿终有日[16],道我见无年[17]。"渺渺言犹在[18],悠悠岁几迁。果然宫锦服[19],来拜墓门烟。反哺心虽急[20],含饴梦已捐[21]。恩难酬白骨[22],泪可到黄泉[23]。宿草翻残照[24],秋山泣杜鹃[25]。今宵华表月[26],莫向陇头圆!

〔1〕此诗作于乾隆四年(1739),原见《小仓山房诗集》卷一。时作者于京城考中进士后归杭州完婚。诗前半回忆昔日祖孙关系密切之情景,生动有趣;后半抒写今朝悼念祖母之悲哀,真挚感人。是一首真情至性的性灵诗。陇,坟墓。此指其祖母坟。

〔2〕童孙:袁枚自称。

〔3〕大母:祖母,姓柴,死时八十八岁,葬于杭州半山陆家牌楼。

〔4〕胜(shēng 升)衣:谓儿童稍长能穿戴成人衣冠。锺嵘《诗品序》:"才能胜衣,甫就小学。"

〔5〕弱冠:《礼记·曲礼上》:"二十曰弱,冠。"弱,年少,古代男子二十岁行冠礼,故弱冠用以指男子二十岁左右年龄。

〔6〕髻(jì 记):挽束在头顶的头发。此当指祖母的发髻。

〔7〕白发:指祖母的白发。

〔8〕免施鞭:免挨鞭子抽。

〔9〕先生馔(zhuàn 撰):《论语·为政》:"有酒食,先生馔。"先生,指为袁枚所请的老师。馔,饮食。

〔10〕稚子:幼儿。陶潜《归去来辞》:"僮仆欢迎,稚子候门。"此指袁枚。

〔11〕掌珠:掌上明珠。此袁枚自喻如祖母之"掌珠"。

〔12〕轩鹤:《左传·闵公二年》:"卫懿公好鹤,鹤有乘轩者。"此袁枚自喻。腾骞(qiān 迁):腾飞。杜甫《寄岳州贾司马六丈巴州严八使君》:"如公尽雄俊,志在心腾骞。"此句讲祖母盼自己如鹤高飞。

〔13〕行药:魏晋南北朝士大夫喜服一种烈性药以养生,服药后,漫步以散发药性,叫"散药"。此谓服药后散步。元稹《春病》:"行药步阴墙。"

〔14〕玉陛:帝王宫殿的台阶。胪(lú 卢)传:即胪唱。指殿试之后,

皇帝传旨召见新考中的进士,依次唱名传呼。

〔15〕"秋风"句:谓秋天乡试后发榜公布考中举人的时候。

〔16〕"望儿"句:盼望孙儿终会有出头之日。

〔17〕"道我"句:料想我(祖母自称)没有见到的时候了。

〔18〕渺渺:微远貌。言:指前四句祖母的话。

〔19〕宫锦服:宫锦袍,用宫中特制的锦缎制成的袍子。《旧唐书·李白传》:"白衣宫锦袍。"

〔20〕反哺:原谓小乌鸦长大后衔食喂养其母。此用以比喻自己要报答祖母多年养育之恩。

〔21〕"含饴"句:即"含饴弄孙"之乐。典出《后汉书·明德马皇后记》。此谓昔日祖母口含饴糖逗自己玩的情景像梦一样逝去了。

〔22〕白骨:指祖母尸骨。此句意谓难以报答死去的祖母的恩情。

〔23〕黄泉:此指阴间。《左传·隐公元年》:"不及黄泉,无相见也。"

〔24〕宿草:隔年的草。《礼记·檀弓上》:"朋友之墓,有宿草而不哭焉。"此亦指墓上宿草。

〔25〕"秋山"句:秋山里杜鹃悲啼。杜鹃传说为望帝杜宇之魂所化,诗词中常为令人肠断的意象。按:据袁枚《随园诗话》卷四:"己未(按:即乾隆四年)冬,余乞假归娶。"这表明当时已为冬季。诗中"秋山"句乃诗人虚构之景,借以衬托悲凉之感。

〔26〕华表:此指大母墓前石柱。

新燕篇[1]

涎涎燕[2],年年二月来相见。双足能传塞上书,红襟还带前年线。前年人去渔阳道[3],今日乌啼白门晓[4]。同是天涯漂泊身,满屋落花泥不扫。燕语何喃喃,一双诉画梁:曾栖执戟明光殿,曾伴邯郸大道倡[5]。几处空床怜荡子,几番故国吊斜阳。飞来飞去流年度,惟有君家贫似故。竹声时遇卷帘人,山色自青春雨路。燕兮燕兮休啄矢[6],主人与汝长居此。莫嫌茅屋两三间,且学乌生八九子[7]。

〔1〕此诗约作于乾隆五年(1740),原见《小仓山房诗集》卷二。诗以寓言体,通过主人与新燕的交流,写出主人的贫困处境,又以作者的直白写出对主人的同情。新燕——主人——作者构成环环相扣的关系,十分新颖。
〔2〕涏(diàn电)涏:有光泽的样子。《汉书·孝成赵皇后传》:"童谣曰:'燕燕尾涏涏,张公子,时相见。'"
〔3〕渔阳:地名。在今北京附近。
〔4〕乌啼:乌鸦叫。张继《枫桥夜泊》:"月落乌啼霜满天。"白门:今江苏南京。
〔5〕邯郸(hán dān含单):地名。今属河北。倡:女妓。
〔6〕啄矢:典出注〔2〕引《汉书·孝成赵皇后传》中的童谣后半段:"木门仓琅根,燕飞来,啄皇孙;皇孙死,燕啄矢。"此取其字面意思,指燕子将所拉的粪叼至巢外乱扔。矢,通"屎"。
〔7〕乌生八九子:汉乐府《乌生》:"乌生八九子,端坐秦氏桑树间。"乌,乌鸦。

西施[1](二首选一)

吴王亡国为倾城[2],越女如花受重名[3]。妾自承恩人报怨[4],捧心常觉不分明[5]。

〔1〕此诗约作于乾隆五年(1740),原见《小仓山房诗集》卷二。诗咏西施而以平常人视之,使之与政治阴谋绝缘,可谓别具只眼。西施,春秋越国美女。越国为吴国所败,越王求得美女西施,进于吴王夫差,吴王许和,并沉迷酒色。越王卧薪尝胆,终于灭吴报仇。
〔2〕倾城:本指倾覆邦国。《汉书·外戚传》李延年歌:"北方有佳人,绝世而独立。一顾倾人城,再顾倾人国。宁不知倾城与倾国,佳人难再得。"后因用"倾城倾国"来形容绝色美人。此指西施。
〔3〕"越女"句:说西施灭吴有功而得到大名。
〔4〕"妾自"句:说西施只知承受吴王的宠爱,而不知越国则是以她作为复仇的手段。
〔5〕捧心:手抚胸口。《庄子·天运》:"西施病心而颦其里,其里之丑人见而美之,归亦捧心而颦其里。"不分明:不清楚,指对"人报怨"事不分明。

张丽华[1](二首选一)

结绮楼边花怨春[2],清溪栅上月伤神[3]。可怜褒妲逢君子[4],都是《周南》传里人[5]。

〔1〕此诗约作于乾隆五年(1740),原见《小仓山房诗集》卷二。诗借咏张丽华,翻"女子是祸水"说之案,反映了作者的胆识。张丽华,南朝陈后主的宠妃。隋军破陈都建康(今江苏南京),张丽华被杀。旧说

陈后主宠幸张丽华,导致陈亡。

〔2〕结绮楼:即结绮阁。陈后主曾筑临春、结绮、望仙三阁。结绮阁为张丽华所居。

〔3〕清溪:水名。在今南京东郊,与玄武湖相通。隋军破建康时,张丽华与陈后主等躲入玄武湖侧景阳殿旁井中,被俘处死。月伤神:望月伤神。

〔4〕褒(bāo 包):褒姒,周幽王妃子。妲(dá 答):妲己,殷纣王妃子。旧说她们是使西周和殷灭亡的祸水。此借指后妃。君子:指贤明的国君。

〔5〕《周南》:《诗经》十五国风之一,其首篇为《关雎》。传里人:《毛诗传》把《关雎》一诗的主题解释为赞美"后妃之德"。此指贤德之妃。传,指解说儒家经典的文字。

意有所得辄书数句〔1〕(四首选一)

落笔不经意〔2〕,动乃成苏、韩〔3〕。将文用韵耳〔4〕,挥霍非所难〔5〕。须知此两贤〔6〕,骚坛别树幡〔7〕。白象或可驾,朱丝未容弹〔8〕。毕竟诗人诗,刻苦镂心肝〔9〕!

〔1〕此组诗作于乾隆六年(1741),原见《小仓山房诗集》卷二。诗意谓创作是严肃之事,若想有所建树,应该刻苦用心。这表明性灵诗的自然平易亦来自锻炼。辄(zhé),就。

〔2〕经意:经心,注意。韩愈《石鼎联句诗序》:"弥明因高吟曰:'龙头缩菌蠢,豕腹涨彭亨。'初不似经意。"

〔3〕"动乃"句：谓一动笔似乎就成为苏轼、韩愈。苏轼（1037—1101），北宋文学家、书画家，字子瞻，号东坡居士，眉山（今属四川）人，其文为"唐宋八大家"之一，其诗词书画皆有高深造诣。韩愈（768—824），唐文学家、哲学家，字退之，河南河阳（今河南孟县南）人，其文为"唐宋八大家"之首。其诗力求新奇，以文入诗。

〔4〕"将文"句：谓"落笔不经意"者不过是把诗文安排韵脚罢了。

〔5〕"挥霍"句：谓下笔迅疾并不是难事。挥霍，迅疾貌。陆机《文赋》："纷纭挥霍，形难为状。"

〔6〕两贤：两位贤士，指韩愈、苏轼。

〔7〕骚坛：诗坛。别树幡（fān 番）：犹言独树一帜。

〔8〕朱丝：染成朱红色的琴瑟弦。鲍照《白头吟》："直如朱丝绳，清如玉冰壶。"未容弹：谓弹好不易。

〔9〕镂心肝：雕刻心肝，极言作诗刻苦，绞尽脑汁。

改官白下留别诸同年[1]（四首选一）

青溪几曲近家居[2]，天许安仁奉板舆[3]。此去好修循吏传[4]，当年狂读上清书[5]。三生弱水缘何浅[6]，一宿空桑恋有馀[7]。手折芙蓉下人世[8]，不知人世竟何如。

〔1〕此诗作于乾隆七年（1742），原见《小仓山房诗集》卷三。诗写作者因庶吉士满文考试不及格，被外放江南任县令的满腹牢骚，表达比较含蓄。改官白下，实指离京赴白下（今江苏南京）待分配，后分赴江苏溧水任县令。同年，指同在乾隆四年（1739）中进士者。

〔2〕青溪:在今南京。参见《张丽华》一诗注〔3〕。因溪多曲折,故有"九曲青溪"之美誉。"青"字后多作"清"。家居:犹言老家。此指作者故乡杭州。

〔3〕安仁:西晋文学家潘岳,字安仁。此自喻。板舆:一种老年人代步的工具。潘岳《闲居赋》:"微雨初晴,六合清朗,太夫人乃御板舆,升轻轩,远览王畿,近周家园。"后因以奉板舆为奉养父母。

〔4〕循吏传:《史记·太史公自序》:"奉法循理之吏,不伐功矜能,百姓无称,亦无过行,作《循吏列传》第五十九。"此说将作一个奉职守法的官吏。

〔5〕上清:道家所称之仙境"三清"之一,其馀二清为玉清、太清。此指翰林院。

〔6〕三生:佛家语,指前生、今生、来生。弱水:见《入翰林》注〔2〕。

〔7〕"一宿"句:说自己对翰林院尚存留恋之心,反用《后汉书》"浮图(和尚)不三宿桑下。不欲生恩爱,精之至也"之意。

〔8〕"手折"句:指离开翰林院到地方上去做官。有视外放任县令为谪贬之意。

良乡雾〔1〕

不雨征鞍湿〔2〕,方知雾里行。晓花难辨色〔3〕,溪水但闻声〔4〕。对面人千里,终朝天五更〔5〕。前程原似梦,何必太分明!

〔1〕此诗作于乾隆七年(1742),原见《小仓山房诗集》卷三。时作

者因满文考试不合格而被外放为江苏知县。诗借离京赴任途中之景,抒发"前程似梦"的牢骚;诗写雾景纯然用白描手法,使人有如临其境之感。良乡,旧县名,在北京市西南部,现属北京房山。

〔2〕征鞍:远行者所乘的马。张九龄《初入湘中有喜》:"征鞍穷郢路,归棹入湘流。"

〔3〕晓花:早晨的花。

〔4〕但:只。

〔5〕终朝(zhāo招)句:谓整个早晨像五更天一样模糊不亮。

落花[1]（十五首选一）

风雨潇潇春满林[2],翠波帘幕影沉沉。清华曾荷东皇宠[3],飘泊原非上帝心[4]。旧日黄鹂浑欲别[5],天涯绿叶半成阴。荣衰花是寻常事[6],转为韶光恨不禁[7]。

〔1〕此组诗作于乾隆七年(1742),原见《小仓山房诗集》卷三。诗借咏落花,感叹自己不能留任翰林院而外放县令的命运,对昔日京城生活充满留恋。

〔2〕风雨潇潇:风雨急骤。《诗·郑风·风雨》:"风雨潇潇。"

〔3〕清华:清美华丽。谢混《游西池》:"水木湛清华。"此指花未落时之美。荷:承受。东皇:司春之神。杜甫《幽人》:"风帆倚翠盖,暮把东皇衣。"此句写外放前三年庶吉士生活。

〔4〕上帝:天帝。《诗·大雅·荡》:"荡荡上帝,下民之辟。"此喻乾隆皇帝。

〔5〕浑欲:直欲。杜甫《春望》:"白头搔更短,浑欲不胜簪。"

〔6〕"荣衰"句:谓花的盛开与凋落都是平常的事情。

〔7〕韶光:春光。温庭筠《春洲曲》:"韶光染色如娥翠。"恨不禁:指为春光的流逝而不禁遗憾。

抵金陵[1]（二首选一）

登临不尽古今情,无数青山入郡城[2]。才子合从三楚谪[3],美人愁向六朝生[4]。身非氏族难为客[5],地有皇都易得名[6]。八尺阑干多少恨[7],新亭秋老月空明[8]。

〔1〕此诗作于乾隆七年(1742),原见《小仓山房诗集》卷三。诗写初至金陵时的复杂心情:既有遭贬谪的愁怨,又有欲有所作为的志向。此亦是作者辞官前长期的心态。抵,到达。金陵,今江苏南京。

〔2〕郡城:指金陵。

〔3〕"才子"句:谓三楚乃才子遭贬谪之地。才子,指屈原、贾谊等人,暗指自己。三楚,秦汉时分楚地为三:东楚、西楚、南楚,相当于今长江中下游及淮河流域。阮籍《咏怀》:"三楚多秀士,朝云进荒淫。"

〔4〕"美人"句:慨叹六朝嫔妃因改朝换代遭受悲剧。

〔5〕"身非"句:说自己非世族之家,恐难以在金陵客居。氏族,世家大族,如东晋大族王氏、谢氏。

〔6〕"地有"句:谓金陵曾是六朝国都,在此地还是容易干出点名堂来的。

〔7〕阑干:栏杆。

〔8〕"新亭"句:《世说新语·言语》载,西晋过江名士,曾在新亭饮宴,触景生情,"周侯中坐而叹曰:'风景不殊,正自有河山之异!'皆相视流泪。"此句即借这个典故抒写失意之情。秋老,秋深。

谒长吏毕归而作诗[1](二首选一)

初持手版应官去[2],大府巍巍各识荆[3]。问到出身人尽惜[4],行来公礼我犹生[5]。书衔笔惯字难小[6],学跪膝忙时有声[7]。晚脱皂衣归邸舍[8],玉堂回首不胜情[9]。

〔1〕此诗作于乾隆七年(1742),原见《小仓山房诗集》卷三。诗写任县令初见上司的情景与感受,难堪而陌生,并引起对翰林院生活的怀恋。谒(yè夜),拜见。长吏,明清时对总督、巡抚一类高官的称呼。

〔2〕手版:官吏上朝或参见上司时所执长板,备记事用。

〔3〕识荆:为初次识面的敬辞。李白《与韩荆州书》:"生不愿封万户侯,但愿一识韩荆州。"

〔4〕"问到"句:是说当上司得知自己翰林院出身时,都表示惋惜。

〔5〕公礼:指官场上的礼节。生:生疏。

〔6〕书衔:指填写姓名履历之类。

〔7〕"学跪"句:是说行跪拜礼时,忙乱之中发出响声。

〔8〕皂衣:官吏的制服。邸舍:府第。

〔9〕玉堂:指翰林院。见《入翰林》一诗注〔7〕。不胜情:经受不住感情的冲击。

苦灾行[1]

沭阳八年灾[2],往岁尤为酷。我适莅此邦[3],一望徒陵谷[4]。田庐化为沼[5],春燕巢林木。泛滥有鱼头,澎亨无豕腹[6]。百死犹可忍,饿死苦不速。野狗衔髑髅[7],骨瘦亦无肉。自恨作父母,不愿生耳目。赖有皇帝仁,施粮更煮粥。饥口三十万,鸿恩无不沐[8]。望此一月赈[9],早作千回卜[10]。携筐及老幼,守候合宗族[11]。恩爱如夫妻,争粮相搏逐[12]。夺取未到怀,担起还愁覆[13]。有赈尚如此,无赈作何局[14]?为一校算之[15],恍然眉欲蹙[16]:小口米七升,大口斗五六。将度期月馀,日食无一掬[17]。国帑已千万[18],再加苦不足。纾国更纾民[19],束手难营度[20]。宁死不为寇,犹赖皇恩渥[21]。岂无冒滥讥[22],终为百姓福。只期今岁麦[23],得雨早成熟。千疮百孔间,元气稍周续[24]。旱魃竟为灾[25],秋阳永相暴[26]。春禾山下焦,夏麦土中缩。闻雷妒彼县,望云生我屋。水去旱复至,阴阳太惨毒[27]!父母杀子孙,胡不悔生育[28]?万物本天地,胡为穷杀戮?人心尚悔祸,天道应剥复[29]。下吏或当诛[30],百姓有何恶?取我瓣香来[31],朝夕向天祝:上念尧舜仁[32],下念父老哭。急命行雨龙,及早施霖霂[33];虽已无麦禾,犹可救穜稑[34]。贫家何所言,雨水即雨谷[35];富家何所言,得雨如得玉。永志喜雨亭[36],稽首谢天禄[37]。

〔1〕此诗作于乾隆八年(1743),原见《小仓山房诗集》卷三。时作者于沭阳任县令。诗写沭阳水、旱之灾造成的百姓惨剧,写水灾重在实写,写旱灾以抒发感受为主。此诗继承了白居易诗"唯歌生民病"的讽谕精神。行,古诗体裁之一,如杜甫有《兵车行》等。

〔2〕沭阳:县名。在江苏省北部。

〔3〕莅(lì立):到。邦:原谓古代诸侯封国之称,此指代沭阳。

〔4〕陵谷:《诗·小雅·十月之交》:"高岸为谷,深谷为陵。"后用以喻世事变迁等。

〔5〕"田庐"句:谓良田村屋都变成池沼。

〔6〕澎亨:犹彭亨,腹膨大貌。韩愈《石鼎联句》:"豕腹涨彭亨。"豕(shǐ史)腹:猪肚子。

〔7〕髑髅(dú lóu 独楼):死人的头骨。《庄子·至乐》:"庄子之楚,见空髑髅,髐然有形。"

〔8〕"鸿恩"句:谓饥民无不蒙受皇帝大恩。

〔9〕赈(zhèn 振):救济。

〔10〕卜:占卜,借以预测吉凶。

〔11〕合宗族:聚合同宗同族之人。

〔12〕搏逐:搏斗、追逐。

〔13〕覆:袭击。

〔14〕何局:什么样的形势。

〔15〕校(jiào 叫)算之:查对计算用粮情况。

〔16〕蹙(cù 促):皱。

〔17〕一掬(jū 居):一捧。

〔18〕"国帑(tǎng 淌)"句:谓国库所藏的金帛已取出千万。

〔19〕"纾(shū 书)国"句:谓解除国家与百姓的灾难。

〔20〕"束手"句:谓没办法达到。

〔21〕渥(wò握):沾润。

〔22〕冒滥:指不合格而滥被任用。

〔23〕期:希望。

〔24〕元气:人的精神、生气。周续:通达,延续。

〔25〕旱魃(bá拔):古代传说中能造成旱灾的怪物。《诗·大雅·云汉》:"旱魃为虐,如炎如焚。"

〔26〕暴(pù瀑):"曝"的古字,晒。

〔27〕阴阳:此指水灾与旱灾。

〔28〕胡:何。《诗·邶风·式微》:"胡不归?"

〔29〕剥复:原为《周易》二卦名。剥,剥落;复,来复。后合用为盛衰、消长之意。

〔30〕下吏:下级官吏。

〔31〕瓣香:炷香,或说为形似瓜瓣的香。本为礼佛所用。陈师道《观文忠家六一堂图书》:"向来一瓣香,敬为曾南丰。"

〔32〕尧、舜:传说中的远古时代的贤君。

〔33〕霢霂(mài mù脉目):小雨。《诗·小雅·信南山》:"雨雪雰雰,益之以霢霂。"

〔34〕穜稑(tóng lù同陆):先种后熟的谷类叫"穜",后种先熟的谷类叫"稑"。

〔35〕"雨水"句:降雨就相当于天降谷子。雨,动词,降雨。《诗·小雅·大田》:"雨我公田。"

〔36〕志:记。喜雨亭:亭名。在陕西凤翔府。为苏东坡于嘉祐六年(1061)所建,亭适成而天降甘霖,东坡因作《喜雨亭记》以记其事。

〔37〕稽首:古时一种跪拜礼,叩头到地。天禄:上天赐予的食禄。《书·大禹谟》:"天禄永终。"

淮上中秋对月[1]

长淮波冷碧云残[2],皎皎当空白玉盘[3]。四海共传斯夕好[4],八年不在故乡看。银河有影秋心老[5],仙露无声雁背寒[6]。建业风情京国梦[7],一时和酒上眉端[8]。

〔1〕此诗作于乾隆八年(1743),原见《小仓山房诗集》卷三。诗写羁旅之愁,无论眼前景、昔日梦皆化作悲慨之情思而凝于眉端,感情逐层递进,深沉蕴藉。淮,指秦淮河,为长江下游支流,经南京市区西流入长江。

〔2〕长淮:秦淮河。碧云:青云。江淹《怨别诗》:"日暮碧云合,佳人殊未来。"

〔3〕皎皎:明亮貌。《古诗十九首》:"迢迢牵牛星,皎皎河汉女。"白玉盘:喻月亮。李白《古朗月行》:"小时不识月,呼作白玉盘。"

〔4〕斯夕:今夕,指中秋之夜。

〔5〕银河有影:指织女,"河汉女"。《古诗十九首》:"迢迢牵牛星,皎皎河汉女。纤纤擢素手,札札弄机杼。终日不成章,泣涕零如雨。"秋心老:谓织女因与牛郎分离而心境衰老愁苦。

〔6〕仙露:即露水。雁背寒:谓南归大雁背沾露水而觉寒冷。

〔7〕建业:即南京。风情:谓眼前月夜风采。京国梦:谓对北京生活的回忆。

〔8〕上眉端:谓对现实与往事的感受皆于眉端体现出来。

署中感兴[1]

日饮黄河一尺冰,宦情风景两难胜[2]。民骄已似衰年子[3],官苦原同受戒僧。半局棋声催客雁[4],满庭秋影淡书灯。尔来悟得孙登语[5],惭愧人前百不能。

〔1〕此诗作于乾隆八年(1743),原见《小仓山房诗集》卷三。诗写于沭阳任县令时为政处世甚为艰难的感受,显示出做七品芝麻官的痛苦与无奈。从中可以窥见其后来辞官的原因。诗之比喻生动新颖,妙语解颐。署,官署,指县衙门。感兴(xìng 性),感物寄兴。

〔2〕宦情:做官的意愿、志趣。陆游《宿武连县驿》:"宦情薄似秋蝉翼,乡思多于春茧丝。"此指不愿做县令的心情。风景:景况,指为政状况。两难胜(shēng 升):指"宦情"与"风景"都使自己难以承受。

〔3〕衰年子:老年所得之子。

〔4〕客雁:春秋季节南北迁徙之雁。李贺《梁台古意》:"芦洲客雁报春来"。

〔5〕尔来:近来。孙登:三国魏末西晋初汲郡共人。隐居郡北山。嵇康从游三年,默然无语。将别,诫康曰:"才多识寡,难乎免于今之世。"后康果遭非命。此谓悟得孙登关于立世艰难之语。

捕蝗曲[1]

亟捕蝗[2]!亟捕蝗!沭阳已作三年荒[3]。水荒犹有稻,蝗荒将无粱[4]。焚以桑柴火[5],买以柳叶筐。儿童敲竹枝,老叟围山冈。风吹县官面似漆[6],太阳赫赫烧衣裳[7]。折枝探鷇虑损德[8],惟有杀汝为吉祥!我闻苛政猛于虎[9],蠹吏虐于蝗[10];又闻刘昆贤令蝗不入[11],刘澄剪秽蝗为殃[12]。尔今蠕蠕声触草[13],得毋邑宰非循良[14]?击土鼓[15],祀神蝗[16],椒浆奠兮歌琅琅[17]。紫烟为我凌苍苍[18],皇天好生万物仰[19],蛇头蝎尾何猖狂[20]!霹雳一声龙不起,反使九十九子相扶将[21]。狠如狼,贪如羊,如虎而翼兮[22],如云之南翔。安得今冬雪花大如席[23],入土三尺俱消亡!毋若长平一坑四十万[24],腥闻于天徒惨伤。蝗兮蝗兮去此乡,东海之外兮草茫茫,无尔仇兮尔乐何央[25]?毋餐民之苗叶兮,宁食吾之肺肠!

〔1〕此诗作于乾隆八年(1743),原见《小仓山房诗集》卷三。诗主要从蝗灾与为政的关系角度进行反思,以告白口吻抒发内心愿望,跳跃着一颗体恤民瘼、甘于牺牲的拳拳之心。

〔2〕亟(jí急):急。

〔3〕沭阳:参见《苦灾行》注〔2〕。

〔4〕粱:指粟,小米。稻粱本为谷物的总称,此虽将两字分开,但意思不变,均泛指谷物。

〔5〕以:语助词。

〔6〕县官:作者自称,时任沭阳县令。

〔7〕赫赫:形容干旱时燥热之状。《诗·大雅·云汉》:"赫赫炎炎,云我无所。"

〔8〕鷇(kòu扣):待哺食的雏鸟。此指幼蝗。损德:丧失道德。

〔9〕苛政猛于虎:烦苛的政令比老虎还要凶暴可怕。据《礼记·檀弓下》载:孔子过泰山,有一妇人在坟前痛哭,说她的公公、丈夫、儿子皆为老虎所食,她之所以不离开,是因为这里没有苛政。孔子就对门人说:"小子识之,苛政猛于虎也!"

〔10〕"蠹吏"句:谓贪酷的官吏比蝗虫还暴虐。

〔11〕刘昆:《后汉书·儒林列传》:刘昆字桓公,除江陵令,"时县连年火灾,昆辄向火叩头,多能降雨止风",稍迁弘农太守。"先是崤黾驿道多虎灾,行旅不通,昆为政三年,仁化大行,虎皆负子渡河。"贤令:贤明的县令。

〔12〕刘澄剪秽:《南史·儒林》:"于时又有遂安令刘澄,为性弥洁,在县扫拂郭邑,路无横草,水剪虫秽,百姓不堪命,坐免官。"此指刘澄剪除杂草虫秽,蝗虫遭殃。

〔13〕蠕(rú 如)蠕:李贺《感讽》:"越妇未织作,吴蚕始蠕蠕。"此指蝗虫爬动貌。

〔14〕"得毋"句:谓莫非县令不是循良之官? 循良,官吏守法而有政绩者。柳宗元《柳州谢上表》:"常以万邦共理,必借于循良。"

〔15〕土鼓:古乐器名。《周礼·春官·籥章》:"掌土鼓幽。"郑玄注引杜子春云:"土鼓以瓦为匡,以革为两面,可击也。"

〔16〕祀神蝗:祭祀蝗神。

〔17〕椒浆:用花椒浸制的酒。《楚辞·九歌·东皇太一》:"奠桂酒兮椒浆。"奠:祭奠。兮:语助词。相当于现代汉语中的"啊"。琅(láng郎)琅:清朗响亮的声音。

〔18〕凌苍苍:侵入青天。苍苍,深青色。《庄子·逍遥游》:"天之苍苍,其正色邪?"此指代青天。

〔19〕皇天:天。《左传·僖公十五年》:"君履后土而戴皇天。"仰:依靠。

〔20〕蛇头蝎尾：指代害虫。

〔21〕九十九子：喻蝗虫之多。相扶将：相扶持。《木兰诗》："爷娘闻女来，出郭相扶将。"此言蝗虫成群结队。

〔22〕翼：翅膀。此作动词，谓添翼。

〔23〕雪花大如席：采用李白《北风行》"燕山雪花大如席"之句。

〔24〕"毋若"句：谓不要像秦国军队在长平击败赵国军队，坑死赵军四十万那样。这里指使蝗虫遭受巨大的杀伤，是一种幽默的说法。长平，今山西高平西北，秦昭王四十七年（前260）秦、赵于此大战。

〔25〕乐何央：乐无央，欢乐无穷尽。霍去病《琴歌》："国家安宁，乐无央兮。"

留须[1]

翰林三年官三县[2]，髯奴未敢登吾面[3]。忽忽韶华二十九[4]，春风髭芽生满口。圆颐相视渐模糊[5]，持镜明朝失故吾。情知回首伤年少，不敢删除表丈夫。衮师娇儿笑且哗[6]，口边何处来乌鸦？蒙茸只可乱狐服[7]，谈论何曾蔽齿牙！从古红颜难自保，临风默默伤怀抱。君不见瑶台七十二神仙[8]，毕竟人夸子晋好[9]！

〔1〕此诗作于乾隆八年（1743），原见《小仓山房诗集》卷三。诗借留须的琐细题材，以诙谐的笔调，抒写了时不我待的迁逝之感。

〔2〕"翰林"句：是说自中进士后已于翰林院深造三年，又外放任溧水、江浦、沭阳三县县令至今。

〔3〕髯奴:多须的奴仆。此戏指须髯。

〔4〕韶华:年龄。

〔5〕颐:下巴。韩愈《送侯参谋赴河中幕》:"君颐始生须,我齿清如水。"

〔6〕衮师:李商隐幼子。李商隐《骄儿诗》:"衮师我骄儿,美秀乃无匹。"后用为对娇儿的代称。

〔7〕"蒙茸"句:化用《诗·邶风·旄丘》"狐裘蒙戎"意,谓胡须蓬松如狐皮。

〔8〕瑶台:传说中的神仙居处。王嘉《拾遗记·昆仑山》:"傍有瑶台十二,各广千步,皆五色玉为台基。"

〔9〕子晋:王子乔,字子晋,神话中人物,喜吹笙作凤凰鸣。《乐府诗集·相和歌辞十二·西门行》云:"自非仙人王子乔,计会寿命难与期。"

征漕叹[1]

沭阳漕无仓[2],水次在宿阜[3]。去县百馀里,官民两奔走。富者车马驮,贫者篝笔负[4]。展转稍愆期[5],鞭笞随其后[6]。北风万里来,腊雪三尺厚[7]。泥途行不前,老幼足相蹂[8]。今岁旱魃灾[9],产谷半稂莠[10]。粟圆而薄糠[11],零星他郡购。未来苦无谷,有谷苦难受[12]。检谷如检珠[13],重叠须春臼[14]。粒碎聒相喧[15],色杂哤相诟[16]。嗟哉我穷民[17],历历数卯酉[18]。来时一石馀,簸完盈一斗。天雨不开仓,小住日八九。携来行李资[19],不足糊其口。官怒呼吏来[20],命杖挞吏首[21]:"收谷亦太苛。尔命胡能寿[22]?"诸吏跪且言:"公毋罪某某。旗丁古门匠[23],习俗久相狃[24]。米色稍不齐,叱吏如畜狗。大府命监收[25],所来亦蒙瞍[26]。委阿无定词[27],调停两掣肘[28]。此时收太宽,临时安所咎[29]?"县官笑且言:"尔毋强分剖[30]!我从通州来[31],斛粮万万薮[32]。糠沙半相和,俱已蒙上取。我食翰林俸[33],陈陈尽红朽[34]。何得此旗丁,需索为利薮[35]?"言毕旗丁至,狰狞貌粗丑。视米噤无言[36],仰面欸欲嗾[37]。我因思吏言,此事诚然有。更有持斛者,有意与苦手[38]。播弄作浮萍,扫除恃箕帚。长官察吏严,嬖人二五偶[39]。披羊裘而钓[40],谁不识严叟[41]?众吏迎以入,劳金兼酹酒[42]。此金此酒来,毋奈非民否[43]?县官自语心:尔已为民母[44];宁受旗丁嗔[45],毋使民守久;宁失逻者心[46],毋使丧所守[47]。持此《征漕叹》,愿以告我后[48]!

[1] 此诗作于乾隆八年(1743),原见《小仓山房诗集》卷三。诗揭露人祸,抨击在征收漕粮过程中恶吏与旗丁对百姓的盘剥,表达了作者为民请命的操守。诗刻画恶吏、旗丁丑恶嘴脸,生动传神。征漕,征收漕粮。漕粮为政府规定由水路运往京师供官、军食用的粮食。

[2] 沭阳漕:指沭阳征粮机构。

[3] 水次:水上停泊。宿阜:地名。在沭阳之西。

[4] 篅笔(chuán dùn 船顿):贮藏谷物的圆囤,盛粮食的器物。此处皆指代盛粮器物。

〔5〕展转:转移不定。古乐府《饮马长城窟》:"他乡各异县,展转不可见。"愆(qiān迁)期:失期。《易·归妹》:"归妹愆期,迟归有时。"

〔6〕鞭笞(chī吃):鞭打,杖击。

〔7〕腊雪:腊前之雪。《本草纲目·水部一》:"冬至后第三戊为腊。腊前三雪,大宜菜麦,又杀蝗虫。腊雪密封阴处数十年亦不坏。"

〔8〕蹂(róu柔):践踏。

〔9〕旱魃:参见《苦灾行》注〔25〕。

〔10〕稂莠(láng yǒu狼有):指形似禾苗的害草。韩愈《平淮西碑》:"稂莠不薅。"

〔11〕粟:谷子,去壳后叫"小米"。

〔12〕苦难受:苦于难被官家验收接受。

〔13〕检谷:察验上交的谷子。

〔14〕"重叠"句:谓须反复用杵臼捣去谷物的皮壳。

〔15〕聒(guā瓜)相喧:谓检谷者对交谷者大声喧扰。

〔16〕哤(máng忙)相诟(gòu够):谓检谷者对交谷者乱骂一通。哤,言语杂乱。

〔17〕嗟哉:感叹声。

〔18〕数卯酉:谓计算时间,有等待收谷而度日如年之意。卯,十二时辰之一,五时至七时;酉,十二时辰之一,十七时至十九时。卯至酉为白天时间。

〔19〕行李资:此谓旅次费用。

〔20〕官:县官,作者自称。

〔21〕挝(zhuā抓):击。

〔22〕胡能寿:怎能长寿?寿,年岁长久。《庄子·天道》:"长于上古而不为寿。"

〔23〕旗丁:押船运粮的兵。门匠:原称黄河三门峡导航之役夫。

《新唐书·食货志》:"河中有山号'米堆',运舟入三门,雇平陆人为门匠,执标指麾,一舟百日乃能上,谚曰:'古无门匠墓。'谓皆溺死也。"此指代导航之役夫。

〔24〕狃(niǔ扭):习以为常。

〔25〕大府:上级官府。此指总督。

〔26〕蒙瞍(sǒu叟):瞎眼瞎子。《诗·大雅·灵台》:"蒙瞍奏公。"

〔27〕委阿(ē婀):委曲,曲从。

〔28〕掣(chè彻)肘:语出《吕氏春秋·具备》。比喻在别人做事情的时候,从旁牵制。

〔29〕安所咎:罪责什么地方呢?

〔30〕尔:你。分剖:谓分析、解释。

〔31〕通州:此指北通州,治所在今北京通州,元代浚修通惠河,为运粮要道。

〔32〕斛(hú胡):量器名。籔(sǒu叟):古量名。《礼仪·聘礼》:"十六斗曰籔。"

〔33〕翰林俸:翰林的俸禄。按:作者于乾隆四年(1739)中进士,选庶吉士,入翰林院。

〔34〕陈陈:即"陈陈相因"之意。《史记·平准书》:"太仓之粟,陈陈相因,充溢露积于外,至腐败不可食。"指陈粮加陈粮。红朽:谓陈粮发红腐烂。

〔35〕利籔(sǒu叟):利益聚集的处所。

〔36〕噤(jìn禁):闭口不言。《楚辞·九叹·思古》:"口噤闭而不言。"

〔37〕獒(áo敖):猛犬。嗾(sǒu叟):使狗声。

〔38〕苦手:谓苛刻的检谷人。

〔39〕嬖(bì必)人:受宠爱的人。《左传·隐公三年》:"公子州吁,

35

嬖人之子也。"二五偶:即二五耦。见《左传·庄公二八年》,喻狼狈为奸。

〔40〕披羊裘而钓:披羊皮大衣钓鱼。《后汉书·严光传》:"后齐国上言:'有一男子,披羊裘钓泽中。'帝疑其光。"

〔41〕严叟:即严光,字子陵,东汉人。与汉光武帝刘秀同学。刘秀任他为谏议大夫,他未受,归隐于浙江富春江。

〔42〕劳金:以钱财慰劳。酹(lèi类)酒:以酒洒地表示祭奠。

〔43〕"毋(wú无)奈"句:谓(此金此酒)恐怕是来自老百姓吧?毋奈,无乃,恐怕,莫非。

〔44〕民母:旧称县令为父母官。

〔45〕嗔(chēn郴):怒。

〔46〕逻者:巡察的人,指旗丁。

〔47〕丧所守:丧失自己所奉行的操守。

〔48〕后:君主。《书·大禹谟》:"后克艰厥后。"此指乾隆皇帝。

分校[1]

沉沉棘院华堂开[2],战酣万蚁鳞甲来[3]。主司峨冠南面坐[4],帘官梯几东西排[5]。一十八人眼如漆,一十八枝笔植铁。朱字迷离照眼红[6],疑是诸士心上血[7]。披沙捡金金未收,暗中默祷心中求。榜后但闻举子怨[8],此时谁识帘官愁!百鸟丛中一鹗见[9],再拜亲标其官荐。朱衣可得点头无[10]?偷眼还看主司面。孙山以外虽漫漫[11],我誓加墨心才安。红勒欲下不轻下[12],训诲还当子弟看。可惜一卷文超群,"五经"纷纷井大春[13]。主司摇手道额满[14],怪我推挽何殷勤。明知额满例难破,额内似渠有几个[15]?狱底生将宝剑埋[16],掌中空见明珠过。吁嗟乎!科名有命文无功[17],君不见李方叔、苏文忠[18]!

〔1〕此诗作于乾隆九年(1744),原见《小仓山房诗集》卷四。诗写参加乡试阅卷之所见所感,以愤懑之情,记叙了录取之不公,揭露了封建科举制度的弊端。

〔2〕棘(jí及)院:考试试院。为防止考生传递作弊,试院围墙上插有棘枝,阻挡人爬越传递。

〔3〕万蚁鳞甲:喻试卷上字迹密密麻麻。

〔4〕主司:主考官。峨冠:戴高帽子。

〔5〕帘官:对考官的统称。考官分帘内与帘外,职责各不相同。梯几:试院中的木梯、桌几。

〔6〕朱字:指试官在试卷上用朱砂批阅的字。

〔7〕诸生:明清指秀才。

〔8〕举子:考生。

〔9〕鹗(è饿):鱼鹰。此喻杰出考生。见(xiàn现):同"现"。

〔10〕朱衣:朱衣使者。据《侯鲭录》,欧阳修知贡举时,每阅卷觉身后有一朱衣人,朱衣人点头的,文章就合格,回视其人又不见。此指考官。

〔11〕"孙山"句:谓落榜者众多。孙山,范公偁《过庭录》:"吴山孙山,滑稽才子也。赴举他郡,乡人托以子偕往。乡人子失意,山缀榜末,先归。乡人问其子得失,山曰:'解名尽处是孙山,贤郎更在孙山外。'"后因称落榜为"名落孙山"。

〔12〕红勒:当指阅卷朱笔。

〔13〕五经:五种儒家经典,《诗》、《书》、《礼》、《易》、《春秋》。井大春:东汉郿县人井丹,字大春,通五经,京城俗谚"五经纷纶井大春"。此泛指优秀人才。

〔14〕额满:录取名额已满。

〔15〕"额内"句:谓已录取者像他(指井大春)那样优秀的有几个。渠,他。

〔16〕"狱底"句,谓真才被埋没。据《晋书·张华传》,晋惠帝时广武侯张华见斗牛之间有紫气,乃召"妙达纬象"的雷焕问之。焕曰:"宝剑之精,上彻于天耳","在豫章丰城"。于是张华补焕为丰城令。焕"掘狱屋基,入地四丈馀,得一石函,光气非常,中有双剑,并刻题,一曰龙泉,一曰太阿。"

〔17〕科名:经乡试或会试考试而录取者。

〔18〕李方叔:李荐,字方叔,华州(今陕西华县)人。北宋文学家。"苏门六君子"之一。有《济南集》辑本。苏文忠:北宋著名文学家苏轼,字子瞻、号东坡。眉州眉山(今属四川)人。散文为"唐宋八大家"之一,亦为诗词高手。著有《东坡全集》。文忠乃其谥号。清陆以湉《冷庐杂识》:苏文忠公典贡,举遗李方叔,吕大防有"失此奇才"之叹。文忠殁,方叔哭之恸,且为相地卜兆,作文祭之曰:"皇天后土,鉴一生忠义之心;名山大川,还万古英灵之气。"盖知己之感,有不在形迹之末者。袁枚二人并提,表示对遗才的可惜之情。

李昌谷有《马诗二十一首》,余仿之作剑诗[1](二十二首选二)

似雪消尘念[2],如松耐岁寒[3]。摩娑日三五[4],当作美人看。

〔1〕二诗作于乾隆九年(1744),原见《小仓山房诗集》卷四。二诗咏剑以喻怀才不遇之人,寓有诗人自己的感慨。李昌谷,唐代诗人李贺(790—816),字长吉,家于福昌(今河南宜阳西)之昌谷。故世又称李昌谷。《马诗二十一首》,实为《马诗二十三首》,是一组以马为题材的组诗,托物咏怀,以马喻人。

〔2〕尘念:俗念。

〔3〕岁寒:天寒冷。《论语·子罕》:"岁寒,然后知松柏之后凋也。"

〔4〕摩挲(suō梭):抚弄。古乐府《琅琊王歌辞》:"新买五尺刀,悬着中梁柱,一日三摩娑,剧于十五女。"日三五:每日三五次。

气走蛟龙窟〔1〕,心争日月光〔2〕。文章奇绝处〔3〕,人道太锋铓〔4〕!

〔1〕"气走"句:意谓剑气逆射,直穿蛟龙之窟。蛟龙,据《晋书·张华传》:张华叫雷焕为之寻宝剑,雷焕掘狱屋基,得"龙泉"、"太阿"二剑。后二剑皆入水中化为龙,故剑与龙相关。

〔2〕"心争"句:意谓剑光明如日月。

〔3〕文章奇绝:白居易《新乐府·缭绫》:"中有文章又奇绝,地铺白烟花簇雪。"原指花纹奇美。又据《晋书·张华传》:雷焕之子雷华行经延平津(在今福建南平)时,"剑忽于腰间跃出堕水,使人没水取之,不见剑;但见两龙各长数丈,蟠萦有文章。没者惧而反。"故此以"文章"喻剑身。

〔4〕"人道"句:有人说此剑太露锋铓了。

沭阳移知江宁，别吏民于黄河岸上[1]

五步一杯酒，十步一折柳[2]。使君乘车行[3]，吏民攀车走。父老泣且言[4]："使君无他奇，虎不渡河蝗亦飞[5]；只有小大狱[6]，十日无留遗[7]。"胥吏泣且言[8]："使君无他好，不察渊鱼矜苛廉[9]，不容抱牍施奸巧[10]；每日放衙归[11]，无事关门早。"我闻此言感知己，两年自负如斯耳[12]。斜阳策马一回头[13]，哭声渐远河声流。

〔1〕此诗作于乾隆十年（1745），原见《小仓山房诗集》卷四。诗通过吏民之口赞颂作者于沭阳的政绩，反映了民情民意，语言朴素通俗。诗人不无"自负"之意。沭阳：县名。在江苏省北部。移知江宁，调任江宁县（在今南京市郊）知县。吏民：县吏、百姓。

〔2〕折柳：惜别之意。据《三辅黄图·桥》："霸桥在长安东，跨水作桥，汉人送客至此桥，折柳赠别。"后因以"折柳"为送别代称。

〔3〕使君：原为对刺史或州郡长官的尊称，此为袁枚自指。

〔4〕父老：对老年人的尊称。

〔5〕蝗亦飞：谓蝗虫为灾。虎不渡河：反用《后汉书·儒林传》刘昆施仁政，使"虎负子渡河"、消除"虎灾"之典。参见《捕蝗曲》注〔1〕。此句谓自己算不上贤令。

〔6〕狱：讼事。

〔7〕"十日"句：谓袁枚断狱果断及时。

〔8〕胥吏:在县衙中办理文书的小吏。

〔9〕察渊鱼:细看深渊中的鱼。《汉书·终军传》:"夫明暗之征,上乱飞鸟,下动渊鱼,各以类推。"矜(jīn今):矜夸,自负其能。苛廉:苛刻烦琐,显示精明。《庄子·天下》:"君子不为苛察,不以身假物。"此句谓作者不靠注意烦琐小事来显示、夸耀自己的精明。

〔10〕抱牍:捧持文案。奸巧:邪恶欺骗。此句谓作者不容许官吏任职时对百姓施以奸邪欺诈之事。

〔11〕放衙:免去属吏早晚两衙的参见,此谓放晚衙。苏轼《入峡》:"放衙鸣晚鼓。"

〔12〕两年:袁枚于乾隆八年(1743)由江浦县调任沭阳县,至离开沭阳时有两年时光。如斯:像"父老"、"胥吏"所言。

〔13〕策马:用鞭子抽打马。

府中趋[1]

巍巍天门开[2],朝贺有常期[3]。沉沉长官府[4],晨趋无已时[5]。束带候鸡唱[6],腰笏事奔驰[7]。众人已宛在,后至颜忸怩[8]。坐守鼓角鸣[9],音响止复吹。名纸如梵夹[10],作字苍蝇微[11]。起居称万福[12],愿得尊者知。尊者方欠伸[13],起问夜何其?司阍有酒气[14],传入犹狐疑[15]。息气坐寒廨[16],闭口忍徂饥[17]。音旨忽然下[18],大旱得云霓。材官麾以肱[19],鸟散而云归[20]。出门看白日,颓阳已熹微[21]。明日戒更早,后日将毋迟。国事耶?民瘼耶[22]?将军者约耶[23]?

〔1〕此诗作于乾隆九年(1744),原见《小仓山房诗集》卷四。诗写拜谒长官的经过,对谒见的艰难,长官的傲慢,以白描之笔作了生动的刻画与讽刺,反映了官场生活的无聊与吏治的腐败。府中趋,于上级官署中奔走。

〔2〕天门:指帝王宫殿的门。杜甫《宣政殿退朝晚出左掖》:"天门日射黄金榜,春殿晴曛赤羽旗。"

〔3〕朝贺:臣子到京城谒见天子。常期:规定的日期。

〔4〕沉沉:森严貌。

〔5〕无已时:没完没了。

〔6〕鸡唱:天亮。李贺《致酒行》:"雄鸡一声天下白"。

〔7〕腰笏(hù户):腰中插笏。笏,是古代朝会时用的手板。

〔8〕颜忸怩(niǔ nì 扭逆):脸上有愧色。

〔9〕守:等待。角:号角。

〔10〕名纸:名片。梵夹:佛经贝叶重叠,以木板夹两端,用绳串结,称梵夹。

〔11〕苍蝇微:小如苍蝇。

〔12〕起居:指问候起居语。万福:多福。祝颂之辞。

〔13〕欠伸:打呵欠,伸懒腰。

〔14〕司阍(hūn昏):守门人。

〔15〕狐疑:指传递拜谒通报时态度怠慢、猜疑。

〔16〕寒廨(xiè泄):寒冷的官署。

〔17〕徂(cú粗阳平)饥:饥饿感。徂,至。

〔18〕音旨:指上官的口谕。

〔19〕材官:官名。此泛指上司。麾(huī挥)以肱(gōng宫):挥挥手。肱,手臂从肘至腕的部位。

〔20〕鸟散:像鸟一样一哄而散。
〔21〕颓阳:即将下山的太阳。熹(xī 西)微:微亮。
〔22〕民瘼(mò 莫):百姓的病害。
〔23〕将军者:泛指上司长官。约:约定。

扬州回泊燕子矶登亭望雪[1]（二首选一）

不到千峰上，安知万象空[2]。高山头既白，残腊岁将终[3]。绝顶荒亭雪，孤身四面风。凭阑心忽动[4]，月起大江中。

〔1〕此诗作于乾隆十一年(1746)，原见《小仓山房诗集》卷五。诗以写登高望雪所见壮阔清冷的境界为主，但尾联写"月起"则为画面注入了活力，并激起诗人内心短暂的热情。扬州，今属江苏。燕子矶，地名，在今南京东北，濒临长江，三面悬绝，形如飞燕，故名。
〔2〕万象:自然界的一切事物、景象。
〔3〕残腊:农历十二月称腊月。十二月年岁将终，故称残腊。
〔4〕凭阑:凭栏。

偶见[1]

柳絮风吹上树枝[2]，桃花风送落清池[3]。升沉好像春风意，及问春风风不知。

〔1〕此诗作于乾隆十一年(1746),原见《小仓山房诗集》卷五。时任江宁知县。诗写"偶见"的暮春自然景象,寓有对社会人生的深沉感慨;采用拟人手法,颇有"生趣",显示出性灵诗的特色。

〔2〕"柳絮"句:意谓风把柳絮吹上树枝,此乃"升"也。

〔3〕"桃花"句:意谓风送桃花落清池,此乃"沉"也。

晚 坐[1]

晚坐碧波上,飘然白练裙[2]。月高沙鸟语,烟尽水天分[3]。洲荻响成雨[4],渔灯红入云[5]。更深犹可喜,官鼓断知闻[6]。

〔1〕此诗作于乾隆十二年(1747),原见《小仓山房诗集》卷五。诗写晚坐江上观赏着大自然美丽而宁静的境界,体会到暂时远离官务的清闲之趣。

〔2〕白练裙:洁白的丝裙。形容长江白浪。谢朓《晚登三山还望京邑诗》:"澄江静如练。"指诗人自己的装束。典出《南史·羊欣传》:"南朝宋羊欣年十二作隶书,为王献之所爱重。欣夏月著新绢裙昼寝,献之见之,书裙数幅而去。欣加临摹,书法益工。"

〔3〕"烟尽"句:是说晚烟消失,水天分得十分清楚。

〔4〕洲荻:水中陆地上的芦苇。

〔5〕"渔灯"句:是说渔灯映红了水中的白云。

〔6〕"官鼓"句:是说听不到官鼓声。

春日郊行[1]

二月郊行最有情,青山带雨画清明[2]。杂花香自空中至,野草根从旧处生。小鸟啼烟催布谷,老牛牵犊学春耕。劳劳官走江城北[3],争怪长条日送迎[4]?

〔1〕此诗作于乾隆十二年(1747),原见《小仓山房诗集》卷五。诗写春日郊行的感受,以小鸟、老牛,渲染清明时节的忙碌,以衬托自己政务之烦忙,显示出春天的生机。

〔2〕清明:农历二十四节气之一。为春耕春种时节。

〔3〕劳劳:辛劳忙碌。元稹:《送东川马逢侍御使回》:"流年等闲过,人世各劳劳。"江城:指江宁,今江苏南京。时作者任江宁县令。

〔4〕争:怎。

元旦后二日过牛首宿丛云楼[1](二首选一)

一树梅含萼[2],三更香满天[3]。溪声忙雨后,峰影立灯前。且饱伊蒲馔[4],同参玉板禅[5]。九州人事隔[6],醒梦总悠然[7]。

〔1〕此诗作于乾隆十三年(1748),原见《小仓山房诗集》卷五。诗写夜宿丛云楼的闲适之意,反衬官场的烦扰;写景颇生动传神。元旦,指

阴历正月初一。吴自牧《梦粱录·正月》:"正月朔日,谓之元旦。"牛首,即牛头山,在江宁县南。丛云楼,在牛头山。当为寺院。

〔2〕含萼(è饿):即含苞。萼,花的最外一轮,一般为绿色叶状。

〔3〕"三更"句:意谓三更时梅花突然开放而香气满天。

〔4〕伊蒲馔:供僧之食物。《名山记》谢东山《游鸡足山记》曰:"山之绝顶一僧,洛阳人,留供食,所具皆佳品,予谓野亭曰:'此伊蒲馔也。'"伊蒲,即伊蒲塞,梵语优婆塞之转音,指受五戒之僧人。

〔5〕"同参"句:意谓与僧人一起参究佛典以求"明心见性"。玉板禅,指佛典。杨万里诗:"玉板谈禅佛不如。"

〔6〕九州:谓全中国。王昌龄《放歌行》:"皇风被九州。"人事隔:谓宿处远隔世俗烦扰之人事。

〔7〕悠然:闲适貌。陶潜《饮酒》:"采菊东篱下,悠然见南山。"

挂冠[1](四首选一)

乐府空歌臣马良[2],十年不召老淮阳[3]。笼中野鹤少高唳[4],篱外寒花多久香[5]。指膝自怜曾负汝[6],饮泉终竟是谁狂[7]?爱他岭上孤云意[8],含雨空归作小凉[9]。

〔1〕此组诗作于乾隆十三年(1748)辞官时,原见《小仓山房诗集》卷五。诗写自己之所以于盛年之际毅然挂冠,一方面有"空歌臣马良"、怀才不遇之感,一方面是厌倦县令"笼中"生涯。诗中诸比喻皆含深意。挂冠,即辞官。《后汉书·逢萌传》:"时王莽杀其子宇,萌谓友人曰:'三纲绝矣,不去,祸将及人。'即解冠挂东都城门,归将家属浮海,客于辽

东。"

〔2〕"乐府"句:《乐府解题》云:"君马黄,臣马苍,二马同逐臣马良。"臣马良,我的马优良,此喻贤人也。

〔3〕淮阳:在河南省东部、颍河北岸。《汉书·汲黯传》载:西汉汲黯为人性倨少礼,常直言切谏,后被武帝召为淮阳太守,居淮阳十年而卒(《史记》谓其居淮阳,七岁而卒)。

〔4〕高唳(lì):高亢地鸣叫。

〔5〕寒花:当谓梅花。久香:长久芳香。

〔6〕负汝:对不起你(膝),当指跪拜迎送长官之耻。

〔7〕"饮泉"句:意谓还是饮泉闲居才狂放不羁。

〔8〕孤云意:孤飞的片云之意态。用李白《独坐敬亭山》"众鸟高飞尽,孤云独去闲"之意。

〔9〕"含雨"句:意谓自己要像孤云一样,挂冠归隐。

洲上寄南台〔1〕

冰断水声闻,孤舟酒不醺〔2〕。风吹寒日瘦,沙截大江分〔3〕。白鹭悄无语,梅花淡似君〔4〕。相思心正切,一雁下南云〔5〕。

〔1〕此诗作于乾隆十三年(1748),原见《小仓山房诗集》卷五。诗写怀友,笼罩着孤寂的氛围。语言平淡中见深致,写出诗人之真情至性。洲,瓜洲。在江苏邗江南部,大运河入长江处。为长江南北水运交通要冲。南台,人名,姓许。

〔2〕醺(xūn 熏):酒醉。

〔3〕大江分:谓长江分流。

〔4〕淡似君:谓梅花气质淡雅似许南台。君,对许南台的敬称。

〔5〕南云:南方之云。陆机《思亲赋》:"指南云以寄款,望归风而效诚。"此句谓托雁传书也。

浴[1]

浴罢凭栏立[2],高云掩夕阳。不知何处雨,微觉此间凉。

〔1〕此诗作于乾隆十三年(1748),原见《小仓山房诗集》卷五。诗写的是诗人浴后登楼凭栏时一种敏锐的触觉感受,一种细致的体验。

〔2〕凭栏:依着高楼上的栏杆。

解组归随园[1](二首选一)

枥马负千钧[2],长鞭挟以走[3]。一旦放华山[4],此身为我有。当年疏大夫[5],弃官归田亩。钱送两无言[6],开怀但饮酒。照见碧流中,面目如前否。

〔1〕此诗写于乾隆十三年(1748),原见《小仓山房诗集》卷五。诗写首次辞官回归随园的轻松愉快心情。解组,解下印绶,即辞官。随园,在南京城西小仓山,原名"隋园",作者购后改名"随园"。

〔2〕枥马:伏于马槽的马。千钧:形容极重之物。古代以三十斤为一钧。

〔3〕"长鞭"句:是说在长鞭鞭策下奔跑。

〔4〕华山:五岳之一。在陕西。此喻小仓山。

〔5〕疏大夫:西汉疏广,宣帝时为太傅,与兄子受同时任少傅,在位五年,都以病辞官,回归故乡东海兰陵(今山东苍山)。

〔6〕饯送:指设宴送别他人和被人送别。

归家即事[1]

初四出官署[2],二十整行装,三十抵乌镇[3],初一入钱塘[4]。钱塘到家近,心急路转长。离乡忘乡音,入耳翻佁张[5]。阍者问名姓[6],小犬吠篱旁。主人不复顾[7],直趋上中堂[8]。阿姊扶阿父[9],老妻扶阿娘[10]。众面一齐向[11],杂语声满房。阿母向我言:"为儿道家常[12]:我老多疾病,且喜无所妨[13];不如汝之父,秩膳口颇强[14]。自汝出门后,诸亲如水凉[15]。三妹抱瑶瑟[16],悔嫁东家王[17]。四妹婿远游[18],季兰尸祭忙[19]。汝婶自粤归[20],祀灶无黄羊[21]。舅家风凄凄,满屋堆灵床[22]。告汝各甘苦,便汝相扶将[23]。"阿母言且行,手自罗酒浆[24]。阿父为我言:"望儿穿眼眶。昨得一口信,道汝颇周详:初四出官署,二十整行装,三十抵乌镇,初一入钱塘。新官初摄篆[25],米谷犹在仓;三釜与四釜[26],廪人未收量[27]。汝今虽归家,何能长居乡?汝食大官俸[28],我得屋东厢;汝仰视栌栱[29],千金宁低昂[30]。荷花三十里,荫柏复沿塘。金丸小木奴,冉冉自垂黄[31]。老人手所植[32],待儿归来尝。"我将行赴园,有人牵衣裳。一妾抱女至[33],牙牙拜爷旁[34];佯怒告诉爷:"索乳颇强梁。"[35]一妾作低语[36]:"外妇宿庚桑[37];君毋忘菅蒯[38],专心恋姬姜[39]。"老妻笑哑哑,打开双青箱[40]:"谓当获金珠,而乃空文章[41]!"阿母欲我息,吹去蜡烛光。明日大母坟,长跪奠肴觞[42]:"孙儿十八岁,怀抱犹在床。今儿得官归,古墓生白杨。呜呼苍天恨[43],此恨何时忘?"后日走西湖,带雨观汤汤[44]。我行周四岳[45],毕竟此无双。悠悠笑语过,忽忽灯节忙[46]。此身不自持,呼仆买舟航。阿母留儿子,一日如千场。劝儿加餐饭[47],为儿备糇粮[48]。家园笋似玉,手烘加饴糖[49]。春茶四十挺[50],片片梅花香。阿父不受拜,但指鬓边霜。妻妾无所言,含泪不成妆[51];惟问几时归,君归我可望。阿姊出帘拜,甥儿要同行[52]。叔母亦唧唧[53]:阿品交与兄[54]。两郎俱年少,初生别离肠[55]。亲朋来一送,软语都未遑[56]。萧萧北门关[57],行李摇夕阳。慈乌哺后去[58],脊令聚复翔[59]。鸳鸯折荷叶,织女望河梁[60]。浮云为郁结[61],骊驹为彷徨[62]。人生天地间,哀歌殊未央[63]!

〔1〕此诗作于乾隆十四年(1749),原见《小仓山房诗集》卷六。此诗写归家之所见所闻所感,记事、写景、抒情皆真切自然,生动风趣,妙手白描,隐隐呼之欲活。归家,回家乡杭州。即事,眼前的事情,指写归家时所见的情景。

〔2〕初四:指乾隆十三年(1748)腊月初四。出官署:辞官。

〔3〕乌镇:在吴兴(今浙江湖州)东南。

〔4〕初一:指乾隆十四年(1749)正月初一。钱塘:今杭州。

〔5〕翻:反而。侜(zhōu 舟)张:欺诳,意谓觉乡音陌生。

〔6〕阍(hūn 昏)者:守门人。

〔7〕主人:作者自称。顾:回头看。

〔8〕"直趋"句:意谓直接疾步进入厅堂之中。

〔9〕阿父:据姚鼐《袁随园君墓志铭并序》:袁枚父名滨,叔名鸿,皆以贫游幕四方。阿姊:指其二姐,后言"甥儿"名陆湄君(豫庭),即其子。

〔10〕老妻:即王氏。阿娘:据袁枚《先妣章太孺人行状》:母章氏,杭州耆士章师禄先生之次女。

〔11〕"众面"句:意谓大家的脸朝着一个方向迎候袁枚。

〔12〕儿:作者自称。

〔13〕无所妨:没有大妨碍。

〔14〕"秩膳"句:意谓平常吃饭胃口颇好。秩膳,常膳,平常的饭食。

〔15〕"诸亲"句:意谓诸亲友境遇悲凉。

〔16〕三妹:名机,字素文。抱瑶瑟:怀抱饰以美玉的瑟。此形容三妹富有才华、美质。

〔17〕"悔嫁"句:反用《玉台新咏·歌辞二首》"恨不嫁与东家王"之意。王,王昌,为东平相。此谓后悔嫁给如皋高氏事,据袁枚《女弟素文传》:高氏有禽兽行,而素文闻如不闻,竟嫁给高氏,备受欺凌。

〔18〕四妹:名杼,字静宜。婿:夫婿,丈夫韩氏。

〔19〕季兰:佩兰的少女。《左传·襄公二十八年》:"济泽之阿,行潦之苹藻,置诸宗室,季兰尸之,敬也。"此指四妹。尸祭:主持祭祀宗庙,求神保佑。此指四妹祝告夫婿平安。

〔20〕婶:指袁枚叔父袁鸿之妻缪氏。袁鸿于乾隆五年(1740)死于

广西。粤:谓广西。

〔21〕"祀灶"句:意谓贫穷无黄羊祭灶神。据《后汉书·阴识传》:宣帝时,阴子方者,腊日晨炊而灶神形见。子方再拜受庆。家有黄羊,因以祀之。自是以后暴至巨万。故后常以腊日祀灶而荐黄羊焉。

〔22〕灵床:停放尸体的床。《后汉书·张奂传》:"措尸灵床,幅巾而已。"

〔23〕"便汝"句:意谓便于你今后给予照顾。相扶将,参见《捕蝗曲》注〔2〕。

〔24〕罗酒浆:摆酒。杜甫《赠卫八处士》:"问答乃未已,儿女罗酒浆。"

〔25〕摄篆(zhuàn 转):谓代掌官印,即代理某种官职。篆,官印的代称,因旧时官印都以篆文刻。

〔26〕釜(fǔ 斧):古量器名。《考工记》:"量之以为釜,深尺,内方尺而圜其外。其实一釜。"郑玄注:"釜,六斗四升也。"

〔27〕廪(lǐn 凛)人:古官名。掌管粮食出入。

〔28〕俸(fèng 奉):俸禄,旧时称官吏所得的薪水。

〔29〕栌栱(lú gǒng 卢拱):斗栱,柱顶上承托栋梁的方木。此指代官府厅堂。

〔30〕"千金"句:意谓千斤黄金亦看得很轻,心不为所动。宁:岂。低昂:即为之低昂。低昂,起伏,升降。

〔31〕冉冉:形容枝条柔弱的样子。曹植《美女篇》:"柔条纷冉冉,叶落何翩翩。"垂黄:垂下小木奴(金柑)。

〔32〕老人:袁枚父亲自称。

〔33〕一妾:此当指乾隆八年(1743)所纳亳州(今安徽亳县)陶氏女。

〔34〕牙牙:婴儿学语声。爷:父亲。

〔35〕强梁:强横。

〔36〕一妾:此当指乾隆十三年(1748)所纳苏州女子方聪娘。

〔37〕外妇:旧谓正妻以外未经结婚而同居的妇人。庚桑:庚桑洞,相传为老子弟子庚桑子所居,此借指外妇所居处。

〔38〕菅蒯(jiān kuài 奸快):皆草类。菅可制帚,蒯可织席。此自喻为低贱之人。《左传·成公九年》:"虽有丝麻,无弃菅蒯。"

〔39〕姬姜:春秋时,姬为周姓,姜为齐国之姓,后以姬姜为大国之女的代称,也为妇女的美称。《左传·成公九年》:"虽有姬姜,无弃蕉萃。"此指"外妇"。

〔40〕双:一对。

〔41〕"而乃"句:意谓却是空洞无用的文章。而,表示转折;乃,是。

〔42〕奠肴觞:供上酒菜,祭奠祖母亡灵。

〔43〕呜呼:叹词。

〔44〕汤(shāng 伤)汤:大水急流貌。《书·尧典》:"汤汤洪水方割。"

〔45〕周:遍及。四岳:指东岳泰山,南岳衡山,西岳华山,北岳恒山。

〔46〕灯节:正月十五日元宵节,唐代以来有元宵观灯的风俗,所以又叫"灯节"。

〔47〕加餐饭:多吃饭。《古诗十九首》:"弃捐勿复道,努力加餐饭。"

〔48〕糇(hóu 侯)粮:干粮。《诗·大雅·公刘》:"乃裹糇粮。"

〔49〕饴(yí 移)糖:用麦芽制成的糖浆。

〔50〕挺:量词。

〔51〕不成妆:无心妆饰、打扮。

〔52〕甥儿:姓陆,名建,字湄君,号豫庭。

〔53〕叔母:即前面所说的"婶"。唧唧:叹息声。

53

〔54〕阿品：堂弟袁树，字香亭。

〔55〕"初生"句：意谓初次尝到别离的滋味。

〔56〕未遑（huáng 皇）：未来得及。遑，闲暇。

〔57〕萧萧：此谓马鸣声。《诗·小雅·车攻》："萧萧马鸣。"

〔58〕慈乌：乌鸦的一种。相传乌能反哺其母，故曰慈乌。此作者自喻。哺：即反哺。乌雏长大，衔食哺其母。此喻作者孝敬父母。

〔59〕脊令：鸟名。《诗·小雅·棠棣》："脊令在原，兄弟急难。"后因以脊令比喻兄弟，此包括兄弟姊妹。聚复翔：团聚又飞开。

〔60〕"织女"句：比喻妻妾与自己惜别。织女，神话传说中的天帝孙女，与牛郎结婚，后被王母娘娘分隔于天河两侧，天帝许其一年一度于七月七日鹊桥相会。河梁，桥。《吴越春秋》"渡河梁兮渡河梁"，后用为送别之词。

〔61〕"浮云"句：意谓飘浮的云为此而聚结在一起，使作者迷路而驻足。杜甫《佐还山后寄》："山晚浮云合，归时恐路迷。"

〔62〕"骊驹"句：意谓纯黑色的马为此而彷徨不前。

〔63〕哀歌：悲伤的歌。殊未央：一直未止。

正月十七夜〔1〕

满窗月色满池烟〔2〕，千点寒鸦一客眠〔3〕。梦里忽惊蝴蝶影〔4〕，梅花飞过枕函边〔5〕。

〔1〕此诗作于乾隆十四年（1749），原见《小仓山房诗集》卷六。诗写于静谧凄清之月夜，刹那间的审美幻觉，借以增添羁旅的情致，为凄清之夜带来些许生机。

〔2〕满池烟:满池雾气。

〔3〕一客:作者自称,时于离杭州回南京途中。

〔4〕"梦里"句:此当借用《庄子·齐物论》"昔者庄周梦为胡蝶"之意而写幻觉。

〔5〕枕函:指枕头。

江中看月作〔1〕

江风送月海门东〔2〕,人到江心月正中。万里鱼龙争照影〔3〕,一船鸡犬欲腾空〔4〕。帆如云气吹将灭〔5〕,灯近银河色不红〔6〕。如此宵征信奇绝〔7〕,三更三点水精宫〔8〕。

〔1〕此诗作于乾隆十四年(1749),原见《小仓山房诗集》卷六。诗写江月之明,无一字点破"明"字,借助江中具体意象衬托之,比喻新颖,想象不凡。江,长江。

〔2〕海门:在江苏东南部、长江口北岸。

〔3〕"万里"句:意谓因为月光亮,水中鱼龙争着跳跃,让月亮照其身影。

〔4〕"一船"句:意谓因为月明,船上的鸡犬亦想腾空飞至月宫。此句化用了《神仙传·刘安》中所载刘安修炼成仙,临去时,馀药器置在中庭,鸡犬啄舐之,尽得升天的典故。

〔5〕"帆如"句:谓白帆在月色中好似一团云气,风一吹就散灭。

〔6〕"灯近"句:谓灯光在月光下如同靠近银河而颜色暗淡。

〔7〕宵征:夜行。《诗·召南·小星》:"萧萧宵征,夙夜在公。"信:

确实。

〔8〕三更三点:古代用铜壶滴漏计时,把一夜分为五更,一更分为五点。一点为24分钟,三点即72分钟。三更从夜间11点算起,则三更三点为零时12分。李商隐《夜半》:"三更三点万家眠,露欲为霜月堕烟。"水精宫:亦作"水晶宫",一谓龙宫,一谓天上宫阙,此处指后者。据《旧小说·乙集四》辑《逸史》"太阴夫人"条云:唐卢杞与麻婆各处一大葫芦中,腾上碧霄,飘游八万里,遂见宫阙楼台,皆以水晶为墙垣。有女子谓杞曰:"此水晶宫也,某为太阴夫人。"诗中当指月宫。

芟竹〔1〕

竹性不耐杂,志在干青云〔2〕。蒙茸依附者〔3〕,都非贤子孙。腰镰为芟除〔4〕,万绿一齐立〔5〕。明月穿林来,清风有路入。始知为政者〔6〕,姑息本非好〔7〕。不见古干将〔8〕,杀人为人宝〔9〕。

〔1〕此诗作于乾隆十四年(1749),原见《小仓山房诗集》卷六。诗以芟除杂草,翠竹才能"一齐立"为比兴,表现了作者关于"为政"应重法治的观点。芟(shān删)竹,铲除竹子边上的杂草。

〔2〕干青云:冲犯青天。杜甫《兵车行》:"哭声直上干云霄。"

〔3〕蒙:草名,即菟丝子。茸:初生的草。

〔4〕腰镰:腰挂镰刀。

〔5〕万绿:指千万竿绿竹。

〔6〕为政者:治理政事的人。指为官者。

〔7〕姑息:谓无原则地宽容坏人坏事。
〔8〕干将:原为人名,后转为宝剑名。《吴越春秋》:"干将者,吴人也,与欧冶子同师,俱能为剑。越前来,献三枚。阖闾得而宝之,以故使剑匠作为二枚,一曰干将,二曰莫邪。莫邪,干将之妻也。"
〔9〕"杀人"句:谓干将能杀死人才成为人的宝贝。

偕香亭、豫庭登永庆寺塔有作[1]

一层两层风力猛,欲落不落三人影。三人如蚁转磨盘,塔高如天竟无顶。身不登高眼不明,江山历历似围屏。何须僧借苍龙杖[2]? 天马行空自一生[3]。

〔1〕此诗作于乾隆十四年(1749),原见《小仓山房诗集》卷六。诗写于诗人辞官后,抒发登高眼明之胸襟与摆脱人生羁绊的情怀,对归隐后的未来充满了欣慰与自信。香亭,袁树,字香亭,作者的堂弟。豫庭,陆建,号豫庭,作者的外甥。永庆寺,据袁起《随园图》,在南京小仓山随园东南角。
〔2〕苍龙杖:形似青龙的拐杖。
〔3〕天马行空:神马腾空飞行。刘廷振《萨天锡诗集序》:"其所以神化而超出于众表者,殆犹天马行空而步骤不凡。"此喻不受拘束,无所依仗。

读书[1](二首选一)

我道古人文,宜读不宜仿。读则将彼来[2],仿乃以我往。面异始为人,心异斯为文[3]。横空一赤帜[4],始足张吾军[5]。

〔1〕诗写于乾隆十四年(1749),原见《小仓山房诗集》卷六。诗论读古人的书应该取其精神,为我所用,而不能学其皮毛。唯此才能独树一帜,抒写自己的性情。
〔2〕将彼来:把对方汲取过来。
〔3〕心异:指文章构思立意不同。斯:乃。
〔4〕横空:当空。赤帜:红旗。此喻独特的地位。
〔5〕张吾军:张扬、显示我的军威。

宿白土不寐[1]

野店卧秋夜,满床如水生[2]。万重心事集,半点壁灯清。欲起虑惊众,无聊且数更[3]。一层窗纸白,第五次鸡鸣[4]。

〔1〕此诗作于乾隆十四年(1749),原见《小仓山房诗集》卷六。诗写刚辞官夜不能寐的复杂心情,全诗围绕"不寐"二字做文章,意境凄清。白土,白土冈,在今江苏南京东北。不寐(mèi妹),不眠。
〔2〕如水:喻月光如水,有凉意。当指夜凉如水。张籍《秋夜长》:"秋天如水夜未央。"
〔3〕数更:意指睡不着。更,一夜五更,每更约两小时。
〔4〕"第五"句:指五次鸡鸣(五更)后天已亮。

好作古文苦无题目,寻春辄不如意,戏题一首[1]

有笔无题每自嗔[2],黄金何处买阳春[3]?论文颇似升平将[4],娶妾常如下第人[5]。

〔1〕此诗作于乾隆十四年(1749),原见《小仓山房诗集》卷六。诗以自嘲笔调,表现对作文与娶妾的不满意,反映了作者风流才子的本色。寻春,指寻找美色,娶妾。
〔2〕自嗔(chēn郴):自我责怪。
〔3〕买阳春:买春,指娶妾。
〔4〕升平将:太平时期的武将。喻古文无力量。针对"好作古文苦无题目"的感慨,恰如升平时期的勇将找不到敌手。
〔5〕下第人:科举考试落选者。喻妾貌不美。

老将行[1]

黑硝将军骑白马[2],年年独猎阴山下[3]。拔剑时同霹雳争,挥鞭惯把旋风打。手中辟地一千里,麾下偏裨半金紫[4]。刮骨堂前召伎歌[5],论功殿上挥拳起。酒气时熏甲帐中[6],名王擒出烟尘里。于今萧萧两鬓霜[7],日饵云母弹《清商》[8]。朝廷数遣问边事[9],《素书》几卷存金箱[10]?朝听禅白社[11],暮种瓜青门[12]。图形不去涅面痕[13],血甲血裳示子孙。

〔1〕此诗作于乾隆十五年(1750),原见《小仓山房诗集》卷七。诗写老将晚景凄凉,以当年之能征惯战反衬之,尤其感人,而作者人生不平之意蕴藉其中。老将行,新乐府辞旧题。王维有《老将行》诗。

〔2〕黑弰(shāo 稍):黑色弓弰。弰,弓的末梢。

〔3〕阴山:在内蒙古自治区中部。

〔4〕麾(huī 挥)下:在主帅的旌旗之下,即部下。《史记·项羽本纪》:"项王乃上马骑,麾下壮士骑从者八百馀人。"偏裨(pí 皮):偏将副将,古时将佐的通称。《三国志·魏志·张杨传》:"征天下豪杰,以为偏裨。"半金紫:大半是金印紫绶的大官,汉代相国、丞相皆金印紫绶。

〔5〕刮骨:此用《三国志·蜀志·关羽传》"刮骨去毒"之典。伎(jì 技):同"妓",古代歌舞的女子。

〔6〕甲帐:原称汉武帝所造的帐幕,以甲乙为次。《南史·沈炯传》:"甲帐珠帘,一朝零落。"此泛指军队帐幕。

〔7〕萧萧:头发花白萧疏貌。苏轼《次韵韶守狄大夫见赠二首》:"华发萧萧老遂良。"

〔8〕饵:食。《后汉书·马援传》:"常饵薏苡实。"云母:矿石名,可供药用。《南史·南岳邓先生传》:"……断谷三十馀载,唯以涧水服云母屑,日夜诵《大洞经》。"《清商》:清商曲,乐府歌曲名,"其音多哀怨"(《词谱》)。

〔9〕"朝廷"句:谓朝廷多次派遣老将去处理边塞战事。

〔10〕《素书》:兵书名,旧题黄石公撰,或云宋张商英撰。

〔11〕听禅:听讲佛教的禅理。白社:《抱朴子·杂应》:"洛阳有道

士董威辇常止白社中,了不食,陈子叙共守事之,从学道。"后人因称隐士所居为白社。

〔12〕青门:原称汉代长安城东南门,本名霸城门,俗因门色青,呼为青门。汉召平家贫,种瓜于此,人称青门瓜。后以青门泛指京城城门。

〔13〕"图形"句:谓画像不除掉脸上于战场被染黑的痕迹。涅(niè聂),染黑。《论语·阳货》:"不曰白乎,涅而不缁。"

七月二十日夜〔1〕

寒风萧萧打窗急〔2〕,半夜书翻床脚湿。直疑天压银河奔〔3〕,又恐地动海潮入。披衫开门欲唤人,一峰瘦影灯前立!

〔1〕此诗作于乾隆十五年(1750),原见《小仓山房诗集》卷七。诗以高度夸饰的神思之笔,对半夜风雨进行了富有立体感的描写,"一峰瘦影灯前立"显示出性灵诗的神韵。
〔2〕萧萧:风声。《楚辞·九怀·蓄英》:"秋风兮萧萧。"
〔3〕"直疑"句:极言雨大。此句化用李白《望庐山瀑布》"飞流直下三千尺,疑是银河落九天"意。

杂诗八首〔1〕(选二)

入山愁我贫〔2〕,出山愁我身〔3〕。我贫犹自可〔4〕,所愁戚与亲[5];我身犹自可,所愁吏与民。出处难自择[6],请以询家人。父母闻作官,劝行语谆谆[7];妻妾闻作官,膏我新车轮[8];僮仆闻作官,执鞭追后尘[9]。我意独不然,亦非慕隐沦[10]。朝来见县令,三十须如银。劳苦未得息,大吏犹怒嗔[11]。况我挂其冠[12],此骨已嶙峋[13]。从前后行船[14],已据要路津[15]。而我复重来,相见殊逡巡[16]。所恨年齿少[17],众论犹纷纷:"妇少难守节,日长难关门。"掩耳且捉鼻[18],痛饮求昏昏[19]。

〔1〕此组诗作于乾隆十七年(1752),原见《小仓山房诗集》卷七。诗写作者辞官三年后,迫于生计再度出仕陕西时的犹豫,反映进退维谷的矛盾心态。

〔2〕入山:辞官隐居。

〔3〕出山:出仕。据《晋书·谢安传》:"卿累违朝旨,高卧东山,诸人每相与言:'安石不肯出,将如苍生何?'今亦苍生将如卿何?"身:身份、品格。

〔4〕犹自可:自己还没什么。

〔5〕戚:亲属。亲:谓父母。

〔6〕出处:出,出仕;处,隐退。《易·系辞上》:"君子之道,或出或处。"

〔7〕谆谆:教诲不倦貌。《诗·大雅·抑》:"诲尔谆谆。"

〔8〕膏:在车轴上涂油膏。

〔9〕追后尘:跟在车马行进时扬起的尘土后面。此谓追随。

〔10〕隐沦:隐士。祖咏《清明宴司勋刘郎中别业》:"何必桃源里,深居作隐沦。"

〔11〕大吏:大官。怒嗔(chēn郴):发怒。

〔12〕挂其冠:详参《挂冠》注〔1〕。

〔13〕嶙峋:瘦削貌。

〔14〕后行船:喻仕途上不及作者的人。

〔15〕要路津:喻显要的地位。《古诗十九首》:"何不策高足,先据要路津。"

〔16〕逡(qūn群阴平)巡:欲进不进,迟疑不决的样子。《庄子·让王》:"子贡逡巡而有愧色。"

〔17〕年齿:年龄。《汉书·彭宣传》:"臣资性浅薄,年齿老眊。"

〔18〕掩耳:遮盖住耳朵不听众论。捉鼻:掩鼻,鄙夷不屑貌。《世说新语·排调》:"初,谢安在东山居,布衣,时兄弟已有富贵者,翕集家门,倾动人物,刘夫人戏谓安曰:'大丈夫不当如此乎?'谢乃捉鼻曰:'但恐不免耳。'"据余嘉锡案:安少有鼻疾,语音重浊,所以捉鼻者,欲使其声轻细,以示鄙夷不屑之意也。(见《世说新语笺疏》第802页,中华书局1983年版)。

〔19〕昏昏:昏沉沉,此形容醉酒貌。唐温庭筠《春江花月夜》:"蛮弦代写曲如语,一醉昏昏天下迷。"

幼年负奇气〔1〕,开口谈兵书。择官必将相,致身须唐、虞〔2〕。十二举茂才〔3〕,立志何狂愚!二十荐鸿词〔4〕,高步翔天衢〔5〕。廿四入词林〔6〕,腰带弄银鱼〔7〕。八载谪江南〔8〕,手板学奔趋〔9〕。再擢刺史官〔10〕,勣格相龃龉〔11〕。一旦洒然悟〔12〕,万念都捐除。高蹈隋家园〔13〕,甘心渔樵徒〔14〕。琳琅罗万帙〔15〕,桃李栽千株。当轩陈古鼎,随手摩璠玙〔16〕。挂冠三十三〔17〕,不肯迟须臾。民吏或留之,长行绝衣裾[18]。一变至于此,是诚何心欤?方春行秋令[19],贤圣为狂且[20]。旁观俱咄咄[21],自笑亦渠渠[22]。不知千载后,谓我为何如。

〔1〕诗回顾自己前半生人生道路与心态的变化,一个立志入世的人,变为甘心隐居的人,这种类似"贤圣为狂且"的变化,是颇耐人寻味的。负奇气,指具有非凡的禀赋。

〔2〕致身:指从政。唐、虞:本指古代明君唐尧、虞舜。这里借指圣明之世。

〔3〕茂才:秀才。东汉避光武帝刘秀名讳,将秀才改称茂才。

〔4〕鸿词:鸿词博学试,指于正常科举考试外增加的选拔人才的考试。此指乾隆元年(1736)的博学鸿词试。

〔5〕天衢:指京城大路。

〔6〕词林:指翰林院。

〔7〕"腰带"句:是说所穿官服腰带上佩有银鱼符。银鱼,银质的鱼符,表示品级身份。

〔8〕"八载"句:指从乾隆七年外放江南任县令,至此时已八年整。谪,贬谪。

〔9〕手板:为官者所执长板,备记事用。奔趋:指官场上奔走,迎来送往。

〔10〕"再擢"句:谓两江总督尹继善曾荐举作者任高邮刺史。

〔11〕"勋格"句:谓荐举作者任高邮刺史事未成。勋格,指吏部高官。龃龉(jǔ yǔ举语),上下齿不合。喻阻挠。

〔12〕洒然:了然而悟。

〔13〕"高蹈"句:谓以三百两银子购得小仓山。隋家园,前江宁织造隋赫德的园林,称"隋园",后作者改为"随园"。

〔14〕渔樵徒:指隐居之人。

〔15〕"琳琅"句:谓有很多书籍。帙(zhì 秩),包书的帛套。

〔16〕璠玙(fán yú 凡于):美玉名,此泛指珠玉。

〔17〕"挂冠"句:谓辞官时年已三十三。

〔18〕绝衣裾(jū 居):拉断了衣襟。

〔19〕"方春"句:《礼记·月令》:"(孟春之月)行秋令,则其民大疫,飙风暴雨总至,藜莠蓬蒿并兴。"此处指自己盛年却辞官之举。秋令,秋季的气候。

〔20〕狂且(jū 居):行动轻狂的人。《诗·郑风·山有扶苏》:"不见子都,乃见狂且。"

〔21〕咄咄:感叹声,表示惊诧。

〔22〕渠(jù 句)渠:不安的样子。

南楼观雨歌[1]

六月午后风怒号[2],白日隐匿如遁逃[3]。墨云一角钟山坳[4],忽然长幔将天包[5]。昏昏之中万手招[6],雨脚尚在西南郊[7]。我登南楼梧桐梢[8],放眼看尽青天潮[9]。欲来不来声咆哮,破窗先有阴风敲。白羽大箭天上飘[10],小枝杂下声刁骚[11]。飞鸢跕跕立不牢[12],水晶寸寸垂丝绦[13]。龙堂乱把珍珠抛[14],海神欲上朝丹宵[15]。疑是昆阳战鼓嚣[16],乱走屋瓦虎豹嗥;又疑武乙帝胆骄[17],射天天破革囊漂[18]。岂知热极阴阳交[19],芃芃禾黍需脂膏[20]。我无羽翼同飘摇[21],风云羡杀蛟龙豪[22];又无长柄雷公刀[23],大呼阿香斩群妖[24]。但见小屋如轻舠[25],蒙蒙四壁生波涛[26]。家中江湖一望遥,儿童削竹撑野篙。须臾雨止烟雾消[27],终风之暴不终朝[28],万物乃有安枝条。野人赤脚凌滔滔[29],对天狂歌《甘泽谣》[30]。我有南楼鹊有巢,彼此不曾湿毫毛,看雨须立高山高!

〔1〕此诗作于乾隆十六年(1751),原见《小仓山房诗集》卷七。诗依时间顺序,写风,写雨,写雷,写电,写水,巧譬妙喻,使风雨雷电具有了新鲜的审美意义。南楼,在随园北侧,可远望鸡鸣寺。

〔2〕风怒号:风声极大。杜甫《茅屋为秋风所破歌》:"八月秋高风怒号。"

〔3〕隐匿(nì 腻):隐藏起来。遁逃:逃跑。

〔4〕钟山:一名紫金山,在南京东面。坳(āo 凹):洼下的地方。杜甫《茅屋为秋风所破歌》:"下者飘转沉塘坳。"

〔5〕长幔(màn 慢):长帐幕。

〔6〕万手招:当喻风中柳枝摇摆状。

〔7〕雨脚:密集落下的雨点。杜甫《茅屋为秋风所破歌》:"雨脚如麻未断绝。"

〔8〕"我登"句:谓我登上高与梧桐树梢相齐的南楼。

〔9〕青天潮:喻天上乌云如潮。

〔10〕白羽大箭:装有白羽毛的长箭。此喻雨。

〔11〕小枝杂下:小树枝杂乱地堕落。刁骚:原指头发稀落。欧阳修《斋宫尚有残雪因而有感》:"休把青铜照双鬓,君谟今已白刁骚。"此处形容声音断断续续。

〔12〕鸢(yuān 冤):老鹰。跌(dié 迭)跌:下堕貌。《后汉书·马援

传》:"仰视飞鸢,跕跕堕水中。"

〔13〕水晶:喻水面。丝绦(tāo 涛):用丝编成的带子。此喻柳枝。贺知章《咏柳》:"碧玉妆成一树高,万条垂下绿丝绦。"

〔14〕龙堂:神话中河神所住的堂屋。屈原《九歌·河伯》:"鱼鳞屋兮龙堂,紫贝阙兮朱宫。"珍珠:喻河中雨水溅起的水珠。

〔15〕"海神"句:谓风吹海浪腾空欲上云霄。海神,李白《横江词》:"海神来过恶风回,浪打天门石壁开。""海神"一名始见于《山海经·大荒东经》。丹霄:天空。《北堂书钞》引贾谊诗:"青青云寒,上拂丹霄。"

〔16〕昆阳:汉置昆阳县(今为河南叶县地)。刘秀曾以兵三千大破王莽军数十万于昆阳。战鼓嚣(xiāo 消):战鼓喧嚣。此喻雷声。

〔17〕武乙:殷王名,殷纣王之前第三主。

〔18〕"射天"句:据《史记·殷本纪》:武乙尝为革囊(皮袋),盛血,仰而射之,名射天。此句仍喻降雨。

〔19〕阴阳交:天地阴阳之气交汇而降雨。

〔20〕芃(péng 朋)芃:草木茂密丛杂貌。《诗·鄘风·载驰》:"我行其野,芃芃其麦。"此处形容禾黍(庄稼总称)茂密。脂膏:生物体中的油脂。《礼记·内则》:"脂膏以膏之。"此处喻雨水,极言其金贵。

〔21〕羽翼:翅膀。飘摇:飞扬。《战国策·楚策四》:"奋其六翮而凌清风,飘摇乎高翔。"

〔22〕"风云"句:谓极其羡慕风云中蛟龙豪放之姿。杀,同"煞",表示极甚之词。

〔23〕雷公刀:当喻闪电。雷公,雷神。《楚辞·远游》:"左雨师使径待兮,右雷公以为卫。"

〔24〕阿香:推雷车之女。据《搜神后记》卷五:"永和中,义兴人姓周,出都乘马。未至村,日暮,道边有一新草小屋,一女子出门,年可十六七,姿容端正。周便求借宿,此女为燃火作食。向一更中,闻外有小儿唤

阿香声,女应诺,寻云:'官唤汝推雷车。'女乃辞行,云:'今有事当去。'夜遂大雷雨。"又:《北堂书钞》引傅玄诗:"童女掣飞电,童男挽雷车。"掣飞电之童女即阿香,故此处云"阿香斩群妖。"

〔25〕轻舠(dāo 刀):轻便的小船。舠,形如刀之小船。

〔26〕蒙蒙:雨水迷蒙貌。王昌龄《武陵龙兴观道士房问易因题》:"玉清坛上雨蒙蒙。"

〔27〕须臾:片刻。《商君书·慎法》:"不可以须臾忘于法。"

〔28〕"终风"句:谓暴风时间亦不甚长。终风,词本于《诗·邶风·终风》"终风且暴,顾我则笑"句。"终风"或曰终日风,或曰西风,此指大风。终朝,整整一早上,又作整天。此处当作整天解,如杜甫《冬日有怀李白》:"寂寞书斋里,终朝独尔思。"

〔29〕凌滔滔:渡越满地大水。滔滔,水势盛大。《诗·小雅·四月》:"滔滔江汉。"

〔30〕《甘泽谣》:原为书名,此取其字面义指代赞雨之歌。

水西亭夜坐[1]

明月爱流水,一轮池上明。水亦爱明月,金波彻底清[2]。爱水兼爱月,有客坐于亭[3]。其时万籁静[4],秋花呈微馨[5]。荷珠不甚惜,风来一齐倾。露零萤光湿[6],屡响蛩语停[7]。感此玄化理[8],形骸付空冥[9]。坐久并忘我[10],何处尘虑撄[11]?钟声偶然来,起念知三更[12]。当我起念时,天亦微云生[13]。

〔1〕此诗作于乾隆十六年(1751),原见《小仓山房诗集》卷七。诗写水西亭月夜空远幽深的意境,寄托作者摆脱"尘虑"的清静心境。水西亭,在南京随园内西端。

〔2〕金波:此谓月光下之池水。《梁武帝集》二《十喻·嫩炎》:"金波扬素沫。"彻底:透底。

〔3〕客:作者自称,时作者客居南京。

〔4〕万籁(lài 赖):各种声响。常建《题破山寺后禅院》:"万籁此都寂,但馀钟磬音。"

〔5〕微馨(xīn 心):淡微的芳香。

〔6〕零:原指下雨。《诗·鄘风·定之方中》:"灵雨既零。"此喻露水降落。萤光:萤火虫的光亮。吴均《杂句》:"昔别曾何道,今夕萤光飞。"

〔7〕屧(xiè 谢):古代鞋子的木底,亦泛指鞋。蛩(qióng 穷)语:蟋蟀叫声。范椁《贵州》:"蛩语通支柱,蛛丝映卷帘。"

〔8〕玄化:此指玄妙的自然。

〔9〕形骸(hái 孩):人的形体。《庄子·逍遥游》:"岂唯形骸有聋言哉?"空冥(míng 名):指空远的夜色。

〔10〕忘我:谓处于一种淡泊宁静的心境中。

〔11〕尘虑:俗念。颜真卿《夜集联句》:"兹夕无尘虑,高云共片心。"撄(yīng 英):扰乱。

〔12〕起念:谓生俗念。

〔13〕微云:淡云。《世说新语》:"司马太傅斋中夜坐,于时天明净,都无纤翳,太傅叹以为佳,谢景重在坐答曰:'意谓乃不如微云点缀。'太傅戏曰:'卿居心不净,乃复强欲滓秽太清耶?'"此句意谓天亦生微云而滓秽太空。

对日歌〔1〕

昨日之日背我走,明日之日肯来否?走者删除来者难,惟有今日之日为我有。消除此日须行乐,行乐千年苦不足。纵使朝朝能秉烛〔2〕,烛残鸡鸣又喔喔。人生行乐贵未来,既来转眼生悲哀。昨日之事今日忆,有如他人甘苦与我何为哉〔3〕!乐既不可过,不乐又恐悲。安得将乐未乐之意境〔4〕,与我三万六千之日相追随?君不见陶潜、李白之日去如风〔5〕,惟有饮酒之日存诗中〔6〕!

〔1〕此诗写于乾隆十六年(1751),原见《小仓山房诗集》卷七。诗抒写一种抓住"今日",及时"行乐"的思想,比较消极。诗风平易,语言如口语,反映了性灵诗通俗化的一面。

〔2〕秉烛:秉烛夜游,指及时行乐。李白《春夜宴从弟桃花园序》:"古人秉烛夜游,良有以也。"

〔3〕何为:有何关系。

〔4〕安得:怎么能。

〔5〕陶潜:东晋诗人,字渊明。浔阳柴桑(今江西九江)人。有《陶渊明集》传世。李白:唐代著名诗人,字太白,号青莲居士。著有《李太白集》。

〔6〕"惟有"句:陶潜有《饮酒》诗,李白有《将进酒》、《月下独酌四首》等诗,皆与饮酒有关。

葛岭遇雪[1]

葛岭风高雪作花,瑶台顷刻遍天涯[2]。油衣半漏终输瓦[3],斗笠微鸣类撒沙。一个马嘶红叱拨[4],千村竹舞白题斜[5]。故山猿鹤应怜我[6]:如此严寒不在家!

〔1〕此诗作于乾隆十七年(1752),原见《小仓山房诗集》卷八。诗写作者东山再起,远赴陕西途中所遇风雪之景,表现旅途的艰辛,流露出了懊悔之意。诗刻画雪既有大景,亦有细节,十分生动。葛岭,山名。疑在安徽境内。

〔2〕"瑶台"句:谓雪花使大地处处粉妆玉砌。瑶台,美玉砌的楼台。

〔3〕油衣:用桐油涂制而成的雨衣。输瓦:比不上瓦片。

〔4〕红叱拨:良马名。唐代大宛汗血马。

〔5〕白题斜:古代匈奴人所戴的毡笠,曰"白题",狂舞时毡笠为之斜。杜甫《秦州杂诗》其三:"马骄朱汗落,胡舞白题斜"。

〔6〕故山:指小仓山,随园所在地。

元夕过关山岭雪不止[1]

车铃遥答五更钟,石磴千条挂玉弓[2]。匹马独当迎面雪,四山齐送打头风。衣敲旅店花争落[3],火爇侨寒天色不红〔4〕。谁信今宵是元夕,镫光一点白云中〔5〕!

〔1〕 此诗作于乾隆十七年(1752),原见《小仓山房诗集》卷八。时作者赴陕西途中。诗写元宵夜旅途的艰辛与心情的孤寂,反映了勉强出山的懊恼。元夕,农历正月十五日,旧称上元。上元之夜称元夕,即元宵。关山岭,在安徽东部。

〔2〕 石磴(dèng 邓):山路的石级。《水经注·汾水》:"石磴萦委,若羊肠焉。"挂玉弓:喻山路陡峭弯曲似弓。

〔3〕 花:指雪花。

〔4〕 爇(ruò 若):燃。

〔5〕 镫(dēng 灯):同"灯"。

大风过凤阳〔1〕

大风龙虎气〔2〕,残雪凤阳城。自有圣人出〔3〕,竟无青草生。寒陵飞野火〔4〕,古殿对春耕〔5〕。叹息渡河去〔6〕,临淮月正明〔7〕。

〔1〕 此诗作于乾隆十七年(1752)赴陕西途中,原见《小仓山房诗集》卷八。诗以一组对立、不谐调的意象,表现对帝王朱元璋的讥讽之意。凤阳,县名,又为凤阳府治所。在安徽东北部,淮河南岸,历代为多灾贫困之地。

〔2〕 龙虎气:天子气。《史记·项羽本纪》:"范增说项羽曰:'(沛公)今入关,财物无所取,妇女无所幸,此其志不在小。吾令人望其气,皆

为龙虎,成五采,此天子气也,急击勿失。'"明太祖朱元璋生于钟离(凤阳东),故云"大风龙虎气"。

〔3〕圣人:对封建帝王的尊称。此指明太祖朱元璋(1328—1398),为明代的建立者。公元1368—1398年在位。

〔4〕寒陵:凄冷的陵墓,指明皇室先世建于凤阳的陵墓——明皇陵。

〔5〕古殿:指建于凤阳的皇城。

〔6〕河:指淮河。

〔7〕临淮:临淮关,在凤阳东部,淮河南岸。皇城、明皇陵在其西南。

茅店[1]

薄暮投茅店[2],昏昏倦似泥[3]。草声驴口健[4],帘影客头低[5]。几仄灯依壁[6],风停柳卧堤。故乡何处望,斜月乱山西[7]。

〔1〕此诗作于乾隆十七年(1752)赴陕西途中,原见《小仓山房诗集》卷八。诗写羁旅的思乡思亲之情,文字素材而形象,平淡中蕴藉着醇厚之诗味。茅店,茅草房客店。温庭筠《商山早行》:"鸡声茅店月,人迹板桥霜。"

〔2〕薄暮:傍晚。《楚辞·天问》:"薄暮雷电归何忧?"投:投宿。

〔3〕倦似泥:形容身体疲倦,瘫软如泥。

〔4〕"草声"句:谓店外的驴牙口很好,吃草发出响声。

〔5〕"帘影"句:谓室内窗帘上映出宿客(即诗人)低垂的头。

〔6〕几:矮小的桌子。仄(zè责去声):倾斜。

〔7〕"斜月"句:谓斜月挂于乱山之西,天快亮了。

峡石望二陵[1]

近陕山河壮,当秋草木清。二陵南北峙,一望古今情。雁影云中断,西风石上生。萧萧红勒马[2],犹为战场惊!

〔1〕此诗作于乾隆十七年(1752),原见《小仓山房诗集》卷八。诗写接近陕西地界之壮阔山河与历史胜迹,以及自己油然而生的豪壮之感。峡石,在今河南境。二陵,汉光武帝刘秀之原陵与唐昭宗之和陵,皆在今河南境。

〔2〕萧萧:马鸣声。《诗·小雅·车攻》:"萧萧马鸣。"红勒:马嘴上套着的红色嚼子。

沙沟[1]

沙沟日影渐朦胧[2],隐隐黄河出树中。刚卷车帘还放下,太阳力薄不胜风[3]。

〔1〕此诗作于乾隆十七年(1752)赴陕西途中,原见《小仓山房诗集》卷八。诗写北方沙沟之荒凉,反映出旅途之艰辛,以及心境之抑郁。沙沟,在山东滕县南,近黄河北岸,乃交通要道。

〔2〕"沙沟"句:意谓太阳渐渐西沉。

〔3〕力薄:形容太阳光线弱。不胜风:指经受不住晚风吹。

山泥[1]

山泥淋漉陷征车[2],扑面惊沙恨有馀[3]。此际故园三月半[4],万花围住一楼书[5]。

〔1〕此诗作于乾隆十七年(1752)赴陕西途中,原见《小仓山房诗集》卷八。诗以江南风物映衬北国之春的凄凉、荒寂,寄寓幽恨孤寂的情怀。

〔2〕淋漉(lù 鹿):烂湿。韩琦《广陵大雪》:"乘温变化雨声来,度日阶庭恣淋漉。"征车:指诗人所乘的远行北上之车。

〔3〕恨有馀:谓对恶劣的自然环境充满怨恨。

〔4〕故园:家园。杜甫《复愁》:"万国尚防寇,故园今若何?"此指诗人定居处南京随园。

〔5〕万花:极言春花之繁茂。杜甫《花底》:"紫萼扶千蕊,黄须照万花。"

阌乡道中[1]

阌乡西去走车难,石子雷硠路百盘[2]。沙起马从云里过,山深天入井中看。人穿三窟悬崖险[3],地裂千寻大壑宽[4]。

谁道中州四时正[5]？春风一日两温寒。

　　[1]此诗作于乾隆十七年(1752)，原见于《小仓山房诗集》卷八。诗写阌乡道上行车之难之险；颔联意象新颖，颈联境界壮阔，予人新鲜的完美感受。阌(wén文)乡，旧县名。在河南西部，临陕西。今属灵宝县。
　　[2]雷硠(láng狼)：指车轮与石头撞击声。
　　[3]三窟：形容山洞多。三窟借用《战国策·齐策四》"狡兔三窟"中语。
　　[4]寻：古代八尺为寻。大壑：大山沟，峡谷。
　　[5]中州：又作中原，在今黄河中、下游一带。此当指河南境。四时正：四季分明，气候正常。

寄聪娘[1]（六首选二）

一枝花对足风流[2]，何事人间万户侯[3]！生把黄金买离别[4]，是侬薄幸是侬愁[5]。

　　[1]此组诗作于乾隆十七年(1752)赴陕西途中。原见《小仓山房诗集》卷八。诗以对比手法表达对宠妾聪娘的思念，悔恨出山远离亲人，抒写性灵，十分大胆。聪娘，姓方，姑苏人氏，乃作者于乾隆十三年(1748)所纳之宠妾。
　　[2]一枝花：据罗烨《醉翁谈录》，"一枝花"为李娃旧名。此或借喻聪娘；亦可解为以花喻人，形容聪娘美丽可爱。风流：犹言风光、荣耀。张说《奉和初入秦川路寒食应制》："御前恩赐特风流。"

〔3〕何事:何故,何物。万户侯:汉代制度,列侯食邑,大者万户,小者五六百户。"万户侯"即食邑万户的侯,此指朝廷权贵。全句亦即"万户侯"不值钱之意。此处暗用王昌龄《闺怨》"悔教夫婿觅封侯"之意。

〔4〕生:硬,副词,强调所为之迂。此句感叹自己外出任职,既破费旅资,又别离爱妾,实在不值得。

〔5〕侬:我。李白《秋浦歌》:"寄言问江水,汝意忆侬不?"薄幸:薄情,负心。杜牧《遣怀》:"十年一觉扬州梦,赢得青楼薄幸名。"

思量海上伴朝云〔1〕,走马邯郸日未曛〔2〕。刚把闲情要抛撇〔3〕,远山眉黛又逢君〔4〕。

〔1〕诗写把"远山"当作心上人的错觉与联想,透出诗人无法忘却佳人的消息。思量,想念。元稹《和乐天梦亡友刘太白同游》:"闲坐思量小来事。"海上伴朝云,谓苏轼被贬惠州时与宠妾朝云为伴。苏轼《朝云诗序》:"予家有数妾,相继辞去,独朝云随予南迁。朝云姓王氏,杭州人。"此喻自己与聪娘相伴。

〔2〕邯郸:古都邑名。故址在今河北省邯郸市。曛:昏暗。庾肩吾《和刘明府观湘东王书》:"峰楼霞早发,林殿日先曛。"

〔3〕刚把闲情:意谓心情刚进入闲适状态。抛撇:指抛弃、撇开"思量"之事。

〔4〕"远山"句:意谓看见远山如眉又像遇见你(指聪娘)。眉黛,古代女子以黛(青黑色的颜料)画眉,因称眉为"眉黛"。白居易《喜小楼西新柳抽条》:"须教碧玉羞眉黛。"君,此谓聪娘,属敬称。

马嵬〔1〕(四首选一)

莫唱当年《长恨歌》〔2〕,人间亦自有银河〔3〕。石壕村里夫妻别[4],泪比长生殿上多[5]。

〔1〕此组诗作于乾隆十七年(1752)赴陕西途中,原见《小仓山房诗集》卷八。诗以唐玄宗与杨贵妃于马嵬坡之死别与杜甫《石壕吏》所描写的平民百姓之生离相对照,而把同情之泪洒向后者,抒写了君为轻、民为贵的民本思想。马嵬(wéi唯),即马嵬坡。在陕西兴平西,相传晋人马嵬在此筑城,故名。唐安史之乱,玄宗自长安逃往四川,经马嵬坡时,禁军哗变,杀死权奸杨国忠,又迫使玄宗命杨贵妃自缢。

〔2〕《长恨歌》:唐代诗人白居易所作长篇叙事诗,内容为描写唐玄宗与杨贵妃的爱情故事。

〔3〕银河:据传说,牛郎与天仙织女相爱,为王母娘娘拆散,以银河分隔之。此谓夫妻分离。

〔4〕石壕村:位于河南陕县西南,唐代大诗人杜甫尝写《石壕吏》一诗,内容为描写安史之乱时唐军征兵征役,逼迫一对老夫妻悲惨离别的故事。

〔5〕泪:指石壕村老夫妻离别之泪。长生殿:在陕西骊山华清宫内,为唐玄宗与杨贵妃居处。

登华山[1]

太华峙西方[2],倚天如插刀[3]。闪烁铁花冷[4],惨淡阴风号[5]。云雷莽回护[6],仙掌时动摇[7]。流泉鸣青天,乱走三千条。我来蹑芒屩[8],逸气不敢骄[9]。绝壁纳双踵[10],白云埋半腰。忽然身入井,忽然影坠巢。天路望已绝[11],

云栈断复交[12]。惊魂飘落叶[13],定志委铁镣[14]。闭目谢人世[15],伸手探斗杓[16]。屡见前峰俯[17],愈知后历高[18]。白日死崖上[19],黄河生树梢。自笑亡命贼[20],不如升木猱[21]。仍复自崖还,不敢向顶招。归来如再生,两眼青寥寥[22]。

〔1〕此诗作于乾隆十七年(1752)赴陕西途中,原见《小仓山房诗集》卷八。诗写华山之险峻与登山时的内心体验,形象而真切,能状难显之境,写难喻之情。华山,在陕西东部,属秦岭东段。其主峰亦称华山,一名太华山,古称"西岳",在陕西华阴南。

〔2〕太华:太华山。峙(zhì志):耸立。

〔3〕倚天:靠着天。言其高也。李白《大猎赋》:"于是攉倚天之剑,弯落月之弓。"

〔4〕铁花:《本草纲目》:"以铁拍作片段,置醋糟中,积久衣生,刮取者为铁华(花)。"此谓山石岩壁上的表层物。苏轼《虎丘寺》:"铁花秀岩壁,杀气噤蛙龟。"

〔5〕惨淡:凄惨。

〔6〕莽:鲁莽。回护:委曲袒护。此句婉言云雷撞击山峰。

〔7〕仙掌:即"仙人掌",华山峰名,峰侧石上有痕,自下望之,很像手掌,五指俱全。崔颢《行经华阴》:"武帝祠前云欲散,仙人掌上雨初晴。"

〔8〕蹑(niè聂):踏。芒屩(juē撅):草鞋。

〔9〕"逸气"句:意谓不敢掉以轻心。逸气,闲逸之气。骄,放纵。

〔10〕踵(zhǒng肿):脚后跟。

〔11〕天路:天上之路。张衡《西京赋》:"要羨门乎天路。"绝:断绝。

〔12〕云栈(zhàn栈):高入云霄的栈道。栈道为峭岩陡壁上凿孔架桥连阁而成的一种道路。白居易《长恨歌》:"云栈萦纡登剑阁。"断复交:断又连。

〔13〕"惊魂"句:意谓魂受惊如树叶飘落。

〔14〕"定志"句:意谓安定心志全托铁镣帮忙。铁镣,指山路边上供人攀援的铁镣。

〔15〕谢人世:辞别人世。

〔16〕探斗杓(biāo标):摸北斗星中的斗杓三星(玉衡、开阳、摇光)。此句化用李白《蜀道难》"扪参历井仰胁息"意。

〔17〕前峰俯:谓已经过的山峰低头。

〔18〕后历高:谓将要登的山峰更高。

〔19〕"白日"句:即王之涣《登鹳雀楼》"白日依山尽"之意。死,指日沉。

〔20〕亡命贼:此自谑语。

〔21〕升木猱(náo挠):善于上树的猿猴。《诗·小雅·角弓》:"毋教猱升木。"

〔22〕青寥寥:即韩愈《感春》"青天高寥寥"之意,谓青天一片空洞。

古意[1](四首选二)

妾自梦香闺[2],忘郎在远道[3]。不惯别离情,回身向空抱[4]。

〔1〕此组诗作于乾隆十七年(1752)赴陕西途中,原见《小仓山房诗集》卷八。诗写少妇思郎之"别离情",感情真诚,生趣盎然,有古乐府韵

味。

〔2〕妾:旧时妇女自称的谦辞。古乐府《孔雀东南飞》:"妾不堪驱使,徒留无所施。"香闺:旧时形容女子的闺房。

〔3〕郎:旧时妇女对丈夫或所爱男子的称呼。南朝乐府《懊侬歌》:"常叹负情人,郎今果成诈!"在远道:指出远门。

〔4〕回身:转身。《玉台新咏·情人碧玉歌二首》:"感郎不羞难,回身就郎抱。"

泪堕酒杯中,光添琥珀红〔1〕。请君尝此酒〔2〕,相思味不同。

〔1〕诗写少妇将思郎之情融入酒中,构思巧妙,耐人寻味。琥珀,松柏树脂的化石。色红者曰琥珀,色黄而透明者曰蜡珀,此处形容酒色。

〔2〕君:妇女对丈夫的敬称。

再题马嵬驿〔1〕(四首选一)

到底君王负旧盟〔2〕,江山情重美人轻〔3〕。玉环领略夫妻味〔4〕,从此人间不再生〔5〕。

〔1〕此组诗作于乾隆十七年(1752),原见《小仓山房诗集》卷八。诗写"君王负旧盟",反映了作者对妇女命运的同情,对帝王的鄙薄。再题,前有《马嵬》四首,故此四首为"再题"。

〔2〕"到底"句:意谓君王唐玄宗最终还是背弃了与杨贵妃当年的

海誓山盟。据白居易《长恨歌》,七夕时玄宗与贵妃曾有"在天愿作比翼鸟,在地愿为连理枝"之誓;据陈鸿《长恨歌传》,他们曾立"愿世世为夫妇"之盟。

〔3〕"江山"句:意谓玄宗对江山的感情重于对杨贵妃的感情。

〔4〕玉环:杨贵妃相传名玉环。夫妻味:谓"负旧盟"而生的苦涩之味。

〔5〕"从此"句:据白居易《长恨歌》,杨贵妃死后变为海上仙山之"仙子",故云"人间不再生"。

边 歌〔1〕

边歌唱罢白云哀,人出阳关眼莫开〔2〕。岁久髑髅吹作雪〔3〕,随风还上望乡台〔4〕。

〔1〕此诗作于乾隆十七年(1752),原见《小仓山房诗集》卷八。诗写边卒思乡之情,想象奇特,意象精警,摄人心魄。边歌,边塞之歌。张籍《关山月》:"行人见月唱边歌。"

〔2〕阳关:古关名。故址在今甘肃敦煌南,因位于玉门关之南故称"阳关"。王维《送元二使安西》:"西出阳关无故人。"此"出阳关"谓至边塞。

〔3〕髑髅(dú lóu 独楼):死人的头骨。参见《苦灾行》注〔7〕。

〔4〕望乡台:遥望故乡之高台。王勃《蜀中九日》:"九月九日望乡台。"

温泉[1]

华清宫外水如汤[2],洗过行人流出墙。一样温存款寒士[3],不知世上有炎凉[4]。

〔1〕此诗作于乾隆十七年(1752),原见《小仓山房诗集》卷八。诗因"世上有炎凉"而发,使"温泉"别具讽谕意味。温泉,指温泉浴池——华清池。旧址在今陕西临潼南骊山上。唐玄宗李隆基在此扩建了一座华清宫。白居易《长恨歌》:"春寒赐浴华清池,温泉水滑洗凝脂。"

〔2〕水如汤:温泉水如热水一样。

〔3〕款:殷勤招待。寒士:贫苦的读书人。杜甫《茅屋为秋风所破歌》:"安得广厦千万间,大庇天下寒士俱欢颜!"

〔4〕炎凉:冷热,喻人情势利,有亲有疏,反复无常。梁简文帝《倡妇怨情》:"含涕坐度日,俄顷变炎凉。"

归随园后陶西圃需次长安,入山道别[1](三首选一)

策马西归日未曛[2],河梁重向草堂闻[3]。对床烛剪三更雪,开卷诗添万里云。春树未青先折柳[4],霜鸿才聚便离群[5]。笑将身上征衫解[6],带着馀温赠与君。

〔1〕此诗作于乾隆十七年(1752),原见《小仓山房诗集》卷八。诗写刚由陕西返回随园,又送友人远赴京城时的情景,其中饱含着关切之情与惜别之意。诗对仗工整、风格隽朗。随园,在今南京小仓山,作者隐居处。陶西圃,作者友人,名镛,字西圃。乾隆七年(1742)与袁枚"俱以翰林改官"。次,至。长安,原为西汉、唐代首都。此借指北京。

〔2〕西归:指从陕西归来。曛:昏暗。杜甫《云僚奴阿段》:"山水苍苍落日曛。"

〔3〕河梁:桥梁,后借指送别之地。

〔4〕折柳:《三辅黄图·桥》:"霸桥在长安东,跨水作桥,汉人送客至此桥,折柳赠别。"后用为赠别代称。

〔5〕霜鸿:秋天大雁。喻陶西圃。

〔6〕征衫:远行者的衣衫。作者西归,故称。

山居绝句[1](十一首选二)

万重寒翠荡空明[2],四面红墙筑不成。十丈篱笆千竿竹,山中我自有长城[3]。

〔1〕此组诗作于乾隆十八年(1753)由陕西回南京后,原见《小仓山房诗集》卷九。诗写翠竹整体的雄浑之美,"长城"之喻十分贴切。山居,谓于小仓山随园居住。

〔2〕寒翠:形容寒天竹色。林逋《山村冬暮》:"雪竹低寒翠。"此代翠竹。空明:指天色通明透彻。苏轼《海市》:"东方云海空复空,群仙出没空明中。"

〔3〕长城:比喻竹篱。

山顶楼高暮雨寒[1],飞云出入小阑干[2]。浮空白浪西南角[3],收取长江屋里看。

〔1〕诗写登高望远时豪壮开阔的审美感受,恢宏的意境中包孕着诗人阔大的胸襟。暮雨,傍晚时的雨。岑参《送怀州吴别驾》:"春流引去马,暮雨湿行装。"
〔2〕阑干:即栏杆。李白《清平调》:"沉香亭北倚阑干。"
〔3〕"浮空"句:谓长江白浪腾空如近在高楼西南角。

以琴与古林禅师易竹[1]

抱出绿绮琴[2],换师青琅玕[3]。此琴分明出家去,冰丝对月空愁叹。临别再弹音转促,真个丝声不如竹[4]。明朝看竹坐清风,未免感旧怀丝桐[5]。竹亦莫愁别,琴亦不离群。僧家钟磬我家月[6],只隔青山一片云。

〔1〕此诗作于乾隆十八年(1753),原见《小仓山房诗集》卷九。诗写隐居生活的趣事,以琴易竹,赋琴与竹以性灵,颇具生趣。古林禅师,和尚名。易,交换。
〔2〕绿绮琴:古琴名。晋傅玄《琴赋》序:"齐桓公有鸣琴曰号锺,楚庄有鸣琴曰绕梁,中世司马相如有绿绮,蔡邕有焦尾,皆名器也。"此为琴的美称。
〔3〕青琅玕(gān干):青色竹子。杜甫《郑驸马宅宴洞中》:"留客

夏簟青琅玕。"琅玕,原指美石。

〔4〕"丝声"句:谓琴不如竹。此句化用陶潜《孟府君传》"丝不如竹"语,原指弦乐器不如管乐器。

〔5〕丝桐:琴。琴以桐木制成,上安丝弦。王粲《七哀诗》:"丝桐感人情,为我发悲音。"

〔6〕钟磬(qìng 庆):指寺院的钟与磬,为敲击以集僧的鸣器。

雨[1]

当窗三日雨,对面一峰沉。花有消魂色[2],莺无出树心。怒蛙争客语,新水学琴音。折竹教僮试[3]:前溪几尺深?

〔1〕此诗作于乾隆十八年(1753),原见《小仓山房诗集》卷九。诗写雨景,仅首句点出"雨"字,馀皆写自然界动植物与人的情态,以烘托"雨"字,形象逼真,有声有色,可见可闻。

〔2〕消魂:灵魂消散。此形容令人非常舒畅。

〔3〕僮:童仆。

雨后步水西亭[1]

雨气不能尽,散作满园烟。好风何处来?荷叶为翩翩[2]。群花浴三日,意态柔且鲜。幽人倾两耳[3],竹外鸣新泉。唧唧一鸟歇[4],阁阁群蛙连[5]。暝色起乔木[6],断虹媚远天[7]。蜗过有残篆[8],琴润无和弦[9]。凭阑意悄然[10],与鸥相对眠。

〔1〕此诗作于乾隆十八年(1753),原见《小仓山房诗集》卷九。诗写随园雨后之景,清寂的意境弥漫着清新的气息,诗人的心灵完全沉浸于自然环境之中,达到天人合一的状态。水西亭,在随园内。参见《水西亭夜坐》注〔1〕。
〔2〕翩(piān偏)翩:轻快地摇动。
〔3〕幽人:隐居者。《易·履》:"履道坦坦,幽人贞吉。"
〔4〕啁(zhōu周)啁:鸟鸣声。
〔5〕阁阁:蛙鸣声。
〔6〕暝色:夜色。谢灵运《石壁精舍还湖中作》:"林壑敛暝色,云霞收夕霏。"
〔7〕媚远天:使远处天空显得美妙。
〔8〕残篆(zhuàn撰):喻蜗牛爬过,留下的黏液如篆体文字。
〔9〕"琴润"句:谓琴弦湿润奏不出和谐的音乐。
〔10〕凭阑:凭栏。悄然:寂静的样子。杜甫《奉先刘少府新画山水障歌》:"悄然坐我天姥下,耳边已似闻清猿。"

瘗梓人诗[1]

梓人武龙台长瘦多力,随园亭榭[2],率成其手。癸酉七月十一日病卒[3],素无家也,收者寂然。余为棺殓瘗随园之西偏[4],为诗告之。

生理各有报[5],谁谓事偶然？汝为余作室[6],余为汝作棺。瘗汝于园侧,始觉于我安。本汝所营造,使汝仍往还[7]。清风飘汝魄[8],野麦供汝餐。胜汝有孙子,远送郊外寒。永永作神卫[9],阴风勿愁叹[10]！

[1] 此诗作于乾隆十八年(1753),原见《小仓山房诗集》卷九。诗以向梓人直白的口吻抒发感情,令人觉得分外真切,表现了诗人对梓人深厚的情谊。瘗(yì义),埋葬。梓(zǐ子)人,此谓建筑工人。柳宗元有《梓人传》。

[2] 榭(xiè谢):建在高土台上的敞屋。率:都,一概。

[3] 癸酉:即乾隆十八年(1753)。

[4] 棺殓(liàn练):制作棺材入殓(给尸体穿衣下棺)。《南史·任昉传》:"杂木为棺,浣衣以殓。"

[5] 生理:人生之理。

[6] 作室:建造房屋。

[7] "使汝"句:谓使你灵魂仍在园内来去。

[8] 魄:原谓人身中依附形体而显现的精神,但此处实代能离开人身体的"魂"。

[9] 神卫:谓随园的卫护神。

[10] 阴风:阴间的风。

南楼独坐[1](二首选一)

清凉山色酒杯边[2],身在斜阳小雪天。成佛肯居才子后[3],

争名难到古人前[4]。万重白骨堆青史[5],六代黄金散暮烟[6]。我欲骑鲸游海上[7],笑他不达是神仙[8]。

〔1〕此诗作于乾隆十八年(1753),原见《小仓山房诗集》卷九。此诗重在抒写诗人"独坐"时的情思,基本上属于以议论为诗,但"带情韵以行"(沈德潜《说诗晬语》),故不令人觉其枯燥乏味。南楼,参见《南楼观雨歌》注〔1〕。
〔2〕清凉山:在南京城西,一名石头山。
〔3〕"成佛"句:谓自己先要作诗成才子,而不是念经成佛。
〔4〕"争名"句:谓自己不想与古人争名,实遗憾生得晚,难与古人一争高下。
〔5〕青史:古代在竹简上记事,因称史书为青史。杜甫《赠郑十八贲》:"古人日以远,青史字不泯。"
〔6〕六代:又作"六朝",指三国吴、东晋、南朝宋、齐、梁、陈六代。六代皆建都于建康(吴名建业,今南京)。
〔7〕骑鲸:语本扬雄《羽猎赋》:"乘巨鳞,骑京(鲸)鱼。"后用以指文人隐遁或游仙,苏轼《次韵张安道读杜诗》:"骑鲸遁沧海。"
〔8〕"笑他"句:谓神仙不如自己旷达。

题竹垞《风怀》诗后有序[1]

竹垞晚年自订诗集,不删《风怀》一首,曰:"宁不食两庑特豚耳[2]!"此誓言也[3]。按元、明崇祀之典颇滥,盖有名行无考[4],附会性理数言[5],遽与程、朱并列[6]。竹垞耻之,托词自免,意盖有在也。不然,使竹垞删此诗,其果可以厕两庑乎？亦未必然矣！

尼山道大与天侔[7]，两庑人宜绝顶收[8]。争奈升堂寮也在[9]，楚狂行矣不回头[10]！

〔1〕此诗作于乾隆十九年（1754），原见《小仓山房诗集》卷十。诗肯定了朱彝尊不删其《风怀》诗的决定，赞赏其特立独行的表现，也反映了作者反理学之"去人欲"的胆识。竹垞（chá察），清康熙诗人朱彝尊（1629—1709），字锡鬯，号竹垞，秀水（今浙江嘉兴）人。《风怀》乃长篇情诗，反映朱彝尊与其小姨子之情史，为道学家所诟病。

〔2〕"宁不"句：谓宁可死后不被供入孔庙。实指不与理学家为伍。两庑（wǔ午），指孔庙正殿两侧供奉列朝圣贤的侧殿。特豚，祭祀用的整只猪。

〔3〕諉（wèi卫）言：托词。

〔4〕盖：大概。名行：姓名行状。

〔5〕性理：宋明理学范畴。认为人、物的性都是天理的体现。

〔6〕遽（jù据）：遂。程、朱：宋理学家程颐、程颢与朱熹。

〔7〕尼山道：孔子之道。尼山，一名尼丘，在山东曲阜东南。据《史记·孔子世家》，叔梁纥与颜氏女"祷于尼丘得孔子"。故指代孔子。侔（móu谋）：齐等。

〔8〕两庑人：指历代被供入孔庙的儒家圣贤。绝顶收：谓应该将孔子之道作为道之最高境界遵循。

〔9〕争奈：怎奈。升堂：《论语·先进》：子曰："由也升堂矣，未入于室也。"寮：公伯寮，孔子弟子，名列第二十四，曾背叛老师，毁谤同学。此喻"名行无考，附会性理数言，遽与程、朱并列"者。此言学问中等，尚未达精深境界。

〔10〕"楚狂"句:用《论语·微子》典:"楚狂接舆歌而过孔子曰:'凤兮凤兮!何德之衰?往者不可谏,来者犹可追。而已,而已!今之从政者殆而!'孔子下,欲与之言。趋而避之,不得与之言。"此喻朱彝尊我行我素,不与"升堂"者并列。

买梅〔1〕

为买梅花手自栽,朝衫典尽向苍苔〔2〕。笑他绝代高人格〔3〕,不等黄金也不来。

〔1〕此诗作于乾隆十九年(1754),原见《小仓山房诗集》卷十。诗写梅花突破了历来视梅为"绝代高人"的格调,自出心裁,借以嘲讽世俗之假"高人",可见其"诗宜自出机杼"(《答王梦楼侍读》)的特色。
〔2〕朝衫:亦作"朝服",君臣朝会时所穿的礼服。韩愈《酬司马庐四兄云夫院长望秋作》:"自知短浅无所补,从事久此穿朝衫。"典:典当。杜甫《曲江》:"朝回日日典春衣。"苍苔:青苔。《淮南子》:"穷谷之淤,生以苍苔。"此有"穷谷"义。
〔3〕高人:摆脱名利不求仕进的人。皮日休《又寄鲁望》:"应被高人笑,忧身不似名。"格:品质,风度。

白衣山人画梅歌赠李晴江〔1〕

山人着衣好着白,衣裳也学梅花色。人夺山人七品官,天与山人一枝笔。笔花墨浪层层起,摇动春光千万里。半空月斗夜明珠,满山露滴瑶池水[2]。倒拖斜刷杂乱写,白云触手如奔马。孤干长招天地风,香心不死冰霜下。随园二月中[3],梅蕊初离离[4]。春风开一树,山人画一枝。春风不如两手速,万树不如一纸奇。风残花落春已去,山人腕力犹淋漓。君不见君家邺侯作贵客[5],如梅入鼎调咸酸[6]?又不见君家拾遗履帝闼[7],人如望梅先止渴[8]?于今北海不作泰山守[9],青莲流放夜郎沙[10]。白发千丈头欲秃[11],海风万里归无家。傲骨郁作梅树根[12],奇才散作梅树花。自然龙蛇拗怒风雨走[13],要与笔势争槎牙[14]。山人闻之笑口哆[15],不觉解衣磅礴裸[16],更画一张来赠我。

〔1〕此诗作于乾隆十九年(1754),原见《小仓山房诗集》卷十。诗歌咏李晴江的奇才傲骨与精湛的绘画艺术,更寄寓对李晴江怀才不遇的同情。诗采用七古歌行体,奔放雄迈,郁勃一股奇气。白衣山人,即李方膺,字虬仲,号晴江,江南通州(今属江苏)人。曾任山东兰山(今临沂)知县,安徽潜山、合肥知县,后被劾去官,寓南京借园,擅画松竹兰菊,又长写梅。属"扬州八怪"之一。

〔2〕瑶池:传说在昆仑山上,为西王母所居地。

〔3〕随园:作者隐居地,在今南京小仓山。

〔4〕离离:繁茂的样子。《诗·王风·黍离》:"彼黍离离。"

〔5〕君家邺侯:君,指李晴江;邺侯,指李泌,唐代大臣,位至宰相,封邺侯。

〔6〕"如梅"句:用《书·说命下》"若作和羹,尔惟盐梅"之典。梅与盐喻治国贤才。

〔7〕君家拾遗:拾遗,官名。具体所指待考。帝闼(tà榻):帝门。

〔8〕望梅先止渴:用《世说新语·假谲》典。指以空想安慰自己。

〔9〕"于今"句:喻李晴江不再任山东、安徽知县,被劾去官。北海:唐代书法家李邕,天宝初为北海太守,故称李北海。泰山,郡名。治所在今博县(今山东泰安东南)。守:太守。

〔10〕"青莲"句:喻李晴江遭劾居南京借园。青莲,唐代诗人李白,号青莲居士。李白曾为永王璘僚,因璘败受牵连,被流放夜郎,中途遇赦放还。夜郎,在今贵州正安一带。

〔11〕白发千丈:李白《秋浦歌十七首》:"白发三千丈,缘愁似个长。"

〔12〕郁:闭结。

〔13〕拗怒:抑制怒气,或作愤怒不平。

〔14〕槎(chā察)牙:歧出的样子。苏轼《郭祥正家醉画竹石壁上》:"枯肠得酒芒角出,肝肺槎牙生竹石。"

〔15〕哆(chǐ齿):张口的样子。

〔16〕解衣磅礴裸:脱衣裸坐,指作画者神闲意定,不拘痕迹。用《庄子·田子方》"真画者"之典。此誉李晴江乃高明画家。

登最高峰[1]

群峰齐俯首[2],争把一峰让[3]。一峰果昂然[4],独立青天上!我来登此如登天,无物与我堪齐肩:白云蓬蓬生足下[5],红日皎皎当胸前[6]。手敲山门锁,声落山下风。老僧迎我便扶我,怕我吹堕烟霄中[7]。开窗指示扬州塔[8],

入耳颇闻瓜步钟[9]。摄山到此局一变[10]，怪石奇松都不见。不知人世藏何所，但觉江光摇匹练[11]。仰首频愁真宰侵[12]，长空断绝飞鸟音。游山莫到山绝顶[13]，再上无路生归心。背山摇鞭风洒洒[14]，手掷金轮放西海[15]！

〔1〕此诗作于乾隆十九年(1754)，原见《小仓山房诗集》卷十。诗极写凤翔峰之高，层层递进，达到高潮便戛然而止，留给人无穷的馀味。最高峰，南京市东北之栖霞山有三峰，中峰凤翔峰最高，故曰最高峰。

〔2〕俯首：低头。

〔3〕一峰：即最高峰——凤翔峰。

〔4〕昂然：高耸貌。

〔5〕蓬蓬：茂盛貌。《诗·小雅·采菽》："其叶蓬蓬。"此形容云朵密。

〔6〕皎皎：明亮貌。《古诗十九首》："皎皎河汉女。"

〔7〕烟霄：云霄。陈子昂《春日登金华观》："山川乱云日，楼榭入烟霄。"

〔8〕扬州塔：当指扬州莲性寺塔。

〔9〕瓜步：山名，在江苏六合东南，古时南临长江。

〔10〕摄山：栖霞山别名。局：形势。

〔11〕江光：长江波光。匹练：一匹白练。练，洁白的熟绢。谢朓《晚登三山还望京邑》："澄江静如练。"

〔12〕真宰：假想中的宇宙主宰者。《庄子·齐物论》："若有真宰，而特不得其朕。"真宰侵，犹言侵真宰，此极言山高。

〔13〕绝顶：最高处。杜甫《望岳》："会当凌绝顶，一览众山小。"

〔14〕洒洒：象声词。此形容风声。

〔15〕金轮：喻太阳。苏轼《韩太祝送游太山》："恨君不上东峰顶，

夜看金轮出九幽。"放:至。《礼·祭义》:"推而放诸东海而准"。西海:指今波斯湾、红海、阿拉伯海一带。杜牧《郡斋独酌》:"甘英穷西海。"

削园竹为杖[1]

自踏秋林雨,携来竹一枝。似龙头转曲,作杖手相宜[2]。香远寻花健,春慵步月迟[3]。从今几纳屐[4],惟有此君知。

〔1〕此诗作于乾隆二十年(1755),原见《小仓山房诗集》卷十一。诗写削竹为杖,视之为此生依靠与知己,反映了隐居生活之一斑,亦流露了孤寂的心绪。
〔2〕"作杖"句:谓竹枝作手杖十分适合。
〔3〕春慵:人春季易慵懒。
〔4〕几纳屐(liǎng jī 两机):几双鞋。纳,量词,双,用于鞋袜。屐,原为木底鞋,此泛指鞋。

秋夜杂诗并序[1](十五首选一)

余春秋三十八后[2],颇畏秋风,当之觳觫不已[3],形貌夏肥秋瘦,与时惨舒[4]。八月九日,雨涔涔不绝[5],桂无留花,交好沈、李二公爱而不见[6],灯下寒螀萧瑟[7],逼我书怀。

至人非吾德[8],豪杰非吾才[9]。见佛吾无佞[10],谈仙吾则排。谓隐吾已仕,谓显吾又乖[11]。解好长卿色[12],亦营陶朱财[13]。不饮爱人醉,不醉爱花开。先生高自誉[14],古之达人哉[15]。

〔1〕组诗作于乾隆十九年(1754),原见《小仓山房诗集》卷十。诗直抒胸臆,表白任随自然、反叛传统的自由个性,以"达人"自许。

〔2〕春秋:谓年龄。

〔3〕觓嚏(qiú ti 求替):打喷嚏。此指伤风。

〔4〕与时惨舒:心情随着气候变化而或忧或乐。汉张衡《西京赋》:"夫人在阳时则舒,在阴时则惨,此牵乎天者也。"

〔5〕涔(cén 岑)涔:久雨不止的样子。

〔6〕沈、李二公:指作者友人沈凤、李方膺,作者与二人一起出游,人称"三仙出洞"。爱:这里作藏匿解。《诗经·邶风·静女》:"爱而不见,搔首踟蹰。"

〔7〕寒螀(jiāng 将):寒蝉。萧瑟:寂寞凄凉。

〔8〕"至人"句:说自己不具备至人的道德。至人,道德修养达到最高境界的人。

〔9〕"豪杰"句:说自己也没有豪杰的才能。

〔10〕无佞:不献媚,不迷信。

〔11〕显:仕宦显达。乖:背离。指辞官归隐。

〔12〕"解好"句:是说理解长卿之好色。解,懂得。长卿,西汉辞赋家司马相如,字长卿,成都人。见临邛富商卓王孙之女卓文君貌美,以瑟挑之,文君夜奔相如,同归成都。

〔13〕"亦营"句:是说自己也像陶朱公那样善于理财。陶朱,即春秋时范蠡。越王勾践灭吴后,范蠡弃官经商,至陶,称陶朱公。

〔14〕先生:作者自称。高自誉:自己把自己捧得很高。

〔15〕达人:通达之人。

病起六首[1](选一)

已去重来万念差[2],及时行乐可迟耶？身原过客天留我,物且同春雪当花。金鸭炉多环几席[3],水仙香冷扑窗纱。《陈情表》共《闲居赋》[4],买断山中老岁华。

〔1〕此诗作于乾隆十九年(1754),原见《小仓山房诗集》卷十。诗写大病愈后更坚定了及时行乐的思想,以及隐居养亲以老山中的决心。

〔2〕已去重来:指病愈如同死而复生。万念差:指思想观念有改变。

〔3〕金鸭炉:镀金的鸭形铜制香炉。戴叔伦《春怨》:"金鸭香消欲断魂,梨花春雨掩重门。"几席:桌几。

〔4〕《陈情表》:西晋李密作,表达为奉养祖母而不能奉诏出仕之意。《闲居赋》:西晋潘岳作,写辞官闲居奉亲之旨。作者亦借两赋表达隐居奉亲之意。

午倦[1]

读书生午倦,一枕曲肱斜[2]。忘却将窗掩,浑身是落花。

〔1〕此诗作于乾隆十九年(1754),原见《小仓山房诗集》卷十。诗写隐居闲适慵懒的生活,借午倦"浑身是落花"的生动细节表现,富有

情趣。

〔2〕曲肱(gōng 工)：典出《论语·述而》："饭疏食饮水,曲肱而枕之,乐在其中矣。"谓弯着胳膊作枕头。此喻闲适的生活。

夜过借园见主人坐月下吹笛[1]（二首选一）

秋夜访秋士[2],先闻水上音。半天凉月色,一笛酒人心[3]。响遏碧云近[4],香传红藕深[5]。相逢清露下,流影湿衣襟[6]。

〔1〕此组诗作于乾隆二十年(1755),原见《小仓山房诗集》卷十一。诗写凉月、笛音,一股悲凉失意的情思弥漫整个诗境,表现的是作者对友人处境的深切同情。借园,南京项某的私家花园,李方膺辞官后借居,名之曰借园。

〔2〕秋士:谓士之暮年不遇者。《淮南子》："春女怨,秋士悲。"此指借园主人,即诗人好友李方膺,江苏通州人,工画,属"扬州八怪"。当时处境不佳。

〔3〕"一笛"句:谓一曲笛音抒发了酒人之心情。酒人,好酒之人。《史记·荆轲传》："荆轲虽游于酒人乎,然其为人沉深好书。"此指借园主人李方膺。

〔4〕"响遏"句:意谓笛音阻住了近处碧云的游动。响遏,响声阻止。《列子·汤问》："抚节悲歌,声震林木,响遏行云。"碧云:青云。见《淮上中秋对月》注〔2〕。

〔5〕"香传"句:意谓池水深处的红藕传来芳香。红藕,红莲,红荷。

裴说《衡阳》:"晚秋红藕里,十宿寄渔船。"

〔6〕流影:月光。齐浣《长门怨》:"将心寄明月,流影入君怀。"

即事[1]

黄梅将去雨声稀[2],满径苔痕绿上衣[3]。风急小窗关不及,落花诗草一齐飞[4]。

〔1〕此诗作于乾隆二十年(1755),原见《小仓山房诗集》卷十一。诗写雨中小景,颇具新巧灵活之致,亦表现了隐居后的闲适心境。即事,眼前所见。

〔2〕黄梅:黄梅成熟的季节,时多雨。薛道衡《梅夏应教》:"细雨应黄梅。"

〔3〕绿上衣:苔绿染衣。

〔4〕诗草:诗稿。

编得[1](二首选一)

不负堂堂白日过[2],卷中一字一编摩[3]。及时行乐春犹少,惜墨如金集已多[4]。

〔1〕此诗作于乾隆二十年(1755),原见《小仓山房诗集》卷十一。诗反映了作者积极严肃的创作态度。编得,用同题另诗"编得新诗十卷

成"首句二字作题。

〔2〕"不负"句:说自己没有虚度年华。

〔3〕编摩:精心编写琢磨。

〔4〕惜墨如金:指不肯轻易下笔。集已多:指编成新诗十卷。

还武林出城作[1]（二首选一）

还乡重出武林城,天放湖光半日晴[2]。翠鸟冲烟飞雨后[3],花枝当路劝山行[4]。采桑人少蚕犹小,衔尾鱼多水正清。三十年前旧游处[5],荒桥野店总关情[6]。

〔1〕此诗作于乾隆二十一年(1756),原见《小仓山房诗集》卷十二。诗写重返故乡所涌起的亲切之感,一草一木皆寄托着诗人浓郁的乡情。还武林,谓回杭州故里。武林,旧对杭州的别称,以武林山(今杭州灵隐、天竺诸山)得名。

〔2〕天放湖光:意谓天空现出湖蓝色。

〔3〕冲烟:飞上云霄。

〔4〕当路:谓花枝伸向路中,把路拦住。

〔5〕三十年前:时诗人四十一岁。"三十年前"指十来岁儿童时代。

〔6〕关情:与感情牵连。陆龟蒙《又训袭美次韵》:"酒香偏入梦,花落又关情。"

过葵巷旧宅[1]

久将桑梓当龙荒[2],旧宅重过感倍长[3]。梦里烟波垂钓处^[4]，儿时灯火读书堂。难忘弟妹同嬉戏^[5]，欲问邻翁半死亡^[6]。三十三年多少事^[7]，几间茅屋自斜阳^[8]。

〔1〕此诗作于乾隆二十一年（1756），原见《小仓山房诗集》卷十二。诗写对旧居的深厚感情，借童年的往事烘托，格外感人。葵巷旧宅，指在杭州的旧居处。袁枚《随园诗话》卷十："余幼居杭州葵巷，十七岁而迁居。"

〔2〕桑梓(zǐ子)：桑与梓是古代家宅旁边常栽的树木。此用作故乡的代称。柳宗元《闻黄鹂》："乡禽何事亦来此，令我生心忆桑梓。"龙荒：《北齐书·颜之推传·观我生赋》："神华泯为龙荒。""龙"，指匈奴祭天处龙城。"荒"，谓荒服，原泛指北方荒漠之地。此谓荒废之地。

〔3〕感倍长：感慨加倍深长。

〔4〕"梦里"句：意谓见到梦中垂钓处的水波。烟波：水波渺茫有如烟雾笼罩。此当指西湖水波。

〔5〕弟妹：堂弟袁树，三妹袁机、四妹袁杼、堂妹袁棠等。

〔6〕问：问候。

〔7〕三十三年：谓距自己迁入葵巷旧居已有三十三年。

〔8〕自：自若，原来的样子。斜阳：傍晚的太阳。杜牧《忆游朱坡四韵》："斜阳覆盎门。"

题柳如是画像^[1]

生绡一幅红妆影^[2]，玉貌珠冠方绣领^[3]。眼波如月照人间，欲夺鸾篦须绝顶^[4]。怀刺黄门悔误投^[5]，遗珠草草尚书收[6]。党人碑上无双士[7],夫婿班中第二流[8]。绛云楼阁起三层[9],红豆花枝枯复生[10]。斑管自称诗弟子[11],佛香同事古先生[12]。勾栏院大朝廷小[13],红粉情多青史轻[14]。扁舟同过黄天荡[15],梁家有个青楼样[16]。金鼓亲提妾亦能[17],争奈江南不出将[18]!一朝九庙烟尘起[19],手把刀绳劝公死[20]:"百年此际盍归乎[21]?万论从今都定矣[22]!"可惜尚书寿正长[23],丹青让与柳枝娘[24]。

〔1〕此诗作于乾隆二十二年(1757),原见《小仓山房诗集》卷十三。诗借礼部尚书钱谦益之贪生怕死作陪衬,讴歌了柳如是的民族气节,蛾眉胜于须眉。柳如是(1618—1664),本姓杨,名爱,后改姓柳,名隐,又名是,字如是,号河东君,又号蘼芜君。吴江(今属江苏苏州)人,一说嘉兴人,明末名妓。色艺冠一时,能诗画。后为钱谦益妾,同居绛云楼。明亡,柳如是曾劝钱谦益殉国,钱氏未从。

〔2〕生绡(xiāo消):生丝织成的薄绸。红妆影:谓柳如是画像。红妆,原指女子盛妆,后亦指美女,苏轼《海棠》:"更烧高烛照红妆。"此指柳如是。

〔3〕玉貌:形容女子貌美。鲍照《芜城赋》:"东都妙姬,南国丽人,蕙心纨质,玉貌绛唇。"珠冠:珍珠装饰的凤冠。

〔4〕鸾篦(luán bì 栾必):刻有鸾形的篦子。比喻柳如是。绝顶:指杰出的人才。

〔5〕怀刺:怀藏名刺,准备有所谒见。黄门:官名。此指南明抗清将领陈子龙,字卧子,官兵科给事中,人称陈黄门。悔误投:按,此乃作者据《牧斋遗事》诬造。《牧斋遗事》载:"柳尝之松江,次刺投陈卧子。"而陈子龙不肯接见。其实柳陈两人一见钟情,谈不上"误投"。

〔6〕"遗珠"句：意谓柳如是后被南明福王朝礼部尚书钱谦益匆忙娶为妾。遗珠，喻柳如是。草草，匆忙。据沈虬《河东君传》，钱氏曾云："吾非能诗如柳如是者不娶。"柳氏则云："吾非才如钱学士者不嫁。"两人结婚时，礼仪俱备，并非"草草"，此语与事实不符。

〔7〕"党人"句：意谓钱谦益曾是东林党独一无二的名士。党人，东林党人。东林党为晚明以江南士大夫为主的政治集团。他们主张开放言路，实行改良等，曾遭到宦官魏忠贤的迫害。无双，无比。《汉书·韩信传》："至如信，国士无双。"

〔8〕夫婿：旧时妻称丈夫。古乐府《陌上桑》："东方千馀骑，夫婿居上头。"第二流：第二等，不是第一流。《世说新语·品藻》："桓大司马（桓温）下都，问真长（刘惔）曰：'闻会稽王（司马昱）语奇进，尔邪？'刘曰：'极进，然故是第二流中人耳。'桓曰：'第一流复是谁？'刘曰：'正是我辈耳。'"钱氏曾投降清朝，故称。

〔9〕绛云楼：钱谦益于常熟家园中修筑的藏书楼。

〔10〕红豆：红豆树，结子朱红色，有的一端黑色，或有黑色斑点。古人常用以象征爱情或相思。王维《相思》："红豆生南国，春来发几枝。愿君多采撷，此物最相思。"按：钱氏家园中确种有红豆，此处亦象征爱情"枯复生"意。

〔11〕"斑管"句：意谓柳如是握笔自称是学诗的弟子。斑管，毛笔。白仁甫《阳春曲题情》："轻拈斑管书心事，细摺银笺写恨词。"

〔12〕"佛香"句：意谓柳氏与钱氏燃香共同拜佛。据周采泉《柳如是杂论》云："'佛香'，似为'惠香'之误。"考钱谦益《初学集》二十有《留惠香》、《代惠香答》、《代惠香别》、《别惠香》诸诗。俱以"桃花"喻惠香，"柳枝"喻柳如是，这表明柳如是曾与惠香共事钱氏，后惠香离去。古先生，道家称佛为古先生。白居易《酬梦得以予五月长斋延僧徒绝宾友见戏》："交游诸长老，师事古先生。"

〔13〕勾栏:此谓妓院。大:意谓看重。小:意谓轻视。

〔14〕红粉:胭脂和铅粉,后亦引申为女子。杜牧《兵部尚书席上作》:"偶发狂言惊满坐,两行红粉一时回。"青史:见《南楼独坐》注〔5〕。

〔15〕扁(piān 偏)舟:小舟。《史记·货殖列传》:"范蠡既雪会稽之耻……乃乘扁舟,浮于江湖。"黄天荡:长江下游的一段,在今南京东北。南宋建炎四年(1130),韩世忠大破金兵于此。

〔16〕"梁家"句:意谓梁家有个梁红玉是青楼女子的榜样。梁红玉为南宋女将,韩世忠妻,曾与丈夫一起在黄天荡阻击金兵,击鼓助战。其出身乃妓女。青楼,妓院。

〔17〕"金鼓"句:意谓柳氏认为自己也能学梁红玉击鼓抗敌(指清军)。

〔18〕"争奈"句:意谓怎奈江南没有像韩世忠那样的战将。

〔19〕九庙:古代帝王祭祀祖先,自王莽地皇元年起皆祖庙五,亲庙四,共九庙。烟尘起:指顺治二年(1645)清兵攻占南京。

〔20〕"手把"句:意谓柳氏劝钱谦益殉国。据顾云美《河东君传》:"乙酉(1645)五月之变,君劝宗伯死,宗伯谢不能。君奋身欲沉池水中,持之不得入。"

〔21〕百年:一生。盍:(hé 何):何不?《论语·公冶长》:"盍各言尔志?"归:此为死的婉辞。

〔22〕万论:诸种论说。《海录碎事》:"学佛边事,是错用心,假饶解,千经万论讲得天花落,石点头,亦不干自己事。"

〔23〕"可惜"句:意谓钱谦益不肯死。

〔24〕丹青:丹和青是中国古代绘画常用之色。此指绘画。《晋书·顾恺之传》:"尤善丹青。"柳枝娘:白居易有妓樊素、小蛮,其《对酒有怀寄李郎中》云:"往年江口抛桃叶,去岁楼中别柳枝。"自注:"樊、蛮也。""柳枝"指樊素。此处喻柳如是。

咏钱[1]（六首选一）

人生薪水寻常事[2]，动辄烦君我亦愁[3]。解用何尝非俊物[4]，不谈未必定清流[5]。空劳姹女千回数[6]，屡见铜山一夕休[7]。拟把婆心向天奏[8]，九州添设富民侯[9]。

[1]组诗作于乾隆二十二年(1757)，原见《小仓山房诗集》卷十三。诗写对金钱的态度：钱不可少，亦不可贪；并应该把钱用之于民，诗体现出民本思想。

[2]薪水：柴和水。指生活需求。

[3]动辄：动不动。君：指钱。

[4]解用：懂得使用。俊物：好东西。

[5]不谈：用《世说新语》晋王衍（字夷甫）口不言"钱"字，称之为"阿堵物"的典故。清流：旧时谓清高的士大夫。

[6]"空劳"句：意谓聚财太多。据《后汉书·五行志》载，东汉灵帝刘宏母永乐太后好敛财，京城有童谣说："车班班，入河间，河间姹（chà差）女工数钱，以钱为室金为堂。"姹女，美女，这里指灵帝母。数，计算。

[7]"屡见"句：意谓钱多不一定能守住。据《史记·佞幸列传》，汉文帝宠幸邓通，赐铜山令其自铸钱，一时邓氏铸钱布天下。汉景帝时邓通获罪，家被抄没，穷饿而死。

[8]婆心：仁慈之心。

[9]"九州"句：意思是让大家都富裕。九州，指中国。《尚书·禹贡》分中国为九州。富民侯，汉封爵名。

偶然作[1]（十三首选三）

忆昔垂髫年[2]，读书葵巷中[3]。先生出见客，弟子偷余工。闻客有科名[4]，仰之如华、嵩[5]。家人多窥探，啧啧羡其容[6]。于今二十年，都成可怜虫。孝廉难糊口[7]，进士愁飘蓬[8]。酒味减京口[9]，米价增江东[10]。贵爵而尚齿[11]，吾将笑周公[12]。

〔1〕此组诗作于乾隆二十二年（1757），原见《小仓山房诗集》卷十三。诗从个人感受出发，对"贵爵而尚齿"的世俗观念予以非议，语言平易如家常话，颇见性灵诗的特色。

〔2〕垂髫（tiáo 条）：古时童子未冠时头发下垂，因此以"垂髫"指童年。潘岳《藉田赋》："垂髫总发。"

〔3〕葵巷：作者杭州故居。参见《过葵巷旧宅》注〔1〕。

〔4〕科名：科举考试制度中经乡试、会试录取之称。

〔5〕华、嵩：五岳中的西岳华山与中岳嵩山。

〔6〕"啧（zé 责）啧"句：谓发出赞叹声羡慕客之仪容。啧啧，赞叹声。《赵飞燕外传》："音词舒闲清切，左右叹赞之啧啧。"

〔7〕孝廉：明清时对举人的称呼，为乡试考中者。

〔8〕进士：明清时举人经会试考中者为贡士，由贡士经殿试赐出身者为进士。飘蓬：飞飘的蓬蒿，比喻飘泊不定的生活。杜甫《铁堂峡》："飘蓬逾三年，回首肝肺热。"

〔9〕"酒味"句：谓酒味大减。京口，京口酒，《晋书·郗超传》："京

口酒可饮。"

〔10〕"米价"句:谓江东米价增长了。

〔11〕贵爵:重视爵位。尚齿:尊重老年人。《礼记·祭义》:"是故朝廷同爵则尚齿。"

〔12〕周公:姬旦,西周初年政治家,周武王之弟,因采邑在周(今陕西岐山北),称为周公,曾助武王灭商。后成王年幼即位,由他摄政。相传他制礼作乐,建立典章制度,主张"明德慎罚"。"笑周公",因为"贵爵尚齿"则周公徒然制礼也。

读书不手记[1],一过无分毫。得句忽然忘,逐之如追逃[2]。见书如见色[3],未近已心动。只恐横陈多[4],后庭旷者众[5]。所以某日观,手自识其脑[6]。能着几纳屦[7]?此意亦苦恼[8]。

〔1〕诗写隐居读书的体会,书多而难以尽读,读之又难以尽记,故为之"苦恼"。诗以女色喻书,十分新鲜风趣。

〔2〕"逐之"句:谓追思忽得又忘的佳句,如同追捕逃犯一样。此句化用苏轼《腊日游孤山访惠勒惠思二僧》"作诗火急追亡逋"句意。

〔3〕色:女色,美女。

〔4〕横陈:横卧。指美女。沈约《梦见美人》:"立望复横陈,忽觉非在侧。"此喻书。

〔5〕后庭:后宫,古代嫔妃居处。旷者:此指旷女,无夫的成年女子。此喻未读之书。

〔6〕识(zhì 志)其脑:记下读书体会。

〔7〕"能着"句:谓人生有限,一生能穿几双鞋。几纳屦(liǎng jī 两机):几双鞋。参见《削园竹为杖》注〔4〕。

〔8〕此意:指如何读书。

平生多嗜欲〔1〕,所憎惟樗蒲〔2〕。酒味与丝竹〔3〕,勉强相支吾〔4〕。其馀玩好类,目击心已慕。忽忽四十年,味尽返吾素〔5〕。惟兹文字业,兀兀尚朝暮〔6〕。晨起望书堂,身如渴猊赴〔7〕。高歌古人作,心觉蛾眉妒〔8〕。自问子胡然〔9〕,不能言其故。

〔1〕诗通过比较方法,表达了钟情于"文字业"的志向与天性。嗜欲:爱好。
〔2〕樗(chū初)蒲:赌博。
〔3〕丝竹:指音乐。丝,弦乐器;竹,管乐器。
〔4〕支吾:应付。
〔5〕吾素:我的志向。
〔6〕兀兀:勤勉的样子。韩愈《进学解》:"恒兀兀以穷年。"
〔7〕渴猊(ní尼):饥渴的狮子。猊即狻猊,狮子。
〔8〕蛾眉妒:指作者爱文字超过爱妻妾,使妻妾嫉妒。
〔9〕子:代词,第二人称"你",此作者自称。胡然:为什么这样。

书所见〔1〕(六首选一)

赋诗似为政〔2〕,焉得人人悦〔3〕?但须有我在,不可事剽窃〔4〕。昔有王家郎〔5〕,好学华子鱼〔6〕。惟其太相同〔7〕,转觉远不如。

〔1〕此组诗作于乾隆二十三年(1758),原见《小仓山房诗集》卷十四。诗论创作应具有个性,反对模拟、剽窃,强调不与古人"相同",表达了"性灵说"的重要观点。

〔2〕为政:治理政事。

〔3〕焉得:怎么能够。

〔4〕剽窃:指诗歌创作时模仿、照抄别人。

〔5〕王家郎:王郎。《魏书》:"朗字景兴,东海郯人,魏司徒。"

〔6〕"好学"句:据《世说新语·德行》:"王朗每以识度推华歆。歆蜡日,尝集子侄燕饮,王亦学之。有人向张华说此事。张曰:'王之学华,皆是形骸之外,去之所以更远。'"华子鱼:《三国志·魏志》:"(华)歆字子鱼,平原高唐人。"

〔7〕惟:由于,因为。

客 至[1]

剥啄柴门响[2],呼僮扫叶迎。凉蝉知让客[3],且住一声鸣[4]。

〔1〕此诗作于乾隆二十三年(1758),原见《小仓山房诗集》卷十四。诗以拟人手法写"凉蝉",富于灵性,增添了小诗的情趣。

〔2〕剥啄:象声词,此指敲门声。高适《重阳》:"岂有白衣来剥啄,一从乌帽自欹斜。"柴门:柴荆编就的门。杜甫《羌村三首》:"柴门鸟雀噪,归客千里至。"

〔3〕凉蝉:指夏末秋初的蝉。

〔4〕且住:暂停。

投郑板桥明府[1]

郑虔三绝闻名久[2],相见邗江意倍欢[3]。遇晚共怜双鬓短,才难不觉九州宽[4]。红桥酒影风灯乱[5],山左官声竹马寒[6]。底事误传坡老死[7],费君老泪竟虚弹[8]。

〔1〕此诗作于乾隆二十三年(1758),原见《小仓山房诗集》卷十四。诗写作者与郑板桥相互赞赏之意,不无夸大之嫌。郑板桥(1693—1765),名燮,字克柔,号板桥,江苏兴化人。乾隆元年(1736)中进士,曾任山东范县、潍县知县。乾隆十八年(1753)因灾年为民请赈,得罪大吏,乞病归扬州。郑氏工书、画,又善诗,人称"郑虔三绝",属"扬州八怪"之一。明府县令,郑板桥旧职。

〔2〕郑虔三绝:原谓唐代画家郑虔擅长诗、书、画,此借指郑板桥。

〔3〕相见邗(hán 寒)江:谓与郑板桥于扬州转运使卢雅雨席间相见。

〔4〕"才难"句:作者原注云:"君曰:天下虽大,人才有数。"谓人才难得因而不觉中国大。

〔5〕红桥:又名虹桥,在扬州城西北二里。此处为作者与郑氏相见处。

〔6〕山左官声:谓郑氏曾于山东任县官的名声。竹马:儿童游戏当马骑的竹竿。《后汉书·郭伋传》:"始至行郡,到河西美稷,有儿童数

百,各骑竹马,道次迎拜。"后人常用儿童骑竹马迎郭汲事称颂地方官吏。

〔7〕底事:何事。坡老:苏东坡,曾被误传死讯,使范镇痛哭。此作者自称坡老。

〔8〕"费君"句:作者原注云:"有误传余死者,板桥大恸。"

推窗[1]

连宵风雨恶[2],蓬户不轻开[3]。山似相思久,推窗扑面来。

〔1〕此诗作于乾隆二十三年(1758),原见《小仓山房诗集》卷十四。"随园诗处处虚灵活泼"(吴应和、蒋星华《浙西六家诗钞》),于此诗可见一斑。诗人化静为动,化无情物为有情人,把山的形象写得活灵有致,亦表现出诗人对雨霁风止后的清新山色的审美喜悦。

〔2〕连宵:即通宵。一整夜。张九龄《听蝉》:"幸入连宵听,应缘饮露知。"恶:形容风雨之凶猛。

〔3〕蓬户:用蓬草编成的门户,形容住房简朴。钱起《过裴长官新亭》:"慢水萦蓬户。"轻:轻易,随便。

子才子歌示庄念农[1]

子才子,颀而长[2],梦束笔万枝[3],为桴浮大江[4],从此文思日汪洋[5]。十二举茂才[6],二十试明光[7],廿三登乡荐[8],廿四贡玉堂[9]。尔时意气凌八表[10],海水未许人窥量[11]。自期必管、乐[12],致主必尧、汤[13]。强学佉卢字[14],误书灵宝章[15],改官江南学趋跄[16]。一部《循吏传》[17],甘苦能亲尝。至今野老泪簌簌[18],颇道我比他人强。投帻大笑[19],善刀而藏[20];歌《招隐》[21],唱"迷阳"[22]:此中有深意[23],晓人难具详[24]。天为安排看花处,清凉山色连小仓[25]。一住一十有一年[26],萧然忘故乡[27]。不嗜音[28],不举觞,不览佛书,不求仙方[29];不知《青乌经》几卷[30],不知挎蒱齿几行[31]。此外风花水竹无不好,搜罗鸡碑雀篆盈东箱[32]。牵鄂君衣[33],聘邯郸倡[34];长剑陆离[35],古玉丁当。藏书三万卷,卷卷加丹黄[36]。栽花一千枝,枝枝有色香。六经虽读不全信[37],勘断姬、孔追微茫[38]。眼光到处笔舌奋[39],书中鬼泣鬼舞三千场[40]。北九边[41],南三湘[42],向、禽五岳游[43],贾生万言书[44],平生耿耿罗心肠[45]。一笑不中用,两鬓含轻霜[46],不如自家娱乐敲宫商[47]。骈文追六朝[48],散文绝三唐[49]。不甚喜宋人,双眸不盼两庑旁[50],惟有歌诗偶取将[51]。或吹玉女箫[52],绵丽声悠扬[53];或披九霞帔[54],白云道士装[55]。或提三军行古塞[56],碧天秋老吹甘凉;或拔鲸牙敲龙角[57],齿牙闪烁流电光。发言要教玉皇笑[58],摇笔能使风雷忙[59]。出世天马来西极[60],入山麒麟下大荒[61]。生如此人不传后[62],定知此意非穹苍[63]。就使仲尼来东鲁[64],大禹出西羌[65],必不呼子才子为今之狂[66]。既自歌,还自赠[67],终不知千秋万世后,与李、杜、韩、苏谁颉颃[68],大书一纸问蒙庄[69]。

〔1〕此诗作于乾隆二十四年(1759),原见《小仓山房诗集》卷十五。诗乃表达人生态度的宣言,慷慨淋漓地抒发了追求个性解放、蔑视传统礼法的精神,如长江大河,一泻无馀。子才子,袁枚自称,枚字子才。子,古代男子的美称。庄念农,据《随园诗话》卷十四,庄念农任太守职,为诗人庄炘(1735—1818)族兄。据《清史列传》,庄炘为江苏武进人,则庄念农亦武进人。庄念农与袁枚过从较密,尝于乾隆二十二年(1757)同游栖霞山,袁枚有诗纪之。

〔2〕颀(qí 奇):身长貌。《诗·卫风·硕人》:"硕人其颀。"

〔3〕束:捆。《诗·唐风·绸缪》:"绸缪束薪。"

〔4〕桴(fú 浮):小筏子。《论语·公冶长》:"乘桴浮于海。"

〔5〕汪洋:形容文思深广,为文有气势。柳宗元《宣城县开国伯柳公行状》:"凡为文,去藻饰之华靡,汪洋自肆,以适己为用。"

〔6〕"十二"句:谓十二岁为秀才。茂才,即秀才。后汉时为避光武帝刘秀名讳,改秀才为茂才。《后汉书·雷义传》:"义归举茂才。"

〔7〕"二十"句:谓二十岁于京师保和殿参加博学鸿词试。明光,汉代宫殿名。此借指京师保和殿。按:袁枚"试博学鸿词于保和殿下"(《小仓山房诗集》卷一)为乾隆元年(1736)九月(见《随园诗话》卷五)。时实为二十一岁。

〔8〕"廿三"句:谓二十三岁参加顺天乡试,中举人。此年为乾隆三年(1738)(见《随园诗话》卷十)。

〔9〕"廿四"句:谓二十四岁殿试赐出身为进士。贡,荐举。玉堂,汉代宫殿名。此借指京师殿试之宫殿。

〔10〕尔时:那时。意气:气概。《史记·管晏列传》:"拥大盖,策驷马,意气扬扬,甚自得也。"凌八表:超越八方以外极远的地方。

〔11〕窥量:窥探、测量。

〔12〕"自期"句:谓对自己的期许是成为管仲、乐毅一流的贤士。管仲,春秋时齐国名相;乐毅,战国时燕国名将。

〔13〕"致主"句:谓使国君务必成为尧、成汤一样的明主。杜甫《奉赠韦左丞二十二韵》:"致君尧、舜上,再使风俗淳。"

〔14〕佉(qū区)卢字:即佉卢文,古印度的一种文字,横书左行。此借指满族文字。按:乾隆五年(1740)袁枚从刑部尚书史贻直学满文。(见袁枚《文渊阁大学士史文靖公神道碑》)

〔15〕"误书"句:谓翻译满文考试不及格。灵宝章,喻满文文章。据袁枚《武英殿大学士太傅鄂文端公行路》:"壬戌(1742)试翰林翻译,枚最下等。"

〔16〕改官江南:指作者于乾隆七年(1742)由翰林院外放为江苏溧水等县知县。趋跄:步履有节奏貌。《诗·齐风·猗嗟》:"巧趋跄兮,射则臧兮。"

〔17〕《循吏传》:司马迁《史记》有《循吏列传》。循吏,旧谓遵理守法的官吏。

〔18〕野老:乡野老人。丘迟《旦发渔浦潭》:"村童忽相聚,野老时一望。"

〔19〕投帻(zé责):丢掉包头的巾。即投冠,喻弃官。

〔20〕善刀而藏:《庄子·养生主》:"善刀而藏之。"善,拭也。此处亦喻辞官。

〔21〕歌《招隐》:吟唱《招隐诗》,即抒发归隐之意。《招隐诗》系西晋诗人陆机所作。

〔22〕唱"迷阳":世路艰难之意。迷阳,《庄子·人间世》:"迷阳迷阳,无伤吾行。"此"迷阳"指一种生于山野的棘刺,刺针伤人。

〔23〕"此中"句:化用陶潜《饮酒二十首》"此中有真意"之句。

〔24〕晓人:对人详细讲明道理。具详:具体细说。

〔25〕清凉山:在南京城西,一名石头山。小仓:小仓山,为清凉山的支脉。袁枚随园的所在地。

〔26〕一十有一年:谓于乾隆十四年(1749)辞官,绝意仕宦,辟随园居住已有十一年。

〔27〕萧然:闲散貌。故乡:杭州。

〔28〕不嗜音:不好唱曲。《随园诗话》卷二:"余性不饮酒,又不喜唱曲。"

〔29〕仙方:道家长生不老之药方。

〔30〕《青乌经》:即《青乌子》,又名《葬经》,相传汉代青乌子,长于相地风水之术,著有《葬经》一书。此句谓不信相地风水之术。

〔31〕摴蒱(chū pú 出仆)齿:古代博戏用的博具骰子。《晋书·葛洪传》:"无所爱玩,不知棋局几道,摴蒱齿名。"此句谓不好赌博。

〔32〕鸡碑:宋人丁用晦《芝田录序》:"予学惭鼠狱,智乏鸡碑。""鸡碑"用晋人戴逵事,戴逵小时候,以鸡蛋汁,溲白瓦屑,作郑玄碑而自镌之。此指罕见古董。雀箓(lù 陆):即雀录。赤爵(雀)所衔丹书也。据《尚书》:"秋季之月甲子,赤爵衔丹书入鄷,止于昌户,谓周文王之祥瑞也。"丹书,指天书。用丹笔所写。东箱:犹东厢。《史记·周昌传》:"吕后侧耳于东箱听。"此言正房东边的房子,其似箱箧之形,故曰"东箱"。

〔33〕鄂君:鄂君子晳,楚王母弟,越人悦其美,曾作《越人歌》赞美之,后以"鄂君"作为美男子的通称。李商隐《碧城三首》其二:"鄂君怅望舟中夜,绣被焚香独自眠。"按:袁枚有好男色之习。

〔34〕倡:倡伎,以歌舞为业的女艺人。

〔35〕陆离:长貌。《楚辞·九章·涉江》:"带长铗之陆离兮。"

〔36〕加丹黄:谓点校书籍。旧时点校用朱笔书写,遇误字用雌黄涂抹,合称"丹黄"或"朱黄"。

〔37〕六经:六部儒家经典:《诗》、《书》、《礼》、《易》、《春秋》、《乐经》。按《乐经》一书,后世学者或认为已亡失,或认为不存在。

〔38〕勘断:核对与判断。姬、孔:周公姬旦与孔子。此指代记载其言论的《尚书》与《论语》典籍。追微茫:意谓探求典籍中深远的道理。

〔39〕笔舌奋:意谓奋笔书写。笔舌:以纸笔代口舌。薛绍纬《华州榜寄诸门生》:"机、云笔舌临文健。"

〔40〕"书中"句:当谓其笔记小说《子不语》多描写鬼怪之事。

〔41〕北九边:指明代所设北方九个军事重镇:辽东、宣府、大同、延绥(榆林)、宁夏、甘肃、蓟州、太原、固原。

〔42〕南三湘:南方三湘,有不同说法。其中一说湘水发源与漓水合流后称漓湘,中游与潇水合流后称潇湘,下游与蒸水合流后称蒸湘。总名"三湘"。

〔43〕"向、禽"句:《后汉书·逸民传》:"向平隐居不仕,与同好北海禽庆俱游五岳名山,竟不知所终。"五岳:东岳泰山、南岳衡山、西岳华山、北岳恒山、中岳嵩山之总称。

〔44〕贾生:指西汉政论家、文学家贾谊,洛阳人,时称贾生。万言书:封建官吏呈送给帝王的长篇奏章。赵升《朝野类要》卷四:"万言书,上进天子之书也。"此指贾谊多次向汉文帝上疏,批评时政,提出富国强兵的建议等。其所著政论有《陈政事疏》、《过秦论》等。

〔45〕耿耿罗心肠:意谓忠心耿耿。

〔46〕"两鬓"句:谓两鬓灰白如薄霜。

〔47〕敲宫商:谓写诗文推敲韵律。宫商,为五声宫、商、角、徵、羽之二声,此指代五声。

〔48〕骈文:文体名。起源于汉、魏,形成于南北朝。全篇以偶句为主,讲究对仗和声律。六朝:三国的吴,东晋,南朝的宋、齐、梁、陈,历史上合称六朝。

〔49〕散文：即古文。绝三唐：超越唐代。三唐，初、盛、晚唐，指整个唐代。

〔50〕眸(móu谋)：眼珠。曹植《洛神赋》："明眸善睐。"两庑(wǔ午)：此谓孔庙的东西两廊，崇祀先贤之处。作者于《题竹垞风怀诗后》小序中言："按元、明崇祀之典颇滥，盖有名行无考、附会性理数言，遽与程、朱并列。"此句意谓蔑视理学，耻与程、朱为伍。

〔51〕取将：取来。将，取。韩愈《调张籍》："仙官敕六丁，雷电下取将。"

〔52〕玉女箫：弄玉之箫。据《列仙传》："萧史者，秦穆公时人也。善吹箫，能致孔雀白鹤于庭，穆公有女字弄玉，好之。公遂以女妻焉。日教弄玉作凤鸣，居数年，吹似凤声，凤凰来止其屋。公为作凤台，夫妇止其上不下数年。一旦，皆随凤凰飞去。"

〔53〕绵丽：缠绵美妙。

〔54〕九霞帔：即霞帔。此指道士之服。刘禹锡《和令狐相公送赵常盈炼师与中贵人同拜岳及天台投龙毕却赴京》："银铛谒者引霓旌，霞帔仙官到赤城。"

〔55〕白云：白云观。道教著名寺观之一，在北京西便门外。此泛指寺观。

〔56〕提三军：率领三军。三军，军队的统称。《孙子·军争》："故三军可夺气，将军可夺心。"古塞(sài赛)：历史久远的关塞。

〔57〕拔鲸牙：喻雄怪有力。韩愈《调张籍》："刺手拔鲸牙。"敲龙角：喻雄怪不凡。韩愈《送无本师归范阳》："蛟龙弄角牙，造次欲手揽。"

〔58〕玉皇：即玉皇大帝，道教中地位最高的神。

〔59〕摇笔：动笔。王充《论衡》："文吏摇笔，考迹民事。"

〔60〕天马：汉朝对得自西域的良马的称呼。《史记·大宛列传》："……得乌孙马好，名曰天马。及得大宛汗血马，益壮，更名乌孙马曰西

117

极,名大宛马曰天马云。"西极:西方极远之地。此谓西域。

〔61〕麒麟:传说中仁兽名。大荒:广野。柳宗元《登柳州城楼》:"城上高楼接大荒。"

〔62〕不传后:意谓没有儿子。按:袁枚六十三岁时才得子,名阿迟,此时尚无子。

〔63〕"定知":谓没生儿子并非老天之意。

〔64〕仲尼:孔子,仲尼为其字。东鲁:春秋时的鲁国。

〔65〕大禹:传说中古代部落联盟领袖。西羌:羌族。居地在我国西境。

〔66〕今之狂:当今之狂人。狂人,纵情任性或放荡骄恣的人。

〔67〕自赠:以歌勉励自己。

〔68〕"与李"句:谓谁与李白、杜甫、韩愈、苏轼相抗衡。颉颃(xié háng 协杭):鸟飞上飞下貌。《诗·邶风·燕燕》:"燕燕于飞,颉之颃之。"引申为相抗衡的意思。《晋书·文苑传序》:"颉颃名辈。"此处即此意。

〔69〕蒙庄:即庄周,庄子,春秋宋国蒙人,做过蒙漆园吏。此借指庄念农。

春日杂诗[1](十二首选二)

千枝红雨万重烟[2],画出诗人得意天[3]。山上春云如我懒,日高犹宿翠微巅[4]。

〔1〕这组诗作于乾隆二十四年(1759),原见《小仓山房诗集》卷十五。诗以衬托手法描写自己春日懒散闲适的情态。杂诗,谓兴致不一,

内容多样,遇物即言之诗。《文选》有《杂诗》一目。

〔2〕红雨:喻落花。刘禹锡《百舌吟》:"花枝满空迷处所,摇动繁英坠红雨。"

〔3〕得意天:感到满意的风光。

〔4〕翠微:青翠的山气。陈子昂《薛大夫山亭宴序》:"披翠微而列坐。"此指代青翠的山峰。巅:峰顶。

自把新诗写性情,胜他丝竹谱春声[1]。流莺啼罢先生唱[2],各有闲愁诉不清。

〔1〕诗表达"诗写性情"的观点,但对"性情"之思想性并不重视。丝竹,中国的弦乐器与竹制管乐器的总称。

〔2〕流莺:飞行无定的黄莺。王建《宫词》:"原是吾皇金弹子,海棠花下打流莺。"先生唱:此谓诗人吟诗。

哭三妹五十韵[1]

五枝荆树好[2],忽陨第三枝[3]。最是风华质[4],还兼窈窕姿[5]。令仪宜协吉[6],论齿未应衰[7]。情以随肩重[8],丧因在室悲[9]。鹡鸰飞竟断[10],手足梦重追[11]:弄药争花日[12],将笄未弁时[13]。金笼擒蟋蟀,竹马逐邻儿。各踞长松锻[14],同分野灶炊。书灯裁纸照,学舍隔帘窥。呵手团清雪,当盘算劫棋[15]。斗残春草绿[16],舞罢《柘枝》欹[17]。贫不争梨栗[18],欢能咏豆萁[19]。非鱼常作队,似雁不差池[20]。拟续兰台史[21]，堪刊紫石碑[22]。阿兄试京兆[23]，小妹倚门楣[24]。望信频穿眼[25]，登科代展眉[26]。分襟长戚戚[27]，聚首更怡怡[28]。至性醇无比[29]，多情累在斯[30]。一闻婚早定[31]，万死誓相随。彩凤从鸦逐[32]，红兰受雪欺[33]。《踏摇》因素发[34]，脉摘损凝脂[35]。琪珮婴儿撤[36]，犁锄健妇持[37]。赘馀添姊祸[38]，嫁后失爷慈[39]。舍宅栖兰若[40]，长斋伴济尼[41]。当官惩婿恶[42]，合族笑姨痴[43]。妇弃仍归矣[44]，天高不鉴之[45]！已经分破镜[46]，长自奉慈帷[47]。纷帨辛勤侍[48]，羹汤宛转吹[49]。呼卢老亲伴[50]，问字举家师。有女空生口，无言但点颐[51]。方形勤指矩[52]，圆象强摹规[53]。水色云沉阁，山光树啭鹂[54]。避人常独坐，对影辄涟洏[55]。岂恋终风暴[56]，常怀其雨思[57]。冰心明月见[58]，春恨落花知。寂寂芳华度，奄奄玉貌移[59]。九回肠早断[60]，一日病难治。自觉伤心极，临危作远离。家贫投贱药，胆壮误庸医。白下巫阳至[61]，扬州荡子羁[62]。魂孤通梦速[63]，江阔送终迟。路上钱犹卜[64]，灵前帐已披[65]。承衾摩瞑目[66]，搜箧理残诗[67]。欲止高堂恸[68]，先教私泪垂[69]。苍茫惟有恨，啼劝两难为。苦忆连年虐，频劳彻夜支[70]。今朝偏送汝，他日更呼谁！残雪敲窗户，悲风动酒卮[71]。浮生千古幻，哀挽几行辞。盼断黄泉路[72]，重逢可有期？

〔1〕此诗作于乾隆二十四年（1759），原见《小仓山房诗集》卷十五。诗悼念三妹素文，语语从肺腑流出，感情真挚，笔触轻灵，形象活泼，语言

自然,是典型的性灵诗。三妹,名机,字素文。"乾隆二十四年十一月死,年四十。"(袁枚《女弟素文传》)

〔2〕五枝荆树:喻同胞五人。荆枝,喻同胞手足,用吴均《续齐谐记》典。

〔3〕陨(yǔn允):坠落。第三枝:喻三妹。

〔4〕风华质:谓禀赋聪颖,具有风采才华。

〔5〕窈窕(yǎo tiǎo咬挑上声):美好貌。《诗·周南·关雎》:"窈窕淑女,君子好逑。"姿:身姿。

〔6〕令仪:美好的容貌、举止。协吉:谓生活和睦美好。

〔7〕齿:指年龄。按:袁素文死时"年四十"。(据《女弟素文传》)衰:此指亡故。

〔8〕"情以"句:谓因三妹与自己生活在一起而感情深厚。

〔9〕在室:此指女子已婚而离异,回到父母家居住。

〔10〕鹡鸰:同"脊令",鸟名。参见《归家即事》注〔59〕。

〔11〕"手足"句:谓重温兄妹们欢聚时的旧梦。

〔12〕弄药:玩弄白芷草。

〔13〕将笄(jī机):谓三妹将要盘发插笄,即尚未成年。未弁:谓作者自己未行加冠之礼,即未成年。

〔14〕锻:原谓锻铁用的砧石,此指砧板。

〔15〕算:谋划。劫:"劫争"简称,围棋术语。黑白双方在同一处各自围住对方一棋子,黑方如先吃白方一子,白方须于他处下子,待黑方应后,才可于原处提回黑方一子,如此往复提吃,叫"劫争",简称"劫"。《水经注·渠水》:"(阮简)为开封令,县侧有劫贼,外白甚急数,简方围棋长啸,吏云:'劫急。'简曰:'局上有劫,亦甚急。'"

〔16〕"斗残"句:谓踏残绿春草。按:斗草为古代民俗,五月初五有踏百草之戏,唐人称斗百草。司空图《灯花》之二:"明朝斗草多应喜,剪

121

得镫花自扫眉。"

〔17〕《柘(zhè 浙)枝》：古代舞蹈名。古羽调有《柘枝曲》，商调有《屈柘枝》，此舞因曲而名，舞时以二女童藏于莲花形道具中，花瓣开放，出而对舞。欹(qī妻)：斜。此形容舞姿。

〔18〕"贫不"句：暗用汉末孔融四岁让梨之典故。据《后汉书·孔融传》注引融《家传》：孔融兄弟七人，融居第六。四岁时，与诸兄分梨，融取小者，大人问之，答曰："我小儿，法当取小者。"

〔19〕"欢能"句：用《世说新语·文学》曹植作七步诗之典。后人修改过的《七步诗》云："煮豆燃豆萁，豆在釜中泣。本是同根生，相煎何太急！"（见宋佚名《漫叟诗话》）豆萁(qí其)：豆茎。

〔20〕差(cī疵)池：参差不齐。《诗·邶风·燕燕》："燕燕于飞，差池其羽。"

〔21〕兰台：汉代宫内藏图书之处，以御史中丞掌之，后世因称御史台为兰台。又，东汉时班固为兰台令史，受诏撰史，故后世亦称史官为兰台，此处即是。因班固撰史未完而终，其妹班昭续之。此既写兄妹情深，又喻妹之才华。

〔22〕刊：刻。

〔23〕阿兄：作者自称。试京兆：参加京都(北京)的会试。

〔24〕小妹：即素文。门楣：门上的横木，此即代门。

〔25〕"望信"句：谓三妹不断地盼消息，把眼睛都要望穿。

〔26〕登科：即考中进士。王仁裕《开元天宝遗事》："新进士才及第，以泥金书帖子，附家书中，用报登科之喜。"展眉：眉开眼笑。李白《长干行》："十五始展眉，愿同尘与灰。"

〔27〕分襟：别离。骆宾王《秋日别侯四》："歧路分襟易，风云促膝难。"戚戚：忧惧貌。《论语·述而》："小人长戚戚。"

〔28〕聚首：团聚。怡怡：和悦貌。《论语·子路》："朋友切切偲偲，

兄弟怡怡。"

〔29〕至性:性情纯厚。嵇康《与山巨源绝交书》:"(阮嗣宗)至性过人,与物无伤。"醇:淳朴。

〔30〕"多情"句:谓三妹富于感情,而受害亦在于多情。

〔31〕婚早定:据《女弟素文传》,雍正元年(1723)素文四岁时就与如皋高氏定婚。

〔32〕彩凤:五彩的凤凰。李商隐《无题》:"身无彩凤双飞翼,心有灵犀一点通。"此喻三妹。鸦:喻三妹夫婿高氏。

〔33〕红兰:花名,王勃《越州秋日宴山亭序》:"红兰翠竹,俯映砂亭。"此喻三妹。

〔34〕《踏摇》:宋《太平御览》有《踏摇娘》,系歌舞节目,演一妻子被丈夫殴打。"妻悲诉,每摇顿其身,故号《踏摇娘》"。此形容三妹受殴悲诉状。囚素发:头发蓬乱如同囚犯。素发:白发。潘岳《秋兴赋》:"素发飒以垂领。"

〔35〕脉摘:谓指责过失。损凝脂:谓殴打至皮开肉绽。凝脂:形容女子皮肤细腻。《诗·卫风·硕人》:"肤如凝脂。"

〔36〕"瑱(tiàn 天去声)珮"句:谓素文的女儿被去掉瑱珮。瑱:塞耳的玉;珮:身上佩带的饰物。

〔37〕"犁锄"句:谓让素文耕田种地。杜甫《兵车行》:"纵有健妇把犁锄,禾生陇亩无东西。"

〔38〕赘馀:累赘。当指二姊之子。添姊祸:二姊早寡,二子当增加其生活负担。

〔39〕"嫁后"句:谓三妹出嫁后失去父亲的慈爱。

〔40〕兰若:即"阿兰若",谓寺庙。杜甫《谒真谛寺禅师》:"兰若山高处,烟霞障几重。"

〔41〕长斋:长期素食。济尼:尼姑。

〔42〕当官:谓为官者。惩婿恶:指判三妹与其婿离婚。

〔43〕姨:指三妹。

〔44〕"妇弃"句:谓三妹离婚后仍回娘家。

〔45〕"天高"句:谓老天爷在上,能不审察其间是非吗!

〔46〕分破镜:喻夫妻离婚。

〔47〕慈帏:同"慈闱",母亲的代称。

〔48〕纷帨(shuì税):佩带、佩巾。

〔49〕宛转:即"婉转",和婉柔顺。

〔50〕呼卢:即"呼卢喝雉",古时一种赌博。削木为子,共五个。一子两面,一面涂黑,画牛犊,一面涂白,画雉。五子都黑叫"卢"。掷子时,高声大喊希望得到全黑,故叫"呼卢"。李白《少年行》:"呼卢百万终不惜,报仇千里如咫尺。"

〔51〕颐(yí怡):下巴。此句后原注云:"妹一女哑。"

〔52〕"方形"句:谓三妹女儿常指着矩(画方形的用具),表示是方形。

〔53〕"圆象"句:谓描摹圆规,表示是圆形。

〔54〕睍睆:黄鹂宛转鸣叫。

〔55〕涟洏(lián ér 连儿):泪流不止貌。王粲《赠蔡子笃》:"中心孔悼,涕泪涟洏。"

〔56〕终风暴:终日风狂,或曰既风又雨。《诗·邶风·终风》:"终风且暴。"此喻原丈夫欺侮、殴打的行为。

〔57〕其雨思:《诗·卫风·伯兮》:"其雨其雨,杲杲日出。愿言思伯,甘心首疾。"原谓女子像久旱思雨一般思念丈夫,此指三妹思念其婆。据《女弟素文传》:其姑(婆)当丈夫殴打素文时则"救之",归家后"如皋人至,必出问堂上姑安否"。

〔58〕冰心:比喻心地清明纯洁。王昌龄《芙蓉楼送辛渐》:"洛阳亲

友如相问,一片冰心在玉壶。"

〔59〕奄奄:气息微弱貌。李密《陈情表》:"气息奄奄,人命危浅,朝不虑夕。"

〔60〕"九回"句:谓肠早断多次,伤心至极。

〔61〕白下:南京别称。巫阳:神医名。见《山海经·海内西经》。此指医术高明的医生。

〔62〕荡子羁:谓作者当时正羁留在扬州。据《女弟素文传》,三妹病危时,"枚在扬州"。

〔63〕"魂孤"句:谓三妹孤魂很快给作者托梦告别。诗原注云:"得信前一夕,梦与妹如平生欢。"又据袁枚《祭妹文》:"予已先一日梦汝来诀,心知不祥,飞舟渡江。"

〔64〕"路上"句:谓作者赶回南京路上,犹用钱币卜卦,算三妹平安否。

〔65〕"灵前"句:谓三妹灵位前已披上幔帐。

〔66〕承衾(qīn 亲):指靠近殓尸的包被。摩瞑目:用手抚摸使三妹闭目。据《女弟素文传》:"闻病奔归,(三妹)气已绝矣,目犹瞠也,抚之乃瞑。"

〔67〕"搜箧(qiè 切)"句:谓搜捡三妹小箱子,整理其留下的诗作。据《女弟素文传》:"检箧得手编《列女传》三卷,诗若干。"

〔68〕高堂:谓父母。陈子昂《宿空舲峡青树村浦》:"委别高堂爱,窥觎明主恩。"

〔69〕"先教"句:谓自己先暗暗流泪。

〔70〕"频劳"句:谓(自己生疟疾)三妹不顾劳累,彻夜支撑予以关心照顾。袁枚《祭妹文》:"前年予病,汝终宵刺探,减一分则喜,增一分则忧。"

〔71〕酒卮(zhī 汁):古代一种盛酒器。

〔72〕黄泉:阴间。参见《陇上作》注〔2〕。

起早〔1〕

起早残灯在,门关落日迟。雨来蝉小歇,风到柳先知。借病常辞客,知非又改诗〔2〕。蜻蜓无赖甚〔3〕,飞满藕花枝〔4〕。

〔1〕此诗作于乾隆二十四年(1759)。原见《小仓山房诗集》卷十五。诗写清晨自然景物,细致入微,拟人手法使景物显示出灵性与情趣,表现出诗人闲适的心境。
〔2〕"知非"句:谓发现诗中不当之处又作修改以求提高。作者《续诗品·勇改》云:"知一重非,进一重境。"
〔3〕无赖:顽皮。辛弃疾《清平乐·村居》:"最喜小儿无赖,溪头卧剥莲蓬。"
〔4〕藕花:荷花。

明月〔1〕

明月乍离海,长风吹上天〔2〕。争光众星尽,受影一峰先。水色金波丽〔3〕,秋心玉镜圆〔4〕。双双木兰桨〔5〕,摇落桂花烟〔6〕。

〔1〕此诗作于乾隆二十四年(1759),原见《小仓山房诗集》卷十五。

诗从不同角度咏明月,白描手法,穷形尽相,其中浸润着诗人的审美愉悦。

〔2〕长风:持续不断的风。《宋书·宗悫传》:"愿乘长风破万里浪。"

〔3〕金波:月光下的水波。参见《水西亭夜坐》注〔2〕。

〔4〕玉镜:喻月亮。韦庄《信州月岩山》:"腾腾上天半,玉镜悬飞梯。"

〔5〕木兰桨:船桨的美称。木兰,树名。

〔6〕桂花烟:月光。桂花,神话说月中有桂,故月又称桂月。此"桂花"亦指月。韩愈《明水赋》:"桂花吐耀,兔影流精。"烟,喻月光。

剑[1]

玉匣甘藏七尺身[2],九秋不复试霜痕[3]。夜深尚作呜呜泣,为有平生未报恩。

〔1〕此诗作于乾隆二十五年(1760),原见《小仓山房诗集》卷十六。诗借咏剑,流露出虽辞官隐居九年,但仍有未能为国效力之憾。可见当时作者思想尚未彻底出世。

〔2〕玉匣:用玉装饰的小箱。甘藏:甘心藏匿。七尺身:指剑。

〔3〕九秋:九年。霜痕:指剑刃。

夜立阶下[1]

半明半昧星[2],三点两点雨。梧桐知秋来,叶叶自相语。

〔1〕此诗作于乾隆二十五年(1760),原见《小仓山房诗集》卷十六。诗写秋夜小景,刻画具有特征的意象,构成清寂又不乏生机的境界。
〔2〕半昧:半暗。

除夕望山尚书赐荷囊、胡饼、鹿肉,戏谢四绝句[1](选一)

尚书得韵便传笺[2],倚马才高不让先[3]。今日教公输一着,新诗和到是明年[4]。

〔1〕此诗作于乾隆二十五年(1760)除夕夜,西历已是公元1761年。诗写与高官尹继善和诗趣事,反映了同尹继善非同一般的友情,以及诙谐的性格。望山尚书,尹继善(1695—1771),字元长,号望山。曾任江苏巡抚、两江总督等职,累官至刑部尚书、文华殿大学士等。为袁枚人生一知己。
〔2〕得韵:指袁枚赠诗。传笺:指尹继善送回所作和诗。
〔3〕倚马才:用《世说新语·文学》典:"桓宣武北征,袁虎时从,被责免官,会须露布文,唤袁倚马前令作,手不辍笔,俄得七纸,殊可观。"比喻才思敏捷。
〔4〕"新诗"句:谓尹继善和诗送回已是乾隆二十六年正月初一。

自嘲[1]

小眠斋里苦吟身[2],才过中年老亦新[3]。偶恋云山忘故土[4],竟同猿鸟结芳邻[5]。有官不仕偏寻乐,无子为名又买春[6]。自笑匡时好才调[7],被天强派作诗人!

〔1〕此诗作于乾隆二十六年(1761),原见《小仓山房诗集》卷十六。诗以戏谑之言写随园隐居生活,优哉游哉,志得意满,亦反映了诗人诙谐的个性。

〔2〕小眠斋:随园书房名。苦吟:反复吟诵,雕琢诗句。杜牧《残春独来南亭因寄张祜诗》:"苦吟林下拂诗尘。"

〔3〕才过中年:时诗人四十六岁,谓刚过中年。老亦新:谓中年又老又年轻。

〔4〕云山:此谓其居处南京小仓山。故土:杭州。

〔5〕芳邻:对邻居的敬称。王勃《滕王阁诗序》:"非谢家之宝树,接孟氏之芳邻。"

〔6〕"无子"句:谓以没有儿子为名又纳妾。买春,原谓买酒。此指纳妾。按:袁枚因妻子王氏不生育,欲得子,已先后娶了亳州陶姬,苏州方聪娘、陆姬等为妾。

〔7〕匡时:挽救艰危的时势。《后汉书·荀淑传论》:"陵夷则濡迹以匡时。"才调:才情。李商隐《贾生》:"宣室求贤访逐臣,贾生才调更无伦。"

九月十一日夜[1]

金灯淡淡映书楼[2],银蒜沉沉押画钩[3]。一霎秋风吹落叶,波涛都在树梢头。

〔1〕此诗作于乾隆二十六年(1761),原见《小仓山房诗集》卷十六。诗写于深秋之夜的审美感受,先静后动,以静衬动,尾句意象新奇大胆。

〔2〕金灯:金制的灯盏。江总《新宠美人应令》:"金灯夜火百花开。"

〔3〕银蒜:银制的帘钩,形似蒜条,故名。庾信《梦入堂内》:"幔绳金麦穗,帘钩银蒜条。"押画钩:压如帘钩。画钩,形容帘钩之美。

偶作[1]

晴太温和雨太凉,江南春事费商量[2]。杨花不倚东风势[3],怎好漫天独自狂!

〔1〕此诗作于乾隆二十七年(1762),原见《小仓山房诗集》卷十七。诗写杨花"倚东风势"而"狂",有其言外之意,讽刺的锋芒指向人世。

〔2〕春事:农事,春季耕种之事。《管子·幼官》:"十二,地气发,戒春事。"

〔3〕杨花:柳絮。庾信《春赋》:"二月杨花满路飞。"

送鱼门舍人入都[1](四首选一)

中年容易动深情,况唱骊歌与客听[2]!折柳路从江上尽[3],断肠人对暮天青[4]。霜鸿羽健秋千里[5],桐树心孤月一庭[6]。妻子不知缘底事[7],脸边来问泪星星[8]。

〔1〕此组诗作于乾隆二十七年(1762),原见《小仓山房诗集》卷十七。诗写与程鱼门惜别之情,十分伤感,颈联比喻尤显沉重。鱼门,程晋芳(1718—1784),字鱼门,号蕺园,安徽歙县人,徙江苏江都,乾隆进士,翰林院编修,著述颇多,有《蕺园诗》《勉行斋文》等。舍人,中书舍人,官名,其职责为缮写文书等,程鱼门于乾隆七年(1742)曾被授此官。

〔2〕骊歌:告别的歌。刘孝绰《陪徐仆射晚宴》:"洛城虽半掩,爱客待骊歌。"

〔3〕折柳:折柳表赠别。参见《沭阳移知江宁,别吏民于黄河岸上》注〔2〕。

〔4〕断肠:形容悲痛之极。蔡琰《胡笳十八拍》:"空断肠兮思愔愔。"暮天:日落时的天空。李绅《回望馆娃故宫》:"雀愁化水喧斜日,鸿怨惊风叫暮天。"

〔5〕霜鸿:秋天的大雁。灵一《江行》:"云破霜鸿北度迟。"此喻北上的程鱼门。

〔6〕桐树心孤:桐树干常空心。曹邺《碧寻宴上有怀知己》:"桐树心孤易感秋。"此诗人自喻内心空寂。

〔7〕缘底事:因何事。

〔8〕"脸边"句:谓来问诗人脸边的泪花。

嫁女词四首[1](选一)

同居人暂离,怃焉心已恼[2];况是掌中珠[3],怀中最娇小。我又无男儿[4],衰鬓如蓬葆[5]。藉此慰所无[6],起居伴昏晓。人视已长成,我视犹襁褓[7]。并此复乖分[8],教我如何老! 夫婿住姑苏[9],江天水渺渺[10];田多尸祭忙[11],族大持家早。归宁岂不归[12],路远终知少。堂前昼惗惗[13],膝下风悄悄[14]。中郎几卷书[15],他日付谁好?

〔1〕此组诗作于乾隆二十八年(1763),原见《小仓山房诗集》卷十七。诗写女儿出嫁时恋恋不舍之情,既有对娇女的慈爱,又有自身的孤寂感,真切地反映了父亲嫁女的心理。女,名成儿、阿成。系亳州陶氏所生。同题另一首云:"我有阿成女,容颜如朝霞。"按:此时阿成为小女儿,袁枚后来又得女儿。

〔2〕惄(nì 腻)焉:忧思伤痛貌。《诗·小雅·小弁》:"我心忧伤,惄焉如捣。"

〔3〕掌中珠:称极钟爱的人。傅玄《短歌行》:"昔君视我,如掌中珠。"此喻阿成。

〔4〕无男儿:无儿子。按:诗人于乾隆四十三年(1778)六十三岁时方得子,名阿迟。

〔5〕蓬葆:比喻头发散乱,如蓬草、羽葆(古时用鸟羽穿饰的车盖)。《汉书·燕刺王旦传》:"当此之时,头如蓬葆,勤苦至矣!"

〔6〕"藉此"句:谓借女儿当儿子以自慰。

〔7〕襁褓(qiǎng bǎo 抢保):背负小孩所用的东西。《后汉书·桓郁传》:"昔戚王幼小,越在襁褓。"此处亦为"在襁褓"即仍是小孩之意。

〔8〕乖分:分离。

〔9〕夫婿:女儿的丈夫。姑苏:今苏州。

〔10〕渺渺:水远貌。寇准《江南春》:"波渺渺,柳依依。"

〔11〕尸祭:主持祭祀。参见《归家即事》注〔19〕。

〔12〕归宁:旧谓已嫁的女儿回娘家探视父母。《诗·周南·葛

覃》:"归宁父母。"

〔13〕愔(yīn 因)愔:寂静无声貌。

〔14〕"膝下"句:谓已无女儿依于自己膝下。

〔15〕中郎:东汉蔡邕,文学家、书法家,官左中郎将。其女蔡琰,即蔡文姬,博学而有才辨,妙于音律,能继父志。此处作者以蔡邕自喻。

早开梅冻伤矣,慰之以诗〔1〕

千树梅花开一树,忽遇春寒又勒住〔2〕。颇似良朋访我来〔3〕,自悔孤行复回去。憔悴香心合自怜〔4〕,从来风气莫争先〔5〕。请看一种调羹者〔6〕,别有东风二月天〔7〕。

〔1〕此诗作于乾隆二十八年(1763),原见《小仓山房诗集》卷十七。诗即景生情,寓有深意,表达了对"孤行"而开"风气"之先者不容于社会的同情,对随波逐流者之得意的嘲讽。

〔2〕勒住:原谓拉紧马缰绳使马停住,此形容春寒把早梅冻伤。

〔3〕良朋:好友。《诗·小雅·棠棣》:"每有良朋,况也咏叹。"

〔4〕憔悴香心:形容梅花冻伤之憔悴情状。合自怜:应当怜惜自己。

〔5〕"从来"句:谓从来就是不要争先开创新风尚。风气,风尚,习气。刘因《隐仙谷》:"山川含太古,风气如未开。"

〔6〕调羹者:指梅子。《尚书·说命》:"若作和羹,尔惟盐梅。"盐、梅为调羹之物。

〔7〕二月天:指仲春和暖天气。

春日杂诗[1]（十二首选二）

春宵梦醒月华凉[2]，窗外花开窗内香。花似有情来作别[3]，半随风去半升堂[4]。

〔1〕此组诗作于乾隆二十八年（1763），原见《小仓山房诗集》卷十七。诗写春宵闻花香，而想象春花飘零之景，但并不感伤，反有生趣。

〔2〕春宵：春夜。李商隐《为有》："为有云屏无限娇，凤城寒尽怕春宵。"月华：月光。江淹《杂体诗·王徵君微》："清阴往来远，月华散前墀。"

〔3〕作别：作告别。

〔4〕升堂：登堂。《论语·先进》："由也升堂矣，未入于室也。"堂，正厅。

寂寂柴门雀可罗[1]，牡丹开后客频过[2]。山花未免从旁笑：到底人贪富贵多[3]！

〔1〕诗借写牡丹讥讽世态炎凉，"山花"可视为作者的化身。柴门雀可罗，即门可罗雀，形容门庭冷落。《史记·汲黯郑当列传》："始翟公为廷尉，宾客阗门；及废，门外可设雀罗。"

〔2〕频过：频繁来访。

〔3〕富贵：此为双关语。据周敦颐《爱莲说》，牡丹为"花之富贵者"。

虎丘悬一鱼头,长三丈,询其被获情节,为作巨鱼歌[1]

崇明三日雨如注[2],海水如云飞上树。巨鱼骑浪游人间[3],意欲来吞一城去。天吴忽退波浪空[4],巨鱼欲去天无风。身横千亩动不得,长鬣倒挂泥沙中[5]。海人嗜鱼争割肉[6],乘梯登背如登屋。万人已饱鱼不知,血涌红潮响坑谷。尾摇欲把青山扫,鼻息冲沙成小岛。费尽人《招海贾文》[7],腹中葬骨知多少!虽未成龙已有神,千年涎沫生风云[8]。游还龙伯、扶桑国[9],尝遍周、秦、汉、魏人。一朝运尽鱼无那[10],辇来朽骨空惊大[11]。儿童知尔死无灵[12],高歌齐上鱼头坐。

〔1〕此诗作于乾隆二十八年(1763),原见《小仓山房诗集》卷十七。诗想象巨鱼被捕获情景,生动逼真,对于巨鱼之悲剧结局寓有深深的感慨。虎丘,山名,在江苏苏州西北,相传春秋吴王阖闾葬此,有虎丘塔、云岩寺等名胜古迹。巨鱼,疑为巨鲸。

〔2〕崇明:岛名,在长江出口处,东临东海,今属上海崇明。注:灌入。

〔3〕骑浪:形容巨鱼浮游于浪间。

〔4〕天吴:古代传说中的水神。《山海经·海外东经》:"朝阳之谷,神曰天吴,是为水伯。"

〔5〕长鬣(liè列):谓巨鱼颔旁的长须。

〔6〕海人：海上捕鱼的人。任昉《述异记》："东海有牛鱼，其形如牛，海人采捕，剥其皮悬之。"

〔7〕《招海贾（gǔ古）文》：招海上商人归来之文。柳宗元有《招海贾文》，曰："海贾兮，君胡以利易生而卒离其形？"

〔8〕涎（xián咸）沫：巨鱼的唾液。

〔9〕龙伯：龙伯国，巨人之国。晋张华《博物志·异人》："《河图玉版》云：'龙伯国人长三十丈，生万八千岁而死。'"扶桑国：古国名。《梁书·扶桑国传》："扶桑在大汉国东二万馀里，地在中国之东，其土多扶桑木，故以为名。"

〔10〕运尽：气运已尽。无那（nuò诺）：无奈，无可奈何。王维《酬郭给事》："强欲从军无那老，将因卧病解朝衣。"

〔11〕"辇（niǎn碾）来"句：谓用车把巨鱼头骨运到虎丘来，人们只能徒然惊叹其巨大。

〔12〕尔：你，谓巨鱼。无灵：不再有威灵。

小仆琴书事我有年，今年赎券去，跪辞泪下，作诗送之[1]

都儿洒泪别阳城[2]，来是垂髫去长成[3]。人好才能八年住，春归那忍一朝行[4]！交还锁钥知谁托[5]，欲扫楼台误唤名[6]。总为香山居士老[7]，杨枝骆马倍关情[8]。

〔1〕此诗作于乾隆二十九年（1764），原见《小仓山房诗集》卷十八。诗写对小仆琴书的感情，既直抒胸臆，又借助生活细节表现，感人至深。

事我有年,服侍我多年。徐珂《清稗类钞·奴婢类》:"袁子才有仆曰琴书,给事八年矣。"赎券,指毁掉契约。据《清稗类钞·奴婢类》:琴书有去意,袁枚"足成之,焚其券"。

〔2〕都儿:美貌的孩子。都,优美貌。《诗·郑风·有女同车》:"彼美孟姜,洵美且都。"此指琴书。阳城:《明一统志·中都·古迹》:"阳城,在宿州南。"宿州即今安徽宿县,阳城为琴书老家。

〔3〕垂髫(tiáo 条):儿童。参见《偶然作》注〔2〕。

〔4〕春归:春天结束时。李白《宫中行乐词八首》:"玉树春归日,金宫乐事多。"

〔5〕知谁托:谓不知托付给谁。

〔6〕误唤名:误唤琴书之名。

〔7〕香山居士:唐代诗人白居易(772—846)字乐天,晚年号香山居士。此作者自喻。

〔8〕杨枝骆马:白居易《不能忘情吟》:"鸒骆马兮放杨柳枝。"杨枝,白居易的侍妾樊素,又称柳枝。参见《题柳如是画像》注〔1〕。骆马,白身黑鬣的马。此句化用白居易诗之意,借指不能忘情于小仆琴书之离去。

苔〔1〕

白日不到处,青春恰自来〔2〕。苔花如米小,也学牡丹开。

〔1〕此诗作于乾隆二十九年(1764),原见《小仓山房诗集》卷十八。诗写苔花虽小,亦顽强地表现自己的光彩,富有生命力。其中包含着人生哲理。苔,苔藓类植物。

〔2〕青春:春天。《楚辞·大招》:"青春受谢,白日昭只。"

病中赠内^[1]

宛转牛衣卧未成〔2〕,老来调摄费经营〔3〕。千金尽买群花笑〔4〕,一病才征结发情〔5〕。碧树无风银烛稳〔6〕,秋江有雨竹楼清。怜卿每问平安信〔7〕,不等鸡鸣第二声。

〔1〕此诗作于乾隆二十九年(1764),原见《小仓山房诗集》卷十八。诗写夫妻情,于病中感触尤深,并不无自责之意,确实发自肺腑。内,古代称妻为内。钱惟善《送贾元英之照潭》:"梦里无题惟寄内。"此指王氏。

〔2〕宛转:辗转。《楚辞·哀时命》:"愁修夜而宛转兮。"牛衣:给牛御寒用的覆盖物。《汉书·王章传》:"初,章为诸生,学长安,独与妻居。章疾病,无被,卧牛衣中,与妻诀,涕泣。"后用以形容夫妻共守穷困。

〔3〕调摄:调护。

〔4〕"千金"句:谓以千金纳妾。

〔5〕征:证明。结发:此指元配。

〔6〕碧树:绿树。刘方平《班婕妤》:"露浥红兰湿,秋凋碧树伤。"银烛:喻明亮的灯光。王维《早朝》:"银烛已成行。"

〔7〕卿:对妻子的爱称。问平安信:指探问身体情况。

偶作五绝句^[1](选一)

月下扫花影,扫勤花不动。停帚待微风,忽然花影弄〔2〕。

〔1〕此组绝句作于乾隆三十年(1765),原见《小仓山房诗集》卷十九。袁枚景物小诗多观察细致,表现新巧,有情趣。由此诗可见一斑。

〔2〕花影弄:即花弄影。张先《天仙子》:"云破月来花弄影。"弄,摆弄,摇动。

雨过湖州[1]

州以湖名听已凉,况兼城郭雨中望[2]。人家门户多临水,儿女生涯总是桑[3]。打桨正逢红叶好,寻春自笑白头狂[4]。明霞碧浪从容问:五十年来得未尝[5]?

〔1〕此诗作于乾隆三十年(1765),原见《小仓山房诗集》卷十八。诗写雨过湖州的感受,无所顾忌,唯情所适,可见风流才子的真性情。湖州,今属浙江,盛产蚕茧。

〔2〕城郭:都邑城墙有两重,内为城,外为郭。此泛指城市。

〔3〕桑:蚕桑业。亦暗寓"桑间濮上"(男女情事)之意。

〔4〕寻春:寻花问柳。

〔5〕五十年:作者此时五十岁。得未尝:得到没有。此指寻春买妾。作者《好作古文苦无题目,寻春辄不如意,戏题一首》诗曾有"娶妾常如下第人"之叹,可见其对所娶妾多不满意。

题史阁部遗像[1]有序(四首选二)

像为蒋心馀太史[2]所藏,并其临危家书,都为一卷。书中劝夫人同死,托某某慰安太夫人〔3〕。末云:"书至此,肝肠寸断。"

每过梅花岭〔4〕,思公泪欲零〔5〕。高山空仰止〔6〕,到眼忽丹青〔7〕。胜国衣冠古〔8〕,孤臣鬓发星〔9〕。宛然文信国〔10〕,独立小朝廷〔11〕!

〔1〕此组诗作于乾隆三十一年(1766),原见《小仓山房诗集》卷二十。诗写瞻仰史可法遗像时的敬仰与悲慨之情,凄凉悲壮,有杜诗风调。史阁部,史可法(1601—1645),明末祥符(今河南开封)人,字宪之,号道邻。崇祯进士,曾任南京兵部尚书,崇祯十七年(1644)李自成灭明朝,史可法在南京拥立福王,被加大学士,称史阁部。后权臣马士英排斥史可法,使守扬州。清多尔衮致书诱降,史可法拒绝,坚守孤城。扬州城破后史可法自杀未死,为清军俘虏,最后不屈被杀。

〔2〕蒋心馀:蒋士铨(1725—1785),清戏曲作家、文学家,字心馀,一字苕生,号藏园,铅山(今属江西)人,进士,曾任翰林院编修。其诗同袁枚、赵翼齐名,有《忠雅堂全集》。太史:明清时称翰林为太史。

〔3〕太夫人:指史可法的母亲。

〔4〕梅花岭:在扬州广储门外,岭前有史可法衣冠冢。

〔5〕公:指史可法,此乃敬称。零:下雨。《诗·鄘风·定之方中》:"灵雨既零。"此比喻泪如雨下。

〔6〕"高山"句:谓对史可法崇高品德空有敬仰之情(因人已死去)。此句活用《诗·小雅·车辖》"高山仰止"之意,高山,比喻人道德崇高;仰,敬仰;止,语助,或作"之"解。(见马瑞辰《毛诗传笺通释》)

〔7〕"到眼"句:谓见到史可法时他已成为遗像了。丹青:指绘画。

参见《题柳如是画像》注〔24〕。

〔8〕胜国:《周礼·地官·媒氏》:"凡男女之阴讼,听之于胜国之社。"郑玄注:"胜国,亡国也。"后亦称前朝为"胜国",此处指前朝南明。衣冠古:谓史可法埋于冢中的衣冠千古不朽。

〔9〕孤臣:封建社会中孤立无助的臣子。江淹《恨赋》:"或有孤臣危涕,孽子坠心。"此指史可法。鬖发星:鬖发花白。谢朓《咏风》:"时拂孤鸾镜,星鬖视参差。"

〔10〕宛然:好像。文信国:南宋民族英雄文天祥(1236—1283),字履善,号文山,吉州庐陵(今江西吉安)人。元军入侵,文天祥组织义军,入卫临安,官任右丞相,后又封信国公。他始终坚持抗元斗争,后在五岭坡(今广东海丰北)被俘。元将张弘范使写信招降张世杰,他坚决拒绝。在狱中作《正气歌》以见志,于至元十九年十二月初九(1283年1月9日)被害于大都(今北京)。

〔11〕小朝廷:指南明福王王朝。

且喜家书在〔1〕,银钩字数行〔2〕。凄凉招命妇〔3〕,宛转托高堂〔4〕。墨淡知和血,篇终说断肠〔5〕。当时濡笔际〔6〕,光景莫思量〔7〕。

〔1〕诗写史可法"临危家书"时所表现的复杂感情,使人觉其真实可信,是真豪杰。家书,家信,杜甫《春望》:"家书抵万金。"此即序中所言"临危家书"。

〔2〕银钩:此喻史可法之书法刚劲有力。白居易《鸡距笔赋》:"是以搦之而变为金距,书之而化作银钩。"

〔3〕招命妇:即序中所谓"书中劝夫人同死"之意。命妇,古代妇女有封号者之称,此指史可法妻。

〔4〕托高堂:即序中所谓"托某某慰安太夫人"之意。高堂,指父母。李白《将进酒》:"君不见,高堂明镜悲白发。"此指母亲。

〔5〕"篇终"句:即序中所谓"末云:'书至此,肝肠寸断'"之意。断肠,极度伤心。

〔6〕濡(rú如)笔:以笔蘸墨。《唐书·百官志》:"起居舍人,和墨濡笔。"此指写信。

〔7〕光景:情景。思量:思忖。元稹《和乐天梦亡友刘太白同游》:"闲坐思量小来事。"

除夕读蒋苕生编修诗
即仿效其体奉题三首[1](选一)

仰天但见有日月,摇笔便知无古今。宣尼果然用《韶》乐[2],未必敷衍笙镛音[3]。俗儒硁硁界唐宋[4],未入华胥先作梦[5]。先生有意唤醒之[6],矫枉张弓力太重[7]。沧溟数子见即嗔[8],新城一翁头更痛[9]。我道不如掩其朝代、名姓只论诗,能合吾意吾取之。优孟果能歌《白雪》[10],沧浪童子皆吾师[11]。否则《三百篇》中嚼蜡者[12],圣人虽取吾不知[13]。吁嗟乎[14]!昆仑、太华山自高[15],终日孤蹋殊寂寥[16],其下潇湘、武夷亦足供游遨[17]!

〔1〕此诗作于乾隆三十一年(1766),原见《小仓山房诗集》卷二十。诗以形象手法反映了"性灵说"反对分唐界宋、专习一家,而主张多师为佳、博采众长的观点。蒋苕(tiáo条)生,蒋士铨。参见《题史阁部遗像》

注〔2〕。

〔2〕宣尼:指孔子。汉平帝尝追谥孔子为"褒成宣尼公"。《韶》乐:"虞舜乐。《论语·八佾》:"子谓《韶》尽美矣,又尽善也。"

〔3〕敷衍:将就应付。笙镛(yōng 庸):笙与钟。《书·益稷》:"笙镛以间。""笙镛音"指普通的音乐。

〔4〕硁(kēng 坑)硁:浅见固执貌。《论语·宪问》:"鄙哉,硁硁乎!"界唐宋:划分唐代与宋代界限。

〔5〕华胥:传说中的国名。《列子·黄帝》:(黄帝)昼寝,而梦游于华胥氏之国。华胥氏之国在弇州之西,台州之北,不知斯齐国几千万里。盖非舟车足力之所及,神游而已。"此处喻诗歌创作之佳境。

〔6〕先生:指蒋士铨。之:指代俗儒。

〔7〕矫枉:谓把弯的东西扭直。此指纠正诗坛格调派弊端。

〔8〕沧溟数子:指明代拟古格调派后七子李攀龙等人。沧溟:李攀龙(1514—1570),字于鳞,号沧溟,山东历城人;与王世贞同为"后七子"首领,认为文自西汉、诗自盛唐以下俱无足观。嗔(chēn 郴):怒貌。

〔9〕新城一翁:指清诗人王士禛(1634—1711),字子真,一字贻上,号阮亭,新城(今山东桓台)人,顺治进士,官至刑部尚书,论诗主神韵说,风格摹仿唐代王、孟诗派,吴乔讥之为"清秀李于鳞"(《围炉诗话》)。

〔10〕"优孟"句:谓假如优伶果真能唱高雅的《阳春白雪》,那么就是我的老师。优孟:春秋时楚国优人,此泛指优伶。《白雪》:即《阳春白雪》,楚国歌曲名,时属于较高级的音乐。宋玉《对楚王问》:"客有歌于郢中者,其始曰《下里巴人》,国中属而和者数千人⋯⋯其为《阳春白雪》,国中属而和者不过数十人。"此处借指高妙的诗作。

〔11〕沧浪童子:歌唱"沧浪之水清兮"的小孩。《孟子·离娄章句上》:"有孺子歌曰:'沧浪之水清兮,可以濯我缨;沧浪之水浊兮,可以濯我足。'"此借指会唱歌的儿童。

〔12〕《三百篇》:即《诗经》,共三百零五篇。嚼蜡:指枯燥无味。《楞严经》卷八:"味如嚼蜡。"

〔13〕圣人:孔子。据《史记》等书记载,《诗经》系孔子所删定,但近人多疑此说。

〔14〕吁嗟乎:叹词。

〔15〕昆仑:昆仑山。太华:西岳华山。

〔16〕踞:坐。《史记·高祖本纪》:"沛公方踞床,使两女子洗足。"寂寥:无声无息之状,寂静。《老子》:"寂兮寥兮,独立而不改。"

〔17〕潇湘:参见《汉江遇风》注〔3〕。武夷:参见《春日偶吟》注〔2〕。游遨:游览。

二月十六日苏州信来,道孀女病危,余买舟往视,至丹阳闻讣〔1〕

哭婿才揩眼未干〔2〕,又教哭女泪阑干〔3〕。半年合卺三生了〔4〕,千里呼爷一面难〔5〕。独活草生原命薄〔6〕,未亡人去转心安〔7〕。只怜白发无儿叟〔8〕,再丧文姬影更单〔9〕。

〔1〕此诗作于乾隆三十二年(1767),原见《小仓山房诗集》卷二十。诗痛悼女儿阿成,以生前"原命薄"、死去"转心安"极写其命运之悲惨,字字血泪,催人肠断。孀女,当寡妇的女儿。此指阿成。参见《嫁女词四首(选一)》。丹阳,县名,在江苏西南部。闻讣(fù父),听到报丧,意谓阿成已死。

〔2〕"哭婿"句:意谓女婿死去时间不长。按:阿成丈夫于乾隆二十

八年(1763)病死。

〔3〕泪阑干:热泪纵横。白居易《琵琶行》:"梦啼妆泪红阑干。"

〔4〕半年合卺(jǐn仅):结婚半年。合卺,古代结婚仪式之一。《礼记·昏义》:"合卺而酳。"孔颖达疏:"以一瓢分为二瓢谓之卺,婿之与妇各执一片以酳,故云合卺而酳。"酳(yìn印),用酒漱口,后称结婚为"合卺"。三生:本佛教用语,指前生、今生、来生。白居易《自罢河南已换七尹偶题西壁》:"世说三生如不谬,共疑巢(父)、许(由)是前生。"此指夫妻永久的姻缘关系。了:结束。

〔5〕"千里"句:谓孺女只能于苏州呼唤在南京的父亲,想见一面却很难。

〔6〕独活草:植物名。此喻阿成之孀居。

〔7〕未亡人:旧时称寡妇。《左传·庄公二十八年》:"今令尹不寻诸仇雠,而于未亡人之侧,不亦异乎?"此亦指阿成。

〔8〕无儿叟:作者自称为没有儿子的老头。

〔9〕文姬:蔡琰,字文姬,汉末女诗人,蔡邕之女,初嫁河东卫仲道。夫亡,归母家。汉末大乱,曾为董卓部将所虏,归南匈奴左贤王。后曹操以金璧赎归。此喻阿成。影更单:指自己更形影孤单。

续诗品三十二首[1](选四)

葆真[2]

貌有不足[3],敷粉施朱[4]。才有不足,征典求书[5]。古人文章,俱非得已[6]。伪笑佯哀[7],吾其忧矣[8]。画美无宠[9]，绘兰无香[10]。揆厥所由[11]，君形者亡[12]。

〔1〕此组论诗诗写于乾隆三十二年（1767），原见《小仓山房诗集》卷二十。诗从反面角度强调诗歌应表现真性情才有生命力。续诗品，原诗小序云："余爱司空表圣《诗品》，而惜其只标妙境，未写苦心，为若干首续之。"司空表圣，唐代诗论家司空图（837—908），字表圣，河中（今山西永济）人。其所撰《诗品》又称《二十四诗品》，论述诗的风格意境。

〔2〕葆（bǎo 保）真：保全本性纯真。《庄子·田子方》："人貌而天虚，缘而葆真，清而容物。"此处指诗人及其作品应具有真性情。

〔3〕貌有不足：容貌有缺陷，不够漂亮。

〔4〕敷粉施朱：搽白粉，抹胭脂。《颜氏家训》："梁朝全盛之时，贵游子弟无不熏衣剃面，傅粉施朱。"

〔5〕征典求书：谓引证典籍，乞灵于书本。

〔6〕俱非得已：都不是能停止的，即皆是有感而发的。得，能。已，停止。

〔7〕伪笑：假笑。佯哀：假装悲哀。

〔8〕其：语助词。优：艺人。

〔9〕画美无宠：画出的美人得不到宠爱。

〔10〕绘兰无香：笔画的兰花没有香气。

〔11〕揆（kuí 葵）：揣度。厥（jué 决）：其。所由：所以这样。

〔12〕君形者亡：语出《淮南子·说山训》："画西施之面，美而不可悦；规孟贲之目，大而不可畏：君形者亡焉。"君形者原指主宰人外表的内心，此处指真性情。

澄滓[1]

描诗者多[2]，作诗者少[3]。其故云何[4]？渣滓不扫[5]。

糟去酒清，肉去洎馈[6]。宁可不吟[7]，不可附会[8]。大官筵馔[9]，何必横陈[10]！老生常谈[11]，嚼蜡难闻[12]。

〔1〕诗主要倡导创作要出新意、去陈言。采用博喻手法，形象而有说服力。澄滓(dèng zǐ邓子)，原谓使液体里的杂质沉淀下去。此喻作诗要清除陈言俗意。

〔2〕描诗：摹拟他人作品写诗。

〔3〕作诗：谓独出心裁地创作诗歌。作，创作。《诗·小雅·何人斯》："作此好歌。"

〔4〕故：缘故。云何：是什么？

〔5〕渣滓：物品提去精华后的残馀部分。此喻诗中陈旧无价值的东西。

〔6〕肉去洎馈(jì kuì济愧)：除去肉渣以肉汁进食于人。《左传·襄公二十八年》："则去其肉，而以其洎馈。"

〔7〕吟：吟咏。此谓吟诗即作诗。

〔8〕附会：原谓创作过程。《文心雕龙·附会》："何谓附会？谓总文理，统首尾，定与夺，合涯际，弥纶一篇，使杂而不越者也。"此处指勉强创作。

〔9〕筵馔(zhuàn撰)：酒筵食物。

〔10〕横陈：杂陈。《楞严经》卷八："当横陈时，味如嚼蜡。"

〔11〕老生常谈：老书生常讲的话，无新意。《世说新语·规箴》："此老生常谈。"

〔12〕嚼蜡：枯燥无味。参见《除夕读蒋苕生编修诗即仿效其体奉题三首(选一)》注〔12〕。难闻：指老生常谈乏味而使人听不下去。

博习[1]

万卷山积[2],一篇吟成。诗之与书,有情无情。钟鼓非乐[3],舍之何鸣[4]! 易牙善烹[5],先羞百牲[6]。不从糟粕[7],安得精英[8]? 曰"不关学"[9],终非正声[10]。

〔1〕诗主张创作虽需要才能,但亦不可废弃学问,应广泛地学习。博习,广泛地学习。《随园诗话》卷五:"余续司空表圣《诗品》,第三首便曰《博习》,言诗之必根于学,所谓'不从糟粕,安得精英'是也。"

〔2〕万卷山积:极言所读书之多。杜甫《奉赠韦左丞文》:"读书破万卷,下笔如有神。"

〔3〕钟鼓非乐:谓钟鼓是乐器而不是乐曲本身。

〔4〕舍之何鸣:丢掉钟鼓哪来乐曲鸣响?

〔5〕易牙:春秋时齐桓公的宠臣,长于烹饪调味。

〔6〕羞:进献。《国语·楚》:"不羞珍异。"牲:供祭祀及食用的家畜。

〔7〕从:原意为追随。此处有接触、鉴别之义。糟粕:酒渣。比喻事物粗劣无用的部分。但此处用《庄子·天道》典故:轮扁称圣人之言是"古人之糟粕"。糟粕泛指古书。

〔8〕安得精英:哪能汲取到有益的精华?

〔9〕曰"不关学":说"作诗与学问无关"。此处指严羽《沧浪诗话》"诗有别材,非关学也"之言。

〔10〕正声:原指纯正的乐声。荀子《乐论》:"正声感人而顺气应之。"此喻正确的观点。

神悟[1]

鸟啼花落,皆与神通。人不能悟,付之飘风[2]。惟我诗人,众妙扶智[3]。但见性情,不着文字[4]。宣尼偶过[5],童歌沧浪[6]。闻之欣然,示我周行[7]。

〔1〕诗体现了"性灵说"重视诗人禀性灵、有诗才的观点。神悟,谓诗人之所以进行创作是主观情思受到客观外物的启发。

〔2〕付:交给。飘风:旋风。《诗·大雅·卷阿》:"有卷者阿,飘风自南。"

〔3〕众妙:万物的玄理。《老子》:"玄之又玄,众妙之门。"扶智:指诗人因谙玄理而变得聪明。

〔4〕但见性情,不着文字:语本皎然《诗式》:"但见性情,不睹文字,诗道之极也。"司空图《诗品》亦云:"不着一字,尽得风流。"但:只。着:粘着。此有借助义。

〔5〕宣尼:孔子。参见《除夕读蒋苕生编修诗即仿效其体奉题三首(选一)》注〔2〕。

〔6〕童歌沧浪:《孟子·离娄上》:"有孺子歌曰:'沧浪之水清兮,可以濯我缨;沧浪之水浊兮,可以濯我足。'"沧浪之水,汉水。

〔7〕示我周行(háng杭):《诗·小雅·鹿鸣》:"人之好我,示我周行。"周行,最好的途径。此句谓孔子听了"童歌沧浪"而受启发,借以指示学生修养之道。据《孟子·离娄上》:"孔子曰:'小子听之!清斯濯缨,浊斯濯足矣,自取之也。'"

落日[1]

落日金盘大,遥山未敢吞。松根明细草[2],天外表孤村[3]。似写衰年意[4],频惊旅客魂。今宵新月好,未必便黄昏[5]。

[1] 此诗作于乾隆三十三年(1768),原见《小仓山房诗集》卷二十一。诗写"落日"景象不失辉煌,即使日落仍继以"新月好",反映了年逾五十的诗人乐观旷达的胸襟。

[2] 明细草:小草上仍涂抹着阳光。

[3] 表孤村:屹然独立着孤单的村落。表,特出,屹然独立貌。《楚辞·九歌·山鬼》:"表独立兮山之上。"

[4] "似写"句:谓落日好似描绘出年老力衰的意境。

[5] 黄昏:昏暗之色。李商隐《乐游原》:"夕阳无限好,只是近黄昏。"

渡江大风[1]

水怒如山立,孤篷我独行[2]。身疑龙背坐[3],帆与浪花平。缆系地无所[4],鼍鸣窗有声[5]。金、焦知客到[6],出郭远相迎[7]。

[1] 此诗作于乾隆三十六年(1771),原见《小仓山房诗集》卷二十

二。诗写渡江所见,突出惊险之感,有张有弛,以弛衬张,增添了生趣。

〔2〕孤篷:孤帆。皮日休《鲁望以轮钩相示缅怀高致因作三篇》:"孤篷半夜无馀事,应被严滩聒酒醒。"

〔3〕"身疑"句:谓疑心身体坐在龙背上。

〔4〕"缆系"句:谓无处可系船缆。

〔5〕鼍(tuó陀):即扬子鳄,俗称猪婆龙。窗:舷窗。

〔6〕金、焦:金山与焦山。金山在今江苏镇江西北,时在长江中;焦山,在镇江东北,相传东汉末焦光隐居于此而得名,亦立长江中,与金山相对。客:作者自称。

〔7〕郭:外城,古代在城的外围加筑的一道城墙。《孟子·公孙丑下》:"三里之城,七里之郭。"

还杭州五首[1](选二)

望见故乡城,如入前生界[2]。茫茫事全非[3],历历梦还在[4]。离乡四十年,一宿无厅廨[5]。权傲老僧庵[6],得庇敢嫌隘[7]?儿童争聚观,疑我来天外。我亦自孤凄,将身当客待[8]。朝出意尚欣,暮归寂难耐。残灯壁间小,朔风窗外大[9]。

〔1〕此组诗作于乾隆三十六年(1771),原见《小仓山房诗集》卷二十二。诗写重返久别故乡的沧桑之感,表达人事全非的慨叹,充满"孤凄"之意。

〔2〕前生界:前一世的境界。参见《二月十六日苏州来信,道孀女

病危,余买舟往视,至丹阳闻讣》注〔4〕)。此处意为相隔时间甚长久。

〔3〕茫茫:模糊不清。事全非:谓一切情况都不是原来的样子。

〔4〕历历:分明可数。杜甫《历历》:"历历开元事,分明在眼前。"

〔5〕厅廨(xiè 谢):厅舍。此指居住的地方。

〔6〕权:暂且。僦(jiù 就):租赁。韩愈《送郑权尚书序》:"僦屋以居。"庵:小寺庙。

〔7〕"得庇"句:谓有屋可以遮蔽,哪里敢嫌其狭窄。

〔8〕身:自身。

〔9〕朔风:北风。

骨肉只一人〔1〕,阿姊十年长〔2〕。叩门往见之,白发垂两颡〔3〕。闻声知弟至,迎出精神爽。絮语自知多〔4〕,坚坐频教强〔5〕。相约大母坟〔6〕,明朝一齐往。当年侍慈颜〔7〕,惟姊与我两。今朝奠酒浆〔8〕,知否魂能享〔9〕?姊是七旬人〔10〕,弟摇千里桨〔11〕。此后来者谁,一恸何堪想〔12〕!

〔1〕诗写姐弟之重逢,生与死、悲与喜相互交织,将至性至情表现得真挚感人。骨肉,骨和肉,比喻至亲。《管子·轻重丁》:"兄弟相戚,骨肉相亲。"此处喻同胞。只一人,只剩下阿姐一个人。按:作者三妹素文早于乾隆二十四年(1759)死,二姐、四妹静宜当亦死。

〔2〕阿姊:指作者大姐。十年长:谓比自己年长十馀岁。十,约数。

〔3〕颡(sāng 桑):额。

〔4〕絮语:连续不断地低声谈话。此指阿姐。

〔5〕"坚坐"句:谓阿姐多次强要弟弟坐着别走,以听其絮语。

〔6〕大母坟:祖母的坟墓。

〔7〕"当年"句:谓当年侍奉祖母的孙儿、孙女。慈颜,慈祥和蔼的

容颜,多指母亲。潘岳《闲居赋》:"寿觞举,慈颜和。"此指祖母。

〔8〕奠酒浆:用酒祭奠祖母。

〔9〕"知否"句:谓不知祖母亡魂能否享用。

〔10〕旬:十年,指人寿。

〔11〕千里:此夸饰南京至杭州水路之远。

〔12〕何堪想:谓不堪设想。

在邓尉忆家中梅花,莞然有作[1]

主人邓尉看梅去[2],家中梅花开万树[3]。舍近求远如芸田[4],梅虽不言我自怜[5]。归来置酒向梅劝,劝梅莫作秋胡怨[6]。君不见林逋终日不离花[7],花飞也到别人家。

〔1〕此诗作于乾隆四十年(1775),原见《小仓山房诗集》卷二十四。诗写出游赏梅,其构思演绎林逋"梅妻"之意,写得活泼诙谐,可见其隐居生活之一斑。邓尉,山名。在苏州吴县西南七十里。汉代有邓尉隐居此地,故名。邓尉多梅,开时如雪,有"香雪海"之称。莞(wǎn 挽)然:即莞尔,微笑貌。

〔2〕主人:诗人自称。

〔3〕家中:指南京随园。

〔4〕芸田:即耘田,除草。

〔5〕怜:爱惜。白居易《白牡丹》:"怜此皓然质,无人自芳馨。"

〔6〕秋胡怨:怨秋胡。据《西京杂记》六:"鲁人秋胡,娶妻三月而游宦,三年休,还家。其妇采桑于郊,胡至郊而不识其妻也,见而悦之,乃遗黄金一镒。妻曰:'妾有夫游宦不返,幽闺独处,三年于兹,未有被辱于今

日也.'……"此处以秋胡妻喻梅花,秋胡喻作者,梅花怨主人不返而似"幽闺独处"也。

〔7〕林逋(967—1028):宋代钱塘(今杭州)人,字君复,隐居西湖孤山,不娶妻,种梅养鹤以自娱,因有"梅妻鹤子"之称。

苦旱〔1〕

镇日炎风旱不禁〔2〕,秧田望尽老农心。夏云总被风吹去,教作奇峰莫作霖〔3〕。

〔1〕此诗作于乾隆四十年(1775),原见《小仓山房诗集》卷二十四。诗写大旱盼雨之"老农心",颇为真切,可见其与诗人心相通而相连。苦旱,恨天旱。苦,恨。苏伯玉妻《盘中诗》:"空仓雀,常苦饥。"

〔2〕镇日:即整天。朱熹《邵武道中》:"不惜容鬓凋,镇日空长饥。"炎风:热风。岑参《使交河郡》:"炎风吹沙埃。"旱不禁:旱情不止。

〔3〕"教作"句:意谓只让夏云变作奇峰形状,而不化成大雨降落。

鸡〔1〕

养鸡纵鸡食〔2〕,鸡肥乃烹之〔3〕。主人计自佳〔4〕,不可使鸡知。

〔1〕此诗作于乾隆四十一年(1776),原见《小仓山房诗集》卷二十

五。诗明是写鸡,暗为写人,使"鸡肥"目的是"烹之","主人"与"鸡"的关系,可以使人举一反三,联想到人世许多事情。诗短而意丰。

〔2〕纵鸡食:任凭鸡吃食,不加限制。

〔3〕烹:烧煮。之:代词,指鸡。

〔4〕计自佳:养鸡的策略自然高明。此乃反语,有讽刺意味。

升沉[1]

山色苍茫落照微[2],升沉到处有天机[3]。杨花自绕蛛丝上[4],莫怪春风吹不飞。

〔1〕此诗作于乾隆四十一年(1776),原见《小仓山房诗集》卷二十五。诗以自然现象印证"升沉到处有天机"的哲理,并表达了对"升"者的鄙薄,对"沉"者的复杂情感。升沉,升谓登进,沉谓沦落。此指仕途的升降进退。李白《送友人入蜀》:"升沉应已定,不必问君平。"

〔2〕落照:落日之光。梁简文帝《和徐录事见内人作卧具》:"密房寒日晚,落照度窗边。"喻沉者。

〔3〕天机:犹言天的机密,天意。陆游《醉中草书因戏作此诗》:"稚子问翁新悟处,欲言直恐泄天机。"

〔4〕杨花:柳絮。参见《偶作》注〔3〕。喻升者。

题宋人诗话[1]

玄圣虽不作[2],何王不衮裳[3]?终日嗜菖蒲[4],未必皆文王〔5〕。孔子所以圣，岂在不撤姜〔6〕？我读宋诗话，呕吐盈中肠〔7〕。附会韩与杜〔8〕，琐屑为夸张〔9〕。有如倚权门，凌轹众老苍〔10〕；又如据泰华〔11〕，不复游潇湘〔12〕。丈夫贵独立，各以精神强。千古无臧否〔13〕，于心有主张。肯如辕下驹〔14〕，低头傍门墙〔15〕？

〔1〕此诗作于乾隆四十一年（1776），原见《小仓山房诗集》卷二十五。诗标举"丈夫贵独立，各以精神强"的创作原则，既反对模拟古人皮毛，亦反对依附一两个诗人，主张诗人有自己的艺术个性。诗话，古代评论诗歌以及记载诗人议论、行事的一种著述。宋代诗话颇为兴盛。

〔2〕玄圣：古称具有治理天下之德而不居帝王职位的人。《庄子·天道》："以此处上，帝王天子之德也；以此处下，玄圣素王之道也。"作：兴起。《易·乾·文言》："圣人作而万物睹。"

〔3〕衮（gǔn 滚）裳：古代帝王及上公所穿绣龙的礼服。《诗·豳风·九罭》："我觏之子，衮衣绣裳。"此处作动词用。

〔4〕菖蒲：水草名。《吕览》："文王嗜菖蒲菹。"

〔5〕文王：周文王，商末周族领袖。

〔6〕不撤姜：《论语·乡党》："不撤姜食，不多食。"撤，去掉。

〔7〕盈：满。中肠：内心。曹丕《杂诗》："向风长叹息，断绝我中肠。"

〔8〕附会：依附。《晋书·卞壸传》："杨骏执政，人多附会，而（卞）粹正直不阿。"韩与杜：唐代诗人韩愈与杜甫。

〔9〕琐屑：细碎。顾云《池阳醉歌》："呵叱潘、陆鄙琐屑。"为夸张：意谓抓住细碎的方面加以夸大铺张。《列子·天瑞》："又有人钟贤世，矜巧能，修名善，夸张于世，而不知已者。"

〔10〕凌轹（lì 力）：倾轧，欺压。《史记·魏其武安侯列传》："凌轹

宫室,侵犯骨肉。"老苍:头发苍白的老人。杜甫《壮游》:"脱略小时辈,结交皆老苍。"

〔11〕泰华:东岳泰山、西岳华山。

〔12〕潇湘:湘江。参见《汉江遇风》注〔3〕。

〔13〕无:不论。臧否(zāng pǐ 脏匹):好坏。《诗·大雅·抑》:"未知臧否。"此有褒贬义。

〔14〕辕下驹:《史记·魏其武安侯列传》:"今日廷论,局趣效辕下驹。"指车辕下的幼马,不惯驾车。喻人有所畏忌。

〔15〕门墙:《论语·子张》:"夫子之墙数仞,不得其门而入,不见宗庙之美、百官之富。"后称师门为门墙。

所见〔1〕

牧童骑黄牛,歌声振林樾〔2〕。意欲捕鸣蝉〔3〕,忽然闭口立。

〔1〕此诗作于乾隆四十一年(1776),原见《小仓山房诗集》卷二十五。诗如速写抓住牧童"忽然闭口立"之"最富有孕育性的顷刻"(莱辛《拉奥孔》),化动为静,塑造出富有情趣的生动形象,有不尽馀味。

〔2〕歌声:谓牧童所唱的歌声。林樾(yuè 月):谓道旁成荫的树林。苏轼《书苏养直》:"扁舟系岸依林樾。"

〔3〕意欲:内心里想。

玩月〔1〕

无月夜可憎,有月夜可爱。忍把烂银盘〔2〕,挥之出门外?恰思人未来,满地月横陈[3]。如何人一来,月光飞上身? 思之不可得,掬之若可取[4]。忽然疏影摇[5],梅花如欲语。

　　[1] 此诗作于乾隆四十二年(1777),原见《小仓山房诗集》卷二十五。诗写玩月而流露出爱月、惜月之情;赋予月以灵性与动态美,显示出诗人笔性之灵。玩月,赏月。韦应物《月下会徐十一草堂》:"暂辍观书夜,还题玩月诗。"
　　[2] 烂银盘:明亮的月亮。卢仝《月蚀》:"烂银盘从海底出,忽来照我茅屋东。"
　　[3] 月横陈:谓月光铺地。
　　[4] 掬(jū 居):用双手捧取。罗隐《秋夕对月》:"夜月色可掬。"
　　[5] 疏影:指梅花疏朗的影子。林逋《梅花》:"疏影横斜水清浅,暗香浮动月黄昏。"

谒岳王墓作十五绝句[1](选三)

灵旗风卷阵云凉[2],万里长城一夜霜。天意小朝廷已定[3],那容公作郭汾阳[4]!

　　[1] 此组诗作于乾隆四十四年(1779),原见《小仓山房诗集》卷二十六。诗以愤慨之笔,对岳飞的悲剧表达叹息之意,议论中含有激情。谒(yè 业),拜谒。这里有凭吊的意思。岳王墓,南宋抗金名将岳飞之墓。岳飞被汉奸秦桧所害,墓在杭州西湖北栖霞岭岳王庙右侧。
　　[2] 灵旗:画招摇(星宿名)于旗以征伐。《汉书·礼乐志》:"招摇

灵旗,九夷宾将。"阵云:战地烟云。高适《塞下曲》:"青海阵云匝,黑山兵气冲。"

〔3〕"天意"句:谓小朝廷皇帝主和的心意已决定。天意,指帝王的心意。杜甫《送从弟亚赴安西判官》:"诏书引上殿,奋舌动天意。"

〔4〕公:指岳飞。郭汾阳:郭子仪(697—781),唐大将,安禄山叛乱时,任朔方节度使,击败史思明于河北。肃宗即位后任关内河东副元帅,配合回纥兵收复长安、洛阳。因功升中书令,后又进封汾阳郡(治所今属山西)王,故称郭汾阳。

小校桓桓道姓施^{〔1〕},涌金门外有专祠^{〔2〕}。雄心似出将军上^{〔3〕},不斩金人斩太师^{〔4〕}!

〔1〕诗赞施全先除奸贼而后胜金人的思想,写得生气灌注,铿锵有力,崇仰之情溢诸笔墨。小校,校尉级军官。桓(huán 环)桓,威武貌。《诗·鲁颂·泮水》:"桓桓于征,狄彼东南。"姓施,小校姓施名全。参见《施将军庙》一诗。

〔2〕涌金门:古杭州十城门之一。专祠:谓专门祭祀施全的祠堂。

〔3〕"雄心"句:谓施全的雄心、见识有超出岳飞之处。

〔4〕金人:指金国侵宋者。太师:官名。此指投降派代表人物秦桧。

江山也要伟人扶^{〔1〕},神化丹青即画图^{〔2〕}。赖有岳、于双少保^{〔3〕},人间才觉重西湖。

〔1〕诗独出心裁,写出西湖之美在于凝聚着历代伟人的民族精神,此乃最壮美的画图,立意新颖而深刻。伟人,有大功绩的人。《三国志·魏志·锺繇传》:"此三公者,乃一代之伟人也。"扶,支持。

〔2〕"神化"句:谓伟人的精神化作丹青即可成为感人的画图。

〔3〕赖:倚靠。岳、于:岳飞、于谦。于谦(1398—1457),明代浙江钱塘(今杭州)人,正统十四年(1449)明英宗被瓦剌军所俘之后,于谦从兵部侍郎升任兵部尚书,拥立景帝。又调集重兵在北京城外击退瓦剌军,于谦被加少保,后明英宗被释放,又夺回帝位,于谦以"谋逆罪"被杀。少保:官名,一般为大官加衔,并无实职。岳飞与于谦皆被授少保,故曰"双少保"。

施将军庙〔1〕

将军施全,以小校刺秦桧不克〔2〕,死。

一德格天阁正新〔3〕,一刀杀贼乃有人〔4〕。敷天冤愤仗谁雪〔5〕,殿前小校施将军。将军炼心如炼铁〔6〕,可惜荆轲疏剑术〔7〕。事虽不了鬼神惊,悬头市上香三日〔8〕。当时元奸党满朝〔9〕,缚虎如羊气太骄。忽然刀光狭路照〔10〕,太师颈上风萧萧〔11〕。呜呼!三字狱〔12〕,两宫驾〔13〕,总在将军此刀下〔14〕!后代闻英风〔15〕,尚且有兴者〔16〕,君不见脑碎铜椎阿合马!〔17〕

〔1〕此诗作于乾隆四十四年(1779),原见《小仓山房诗集》卷二十六。诗具体描写施全刺杀秦桧不克而死的大智大勇,慷慨激昂,遒劲有力,显示出诗人笔力纵横的特色。

〔2〕不克:未成功。

〔3〕一德格天阁:指秦桧相府中殿阁,匾额系宋高宗赵构所题。

〔4〕贼:指奸贼秦桧。有人:指施全。

〔5〕敷天:遍天。《诗·周颂·般》:"敷天之下,裒时之对,时周之命。"冤愤:指岳飞父子与张宪被秦桧杀害之冤屈义愤。

〔6〕炼心:谓锻炼自己的意志。

〔7〕荆轲疏剑术:荆轲(?—前227),战国末年刺客,被燕太子丹尊为上卿,派他去刺秦王政(即秦始皇)。他在向秦王献督亢(今河北易县、涿县、固安一带)地图时,图穷而匕首见,刺秦王未中,自己反被杀死。事见《史记·刺客列传》。此比拟施全"刺秦桧不克,死"。

〔8〕悬头:指把施全的头颅悬挂起来示众。

〔9〕元奸:大奸贼,指秦桧。

〔10〕狭路:即狭路相逢,在很窄的路上相遇。古乐府《相逢行》:"相逢狭路间,道隘不容车。"此处有仇人相遇之意。

〔11〕风萧萧:《渡易水歌》:"风萧萧兮易水寒,壮士一去兮不复还。"萧萧,形容风声。此指刀挟风。

〔12〕三字狱:据《宋史·岳飞传》载:岳飞被秦桧等诬陷下狱,"韩世忠不平,诣(秦)桧诘其实,桧曰:'飞子云与张宪书虽不明,其事体莫须有。'世忠曰:'莫须有三字,何以服天下?'""莫须有"一般释为"恐怕有"、"也许有",后世因称岳飞冤狱为"三字狱"。

〔13〕两宫驾:此指宋徽宗、宋钦宗父子。靖康二年(1127)金人攻陷汴京(今河南开封),把徽宗、钦宗两宫一齐掳去,北宋王朝结束。

〔14〕"总在"句:谓岳飞之冤仇与徽宗、钦宗之耻辱都要在施全刀下血洗。

〔15〕英风:杰出的气概。李白《经下邳圯桥怀张子房》:"我来圯桥上,怀古钦英风。"

〔16〕兴者:此谓后继者。

〔17〕阿合马(？—1282)：元世祖时权臣，先后任诸路都转运使、中书平章政事。任事二十年，专权纳贿，终被千户王著刺杀。

湖上杂诗[1]（二十一首选二）

烟霞、石屋两平章[2]，渡水穿花趁夕阳。万片绿云春一点[3]，布裙红出采茶娘。

〔1〕此组诗作于乾隆四十四年（1779），原见《小仓山房诗集》卷二十六。诗写西湖阳春胜景，以"红出"凸显采茶娘的动人春色，别致奇峭，鲜艳夺目。湖，指杭州西湖。

〔2〕烟霞、石屋：杭州烟霞洞、石屋洞。平章：品评。戴复《梅花》："穿林傍水几平章。"

〔3〕绿云：喻春茶。春一点：一点春色，指红一点。此句化用王安石《石榴》"万绿丛中红一点"（见《王直方诗话》）诗句。

谁家爱唱玉玲珑[1]，笛自西飘曲自东[2]。一夜荡摇声不定，知他船在水当中。

〔1〕诗如一支湖上小夜曲，形象鲜明，情韵绵邈，引人遐思，写出湖上之声的艺术美感。玉玲珑，喻声音清脆。此当为曲名。

〔2〕"笛自"句：谓笛子的乐曲声传遍东西。

谢赵耘松观察见访湖上，兼题其所著《瓯北集》[1]（二首选一）

集如《金海》自雕搜[2]，满纸风声笔未休[3]。生面果然开一代[4]，古人原不占千秋[5]。交非同调情难密[6]，官到残棋局可收[7]。我倘渡江双桨便，定来瓯北捉闲鸥[8]。

〔1〕此组诗作于乾隆四十四年（1779），原见《小仓山房诗集》卷二十六。诗极力推崇赵翼诗别开生面的创新精神，又劝说赵翼及早退出仕途，情真意切，反映出作者与赵翼志趣相投、堪称"同调"的情谊。赵耘松，赵翼（1727—1814）字耘松，一作云松，号瓯北，阳湖（今江苏常州）人。观察，清代对道员的尊称，高级行政长官。湖，西湖。《瓯北集》，赵翼自编诗集，计五十三卷。

〔2〕《金海》：书名。《南史·梁武帝纪》："撰《通史》六百卷，《金海》三十卷。"雕搜：搜集、刻印。

〔3〕休：停止。曹丕《典论·论文》："下笔不能自休。"

〔4〕"生面"句：谓赵翼诗确实能开创一代新的风格面貌。生面，新的面貌。杜甫《丹青引》："凌烟功臣少颜色，将军下笔开生面。"后称开创新的风格面貌为"别开生面"。

〔5〕"古人"句：谓古人的诗作不能永远占据统治地位。

〔6〕交：结交。同调：本谓音乐调子相同，后比喻志趣相同。谢灵运《七里濑》："谁谓古今殊，异代可同调。"

〔7〕"官到"句：谓赵翼做官已到了最后阶段，可以辞官归隐了。

〔8〕瓯北：赵翼家居处。捉闲鸥：捉悠闲无忧的鸥鸟。此用《列

子·黄帝》典:古时海上有好鸥者,每日从鸥鸟游,鸥鸟至者以数百。其父曰:"吾闻鸥鸟皆从汝游,汝取(即捉)来吾玩之。"

西湖小竹枝词[1](五首选一)

远远韬光磬[2],声声净慈钟[3]。鸳鸯听不得,飞上北高峰[4]。

〔1〕此组诗作于乾隆四十四年(1779),原见《小仓山房诗集》卷二十六。诗写西湖寺庙钟磬之钟,乃佛教出世之音,故"鸳鸯听不得",诙谐有趣。竹枝词,乐府《近代曲》名。原为四川东部民歌。唐刘禹锡据民歌改作新词,盛行于世。内容多为咏男女爱情与风土人情。形式为七绝。此组诗系五绝,故云"小竹枝词"。

〔2〕韬光:韬光寺。在杭州灵隐寺西北的巢梅坞内。韬光是唐代四川著名诗僧的法号。他在这里兴建了一座寺院。寺以人名。磬(qìng庆):指佛寺中敲击以集僧的鸣器。姚合《寄无可上人》:"多年松色别,后夜磬声秋。"此处指磬声。

〔3〕净慈:净慈寺。坐落在杭州南屏山麓,是五代后周显德元年(954)吴越王钱弘为永明阐师而建。钟:净慈寺前有"南屏晚钟"的碑亭。净慈寺钟声悠扬,为"西湖十景"之一。明洪武十一年(1379)以二万馀斤铜重铸一口大钟,钟声更响。

〔4〕北高峰:在灵隐寺后,与南高峰构成"西湖十景"之一:"双峰插云"。

自题[1]

不矜风格守唐风[2],不和人诗斗韵工[3]。随意闲吟没家数[4],被人强派乐天翁[5]。

〔1〕此诗作于乾隆四十四年(1779),原见《小仓山房诗集》卷二十六。诗强调自己诗歌创作决不拘守唐人家数,为人称诗学香山作辩解,写得幽默而态度鲜明。

〔2〕矜:顾惜。《书·旅獒》:"不矜细行,终累大德。"风格:风度品格。《世说新语·德行》:"李元礼风格秀整。"守唐风:拘守唐人诗风貌。

〔3〕诗韵工:诗歌韵律工巧讲究。

〔4〕家数:此谓诗歌上的流派。黄宗羲《姜友棠诗序》:"初未尝有古人之家数存于胸中。"

〔5〕"被人"句:谓人称自己诗学白居易,如蒋士铨《论诗杂咏》称"随园法香山"。乐天翁,唐代诗人白居易(772—846),字乐天,晚年号香山居士,诗语言通俗,相传老妪能解。

遣兴杂诗[1](七首选一)

枕上推敲忘夜长[2],苦吟人与睡相妨[3]。无端窗外风涛急[4],生恐蛟龙走上床。

〔1〕此组诗作于乾隆四十六年(1781),原见《小仓山房诗集》卷二十七。诗写长夜苦吟情景,已进入"无差别境界",反映了作者对艺术的刻苦追求。遣兴,排遣,抒发触景所生之情。

〔2〕推敲:谓创作时斟酌字句,反复考虑。据胡仔《苕溪渔隐丛话前集》卷十九引《刘公嘉话》:"(贾)岛初赴举京师,一日于驴上得句云:'鸟宿池边树,僧敲月下门。'始欲着'推'字,又欲着'敲'字,练之未定,遂于驴上吟哦,时时引手作推敲之势。时韩愈吏部权京兆,岛不觉冲至第三节,左右拥至尹前,岛具对所得诗句云云。韩立马良久,谓岛曰:'作"敲"字佳矣。'"

〔3〕苦吟人:作者自称。苦吟,参见《自嘲》注〔2〕。与睡相妨:谓睡不着觉。

〔4〕无端:无缘无故。杜牧《送故人归山》:"三清洞里无端别,又拂尘衣欲卧云。"

仿元遗山论诗[1](三十八首选一)

天涯有客号诠痴[2],误把抄书当作诗。抄到锺嵘《诗品》日[3],该他知道性灵时[4]。

〔1〕此组诗作于乾隆四十六年(1781),原见《小仓山房诗集》卷二十七。诗批评翁方纲以考据为诗的诗风,而揭橥诗抒写"性灵"的诗学观。元遗山,元好问(1190—1257),金代太原秀容(今山西沂州)人,字裕之,自号遗山山人,诗人兼诗论家。著有《论诗三十首》,较全面地体现其主壮美,尚自然的诗学观。元氏以数十首七绝形式论诗对后世影响极大,仿效者代不乏人,袁枚即是仿效者之一。但元氏多论古人,袁枚则

自称"余古少今多"(《仿元遗山论诗》小序),目光注视于当代诗坛。

〔2〕有客:此指翁方纲(1733—1818)。翁氏长于考订,论诗主"肌理说",偏重于学问。诤(líng 灵)痴:即"诤痴符",古代方言,指没有才学而好夸耀的人。《颜氏家训·文章》:"吾见世人,至无才思,自谓清华,流布丑拙,亦以众矣,江南号为'诤痴符'。"

〔3〕钟嵘:南朝诗论家,字仲伟,颍川长社(今河南长葛)人。生年无考,大约卒于 518 年。《诗品》:钟嵘所著我国古代最早的诗论专著。它对自汉魏至齐梁的 122 位诗人进行了评述,分为上中下三品,每品一卷,其序揭橥了诗"吟咏情性,亦何贵于用事"的观点,并倡导诗描写目击身历的景象与"自然英旨"等。这些观点皆为袁枚"性灵说"所汲取。

〔4〕性灵:主要指人的性情,同时亦包括人的灵机或灵感。

新昌道中[1]

朝出新昌邑[2],青山便不群[3]。春浓千树合,烟淡一村分。溪水好拦路,板桥时渡云[4]。仆夫呼不应,碓响乱纷纷[5]。

〔1〕此诗作于乾隆四十七年(1782),原见《小仓山房诗集》卷二十八。诗写青山、绿树、淡烟、溪水、板桥、水碓等意象,旨在传达一种野趣,一种大自然的清新气息,以及闲适自得的情致。新昌,县名。在浙江东部,曹娥江下游,五代吴越置县。

〔2〕邑(yì 义):旧时县的别称。

〔3〕不群:不一般,出群。

〔4〕渡云:形容云飞过板桥。

〔5〕碓(duì 队):舂谷的工具。此指水碓,利用水力使碓舂谷。

斑竹小住[1]

我爱斑竹村,花野得真意[2]。虽非仙人居,恰是仙人地。两山青夹天,中间茅屋置。佳人出浣衣[3],随人作平视。仙禽了无猜,神鱼不知避。我坐支机石[4],与谈尘外事。人语乱溪声,钗光照峦翠[5]。可惜游客心[6],小住非久计。一出白云中,又入人间世。

〔1〕此诗作于乾隆四十七年(1782),原见《小仓山房诗集》卷二十八。诗中渲染的是一个民风古朴,山幽水秀的世界,但"一出白云间,又入人间世",一"又"字有多少感慨之意!斑竹,村名,在今浙江新昌县境内。

〔2〕真意:人生的真正意义。陶潜《饮酒》其五:"此中有真意,欲辨已忘言。"

〔3〕浣(huàn 换)衣:洗衣。《诗·周南·葛覃》:"薄浣我衣。"

〔4〕支机石:《太平御览》卷八引刘义庆《集林》:"昔有一人寻河源,见妇人浣纱,以问之,曰:'此天河也。'乃与一石而归,问严君平,云:'此支机石也。'"此指河边石头。

〔5〕钗光:谓浣纱女首饰的亮光。

〔6〕游客:作者自称。

从国清寺到高明寺看一路山色[1]

山径凿何处?半在山腰里。舆夫作蛇行[2],狭处仅容趾[3]。明知临深潭,一坠宁复起[4]?拼将命换山[5],遇险那肯止!行过小石梁[6],舍车换屐齿[7]。俄而升云中[8],俄而落釜底[9]。手方招龙象[10],足又践屏几[11]。将断势仍续[12],既背形复倚[13]。更有嵚崎峰[14],欲比无可拟[15]。一笑语山灵[16]:奇绝太无理[17]!

〔1〕此诗作于乾隆四十七年(1782),原见《小仓山房诗集》卷二十八。诗写天台山着力在"险"字上做文章,既有对山色的夸张描写,也有登山人的心理感受,反映了诗人的探险精神与旷达乐观的性情。国清寺,在今浙江天台山南麓,本名天台寺,中国佛教天台宗的发源地。隋开皇十八年(598)僧智𫖮募建,屡经兴废,今庙为清雍正十一年(1733)重建。高明寺,在天台山,亦为天台宗创始人高僧智𫖮所创建。

〔2〕舆夫:车夫,又为轿夫。据"舍车换屐齿"一句,当为车夫。蛇行:伏地爬行。《战国策·秦策一》:"嫂蛇行匍伏。"

〔3〕容趾:容纳脚趾。极言山径狭窄。

〔4〕宁:岂。

〔5〕"拼将"句:谓豁出去不要命,也要欣赏山上奇观。

〔6〕石梁:石堰。此为天台山一处名胜。

〔7〕屐(jī机)齿:一种木底有齿的鞋子。《宋书·谢灵运传》:"灵运常着木屐,上山则去前齿,下山则去后齿。"

〔8〕俄而:一会儿。

〔9〕釜(fǔ斧):炊器,一种无脚之锅。此形容山谷。

〔10〕龙象:佛家语。原称诸阿罗汉中,修行勇猛有最大力者为龙象,后以之称高僧。李白《赠宣州灵源寺仲濬公》:"此中积龙象,独许濬公殊。"此处亦可解为如龙似象之山峰。

〔11〕屏几:屏,当门的小墙。几,矮小的桌子。此喻足下之地狭小

似靠墙的小几。

〔12〕"将断"句:谓山峰之间要断绝而山势仍相连。

〔13〕"既背"句:谓山势既分又合。

〔14〕嵚(qīn 钦)崎:山高峻貌。谢灵运《山居赋》:"山嵚崎而蒙笼。"

〔15〕拟:比拟。

〔16〕山灵:山的神灵。庾信《终南山又谷铭序》:"川后让德,山灵景从。"

〔17〕理:谓条理、规律。

山行[1]

山行不觉笑哑哑[2],爱好真无贵贱差[3]。试看舆夫身喘汗[4],满头犹插杜鹃花。

〔1〕此诗作于乾隆四十七年(1782),原见《小仓山房诗集》卷二十八。诗写劳动者的形象淳朴可爱,生活虽然艰苦犹未失去生活的乐趣。这种乐观的性格无疑感染了作者。山行,指于浙江天台山旅行。

〔2〕哑哑:笑声。《易·震》:"笑言哑哑。"

〔3〕"爱好"句:谓爱美没有贵贱的差别。

〔4〕喘汗:喘息出汗。

黄岩道中[1]

十里黄岩路,潇潇雨似麻[2]。老牛知让路,新蝶学穿花。云动山疑活,溪奔石欲斜。黄昏行李湿,惆怅宿僧家[3]。

〔1〕此诗作于乾隆四十七年(1782),原见《小仓山房诗集》卷二十八。六十七岁的老翁以孩子般的目光,好奇地欣赏着一路风物,审美错觉源于一颗天真的童心,这正是"独抒性灵"之妙。黄岩,县名。在浙江东部沿海。因境内有黄岩山而名。
〔2〕潇潇:形容风雨急骤。《诗·郑风·风雨》:"风雨潇潇。"雨似麻:比喻雨持续不断。杜甫《茅屋为秋风所破歌》:"雨脚如麻未断绝。"
〔3〕惆怅:因失望或失意而哀伤。《楚辞·九辩》:"惆怅兮而私自怜。"僧家:谓寺庙。

观大龙湫作歌[1]

龙湫山高势绝天[2],一条瀑走兜罗绵[3]。五丈以上尚是水,十丈以下全为烟。况复百丈至千丈,水云烟雾难分焉[4]。初疑天孙工织素[5],雷梭抛掷银河边[6];继疑玉龙耕田倦[7],九天咳唾唇流涎[8]。谁知乃是风水相摇荡,波回澜卷冰绡联[9]。分明合并忽迸散,业已坠下还迁延[10]。有时软舞工作态[11],如让如慢如盘旋;有时日光出照耀,非青非红五色宣[12]。夜明帘献九公主[13],诸天花散维摩肩[14]。玉尘万斛橘叟赌[15],明珠九曲桑女穿[16]。到此都难作比拟,让他独占宇宙奇观偏[17]。更怪人立百步外,忽然满面喷寒泉。及至逼近龙湫侧,转复发燥神悠然。真是山灵有意作游戏[18],教我亦复无处穷真诠[19]。天台之瀑何狂颠[20],雁山之瀑何蝉嫣[21],石门之瀑何喧阗[22],龙湫之瀑何静妍[23]!化工事事无复笔[24],一瀑布耳形万千[25]。要知地位孤高依傍少,水亦变化如飞仙[26]。

〔1〕此诗作于乾隆四十七年(1782),原见《小仓山房诗集》卷二十八。诗写大龙湫水云烟雾之美,观察敏锐,想象大胆,比喻奇特,诗末又悟出哲理,是显示作者"奇才"的力作。大龙湫(qiū 秋),瀑布名。在浙江乐清雁荡山。

〔2〕绝天:穿天。

〔3〕兜罗绵:曹昭《格古要论》:"出南番、西番、云南,莎罗树子内绵织首,与剪绒相似,阔五六尺。"此喻瀑布之宽阔。

〔4〕焉:语助词。

〔5〕天孙:星官名,指织女星。织女为天帝之孙。唐彦谦《七夕》:"而予愿乞天孙巧,五色纫针补衮衣。"工织素:善于织白色的绢。《玉台新咏·上山采蘼芜》:"新人工织缣,故人工织素。"

〔6〕雷梭:此喻瀑布轰鸣声。银河:喻瀑布。

〔7〕玉龙:白龙,喻瀑布。元好问《黄花峪》:"谁着天瓢洒飞雨,半空翻转玉龙腰。"

〔8〕九天:高空。李白《望庐山瀑布》:"疑是银河落九天。"流涎(xián 咸):流唾液。杜甫《饮中八仙歌》:"道逢麹车口流涎。"

〔9〕冰绡(xiāo 消):透明的薄绸。郝经《琼花赋》:"剪冰绡以为裳。"此喻瀑布。

〔10〕迁延:拖延。此有连续不断之意。

〔11〕工:善于。作态:表现出各种姿态。

〔12〕五色宣:五色鲜明。五色,青、赤、黄、黑、白。陆机《文赋》:"若五色之相宣。"

〔13〕夜明帘:夜里发光的窗子。据《采兰杂志》:"张说于元宵召诸姬共宴,苦无月,夫人以鸡林夜明帘悬之,炳于白日。夜半月出,惟说宅无光,帘夺之也。"此处亦喻瀑布。九公主:当为仙女。

〔14〕天花散:《维摩经·观众生品》略云:维摩室中有一天女,以天花散诸菩萨。此喻瀑布水珠。维摩:维摩诘,佛名。

〔15〕玉尘:谓雪。何逊《咏雪》:"若逐微风起,谁言非玉尘。"此处喻瀑布水雾。斛(hú 胡):量器名。古代以十斗为一斛,南宋末改为五斗。橘叟赌:意谓橘叟下象棋以万斛玉尘相赌博。橘叟,据牛僧孺《幽怪录》:"巴邛人橘园,霜后两橘大如三斗盎,剖开,有二老叟相对象戏,谈笑自若……"

〔16〕明珠:珍珠。班固《白虎通·封禅》:"江出大贝,海出明珠。"此喻瀑布光色。桑女:采桑之女。梁简文帝《采菱曲》:"菱花落复含,桑女罢新蚕。"

〔17〕偏:不公正。《书·洪范》:"无偏无陂。"

〔18〕山灵:山的神灵。参见《从国清寺到高明寺看一路山色》注〔16〕。

〔19〕真诠(quán 全):真谛,真义。杜甫《秋日夔府咏怀奉寄郑监李宾客》:"落帆追宿昔,衣褐向真诠。"

〔20〕天台:天台山,在浙江东部。多悬崖、瀑布,石梁瀑布最为著名。狂颠:疯狂。

〔21〕雁山:雁荡山。在浙江东南部。蝉嫣:相连。形容瀑布水势不断。

〔22〕石门:石门山,在浙江青田西七十里,两峰壁立,对峙如门。喧阗(tián 田):哄闹声。王维《同比部杨员外十五夜游有怀静者季杂言》:"香车宝马共喧阗。"

〔23〕龙湫:当指小龙湫瀑布,在雁荡山卷图峰下,久旱则水量不大。

静妍:静美。

〔24〕化工:造化之功能。贾谊《鵩鸟赋》:"天地为炉兮,造化为工。"复笔:重复之笔,指雷同。

〔25〕耳:表语气,同"矣"。

〔26〕飞仙:飞翔的仙人。陆机《云赋》:"飞仙凌虚,随风游骋。"

卓笔峰[1](二首选一)

孤峰卓立久离尘[2],四面风云自有神[3]。绝地通天一枝笔[4],请看依傍是何人!

〔1〕此诗作于乾隆四十七年(1782),原见《小仓山房诗集》卷二十八。诗写山而寄寓着诗人的人生理想与美学意趣,独立无羁,反对依傍,写山即写人之个性。卓笔峰,《名山记》载:雁荡山有五峰:展旗峰、石屏峰、天柱峰、玉女峰、卓笔峰。诸峰皆奇峭耸直,高插天半,而不沾寸土。

〔2〕卓立:直立。元稹《望云雅马歌》:"上面喷吼如有意,耳尖卓立节骕奇。"尘:尘土,亦有尘世之意。

〔3〕神:神采。

〔4〕绝地:绝远阻隔之地。《孙子·九地》:"去国越境而师者,绝地也。"笔:指卓笔峰。

山行杂咏[1](六首选一)

十里崎岖半里平,一峰才送一峰迎。青山似茧将人裹[2],不信前头有路行。

〔1〕此组诗作于乾隆四十七年(1782),原见《小仓山房诗集》卷二十八。诗描写雁荡山奇峰林立之景与行路之难,而行路之难仍旨在衬托雁荡山之奇。山行,指于雁荡山旅行。

〔2〕茧:蚕茧。

看山有得作诗示霞裳〔1〕

青山若弟兄,比肩相党附〔2〕。恰又耻雷同,各自有家数〔3〕。或以股扇分〔4〕,或以琐碎布〔5〕。低者卑侍尊〔6〕,高者头屡顾〔7〕;隐者意深藏〔8〕,豪者势显露〔9〕。间或生奇峰,当空一帜树。总是气脉联〔10〕,安排有法度〔11〕。从无杂乱皴〔12〕,贻讥化工误〔13〕。所以仁者心〔14〕,深契非浮慕〔15〕。寄语诗文家,于此当有悟〔16〕。

〔1〕此诗作于乾隆四十七年(1782),原见《小仓山房诗集》卷二十八。诗写"看山"而"得"诗文创作之理,借山景而论诗文应耻雷同而"各自有家数"。构思别致,立意新颖。山,雁荡山。霞裳,刘霞裳,袁枚门人,尝从袁枚出游。《随园诗话》尝录其佳句。

〔2〕比肩:并肩。《汉书·路温舒传》:"比肩而立。"党附:指亲近、依附。

〔3〕家数:原谓学术、艺术上的流派。此指山的风貌。

〔4〕"或以"句:谓有的山作股扇分开状。

〔5〕"或以"句:谓有的山琐碎地分布。

〔6〕卑侍尊:像卑下的人侍奉尊贵的人。

〔7〕顾:回顾。

〔8〕"隐者"句:谓有的山像隐士深藏自己的意向。

〔9〕"豪者"句:谓有的山像豪放的人显露自己的气势。

〔10〕气脉:地气与地的脉络。

〔11〕法度:规矩。

〔12〕皴(cūn 村):原谓中国画的一种技法——皴法,用以表现峰峦、山石等脉络纹理。此处指山的脉络纹理。

〔13〕"贻讥"句:谓(从无)化工之误而留下笑柄。化工,天工。

〔14〕仁者:仁爱之人。《易·系辞上》:"仁者见之谓之仁。"

〔15〕"深契"句:谓仁者心深合造化之功,不是虚浮地爱山的表象。

〔16〕悟:启示。

太白楼[1]

谪仙何处去[2],太白一星知[3]。秋树还披锦[4],江声学咏诗[5]。高楼离月近,平水过船迟。我欲先生借[6],长虹作钓丝[7]。

〔1〕此诗收于《小仓山房诗集补遗》卷二,为"删馀改剩之作"。当为乾隆四十八年(1783)游安徽时所作。诗写过太白楼引发对李白的钦仰与思念之情,诗亦不乏李白豪放不羁的气概与疾恶如仇的品格。太白楼,在安徽马鞍山长江东岸之采石矶,传为唐代大诗人李白酒醉捉月溺死处。李白,字太白。

〔2〕谪仙:谪降人世的神仙。指李白。《新唐书·李白传》:"往见贺知章。知章见其文,叹曰:'子,谪仙人也!'"

〔3〕太白:即金星,启明星。

〔4〕"秋树"句:谓秋天树木满枝红叶,如同李白当年"衣宫锦袍",游采石矶。(见《旧唐书·李白传》)

〔5〕"江声"句:谓长江浪涛声像学李白咏诗。

〔6〕"我欲"句:我想向李白借取。

〔7〕长虹作钩丝:据《侯鲭录》载:"李白开元中谒宰相,封一板,上题云'海上钓鳌客李白'。相问曰:'先生临沧海,钓巨鳌,以何物为钩线?'白曰:'以风浪逸其情,乾坤纵其志,以虹霓为丝,明月为钩。'相曰:'何物为饵?'曰:'以天下无义丈夫为饵。'时相悚然。"钩丝:系钓钩的线。

从慈光寺步行穿石洞上木梯到文殊院[1]

青天岂可削,黄山峰如刀。刀上岂可蹑[2],黄山路莫逃[3]。初入云巢洞,再上脱凡桥。一梯既升天,万岭如涌潮。趾未纳二分[4],云已埋半腰。仗手不仗足,手可攀树梢。选石如选几[5],一坐偿百劳[6]。土人指峰名[7],附会真堪嘲[8]。逼视颇不肖[9],遥睇偏相撩[10]。到寺魂小定[11],满胸山尚摇。

〔1〕此诗写于乾隆四十八年(1783),原见《小仓山房诗集》卷二十

177

九。诗写登黄山的艰难与惊险,描写真切细致,比喻生动贴切。慈光寺、文殊院,均为安徽黄山寺庙。

〔2〕蹑(niè 聂):踩。

〔3〕路莫逃:无路可走,只有攀登。

〔4〕纳:踏。

〔5〕几:几案。

〔6〕偿:补偿。

〔7〕土人:本地人。

〔8〕"附会"句:说土人牵强附会地指点山峰形状像某物,听来真是可笑。

〔9〕逼视:近看。不肖:不像。

〔10〕"遥睇(dì 弟)"句:说远看又似在招引,有些相像。

〔11〕魂小定:指惊魂稍微平定。

土人能负客游山者号曰"海马",作歌赠之[1]

黄山有氓真健者[2],云海横行力如马。惯负游人绝顶游[3],人亦浑忘马是假[4]。自言"少小学飞猱[5],千岩万壑行周遭[6]。勇可习也胆可养[7],足所践处无卑高[8]"。老我游山不自量,目极危崖心想上[9]。仗汝行缠缚上肩[10],冲沙犯岭云争让[11]。初登始信两三峰[12],继极莲花千万丈[13]。暗中偷眼往下注,纯是死生呼吸处。不信飞廉果解飞[14],且学孟舍能无惧[15]。疑人不用用勿疑[16],托孤寄命凭他去[17]。果然负重力能胜,个个身如着翅行[18]。有时故意作疾走,万山随我同奔腾。地虽无土总能踏,天如有阶亦可升。上比商丘开[19],出入水火无惊猜;下比昆仑奴[20],飞行绝迹何殊乎[21]!八日游山事已了,策勋那更如渠好[22]。不着黄袄肯负人[23],并非赤兔能先鸟[24]。只我思量转自怜:七十老翁犹襁褓[25]!

〔1〕此诗作于乾隆四十八年(1783),原见《小仓山房诗集》卷二十九。诗生动地记叙了"海马"背自己游山的惊险过程,其中又夹以内心感受,使人产生如历其境的效果。诗写得生气勃勃,与诗境、诗情十分吻合。土人,本地人。韩愈《与鄂州柳中丞书》:"若召募土人,必得豪勇。"负客,背游客。"海马",即诗中"云海横行力如马"之义。

〔2〕黄山:古称黟山,唐改黄山。在安徽南部,以奇松、怪石、云海、温泉著名。氓(méng萌):郊野之民。

〔3〕绝顶:参见《登最高峰》注〔13〕。

〔4〕浑:全。

〔5〕飞猱(náo挠):猿类动物,体矮小,攀缘树木,轻捷如飞,故名。曹植《白马篇》:"仰手接飞猱,俯身散马蹄。"

〔6〕周遭:周围。刘禹锡《石头城》:"山围故国周遭在,潮打空城寂寞回。"

〔7〕"勇可"句:谓勇气可以锻炼,胆量可以培养。

〔8〕"足所"句:谓脚随处可践踏而不论高低。

〔9〕目极危崖:眼望高崖峭壁之巅。

〔10〕行缠:绑腿布。韩翃《寄哥舒仆射》:"帐下亲兵皆少年,锦衣承日绣行缠。"

〔11〕"冲沙"句:谓冲开沙石,登上山岭,云彩争着让路。

〔12〕始信:黄山始信峰。

〔13〕极莲花:登到莲花峰之顶。

〔14〕飞廉:又作蜚廉,古代传说中的野兽,长毛有翼。《淮南子·俶真训》:"骑蜚廉而从敦圉。"此喻"海马"。

〔15〕孟舍:《孟子·公孙丑上》:"孟施舍之养勇也,曰:'视不胜犹胜也,量敌而后进,虑胜而后会,是畏三军者也,舍岂能为必胜哉,能无惧而已矣。'"此诗"孟舍"即"孟施舍",其事迹已无可考,当是古代一个能培养勇气而无所畏惧的人。

〔16〕"疑人"句:谓信不过的人不要使用,既然使用了就不要再疑心。

〔17〕托孤寄命:语本《论语·泰伯》:"可以托六尺之孤,可以寄百里之命。"指把幼小的孤儿和国家的命脉都交付给他。此指一切托付给"海马"。

〔18〕着翅:意即安上翅膀。王令《暑旱苦热》:"落日着翅飞上山。"

〔19〕商丘开:疑人名,详待考。

〔20〕昆仑奴:唐裴铏《昆仑奴传》中人物,有异术。

〔21〕绝迹:不见痕迹。《庄子·人世间》:"绝迹易,无行地难。"何殊乎:意谓没有什么不同。

〔22〕策勋:帝王对臣下授爵评功并记于简册。渠:他,指"海马"。

〔23〕黄袆:黄色衣袖。此谓清代官服。

〔24〕赤兔:骏马名。《三国志·魏志·吕布传》:"布有良马曰赤兔。"先鸟:飞在鸟之前。

〔25〕七十老翁:作者自称,时年六十八岁,此约数。襁褓:背负小孩所用的东西。参见《嫁女词四首(选一)》注〔7〕。

悼松[1]

黄山之松世少伍[2],不在高长在奇古。根未离地身已曲,性似畏天头早俯。森布俨同华盖张[3],崛强惯从石缝吐[4]。不阶尺土真英雄[5],接引游人类佛祖[6]。扰龙、破石、菩团名[7],载入诗歌画入谱。一朝人力少周防[8],甘受樵夫斤与斧[9]。拉杂摧烧渐渐空[10],八九依稀存二五。奇峰不见瘦蛟蟠[11],绝巘空馀弱草舞[12]。老僧膜拜力难救[13],青山无言色惨阻[14]。果为梁栋支明堂[15],松纵受戕心亦许[16]。其如当作腐草看[17],半入煤蓬炊瓦釜[18]!古来劫数总皆然[19],万事原非天作主。车鞭骏马背负盐[20],盘烝美人头作脯[21]。世充书卷尽沉河[22],阿房一炬偏遭楚[23]。可怜松亦与之同,带露含霜变灰土。我欲上表通天台[24],玉皇敕下群官府[25]。栽培保护三千年,或者奇松还再补。河清可俟人寿难[26],独对荒山泪如雨[27]。

〔1〕此诗作于乾隆四十八年(1783),原见《小仓山房诗集》卷二十九。诗写奇美之黄山松惨遭毁灭的命运,实悼念世上无数怀才不遇而劫数难逃的文士。诗咏物而有寄托。

〔2〕世少伍:世上很少可以与它(黄山松)同列的。

〔3〕"森布"句:谓树冠阴森密布如同帝王的车盖张开。华盖,帝王的车盖。崔豹《古今注·舆服》:"华盖,黄帝所作也,与蚩尤战于涿鹿之

野,常有五色云气,金枝玉叶,止于帝上,有花葩之象,故因而作华盖也。"

〔4〕"崛强"句:谓黄山松秉性倔强,习惯于从石缝中长出。崛强,同"倔强"。

〔5〕不阶尺土:不凭借尺土之地。阶,凭借。《汉书·异姓诸侯王表》:"汉亡尺土之阶,繇一剑之任,五载而成帝业。"

〔6〕接引:佛教用语,引导,教导。佛祖:佛教创始人释迦牟尼。苏轼《和蔡景繁海州石室》:"前年开阁放柳枝,今年洗心参佛祖。"

〔7〕扰龙、破石、菩团:皆黄山怪松名。施闰章《黄山怪松歌》题注:"……松有把门、卧龙、破石、蒲(菩)团、接引、扰龙之目。"

〔8〕周防:周密地防备。

〔9〕樵夫:打柴的人。斤与斧:斧头。斤,亦为斧头。

〔10〕拉杂摧烧:杂乱摧毁焚烧。古乐府《有所思》:"何用问遗君,双珠玳瑁簪,用玉绍缭之;闻君有他心,拉杂摧烧之。"

〔11〕瘦蛟:喻松。蟠(pán盘):盘曲而伏。《法言·问神》:"龙蟠于泥。"

〔12〕绝巘(yǎn演):绝壁。

〔13〕膜拜:此谓礼拜神佛。

〔14〕惨阻:同惨沮,沮丧失色。

〔15〕支:支撑。明堂:古代天子宣明政教的地方。古乐府《木兰诗》:"归来见天子,天子坐明堂。"

〔16〕戕(qiāng枪):残害。许:应许。

〔17〕其如:怎奈。

〔18〕煤蓬:煤与蓬草。炊瓦釜:烧瓦锅做饭。

〔19〕劫数:此谓厄运。

〔20〕"车鞭"句:谓鞭笞骏马运盐。据《战国策·楚策四》:"骥……服盐车而上太行,蹄申膝折,尾湛胕溃,漉汁洒地,白汗交流……伯乐遭

之,下车攀而哭之,解绋衣以幂之。"

〔21〕烝(zhēng蒸):进。《诗·小雅·甫田》:"烝我髦士。"脯:干肉。

〔22〕世充:王世充(?—621),隋新丰(今陕西临潼东北)人。大业十四年(618)隋炀帝死,他在东都拥立杨侗为帝,次年废杨侗,自称皇帝,年号开明,国号郑,武德四年(621)兵败降唐。至长安,为仇人所杀。

〔23〕"阿房"句:谓秦阿房宫被楚霸王项羽一炬烧光。阿房(ē páng婀旁):秦代大建阿房宫,遗址在西安西。

〔24〕天台:谓玉皇所居处。

〔25〕玉皇:参见《子才子歌示庄念农》注〔58〕。敕(chì斥):谓玉皇的诏书。

〔26〕"河清"句:据《左传·襄公八年》:"俟河之清,人寿几何!"此句谓黄河虽然可以变清(古称千年一清),但人的寿命难以等待。此喻奇松再补种也难以见到茂盛之状。俟(sì四),等待。

〔27〕荒山:奇松被砍烧后的黄山。

小心坡〔1〕

险极坡难过,小心容自持〔2〕。劝君平地上,还似过坡时。

〔1〕此诗作于乾隆四十八年(1783),原见《小仓山房诗集》卷二十九。诗称"平地上"亦应"似过坡时"一样"小心"。原因诗人未明言,其中自寓有深刻的人生感慨。小心坡,在黄山。

〔2〕自持:自己扶助自己。

品画[1]

品画先神韵[2],论诗重性情。蛟龙生气尽[3],不若鼠横行。

〔1〕此诗作于乾隆四十八年(1783),原见《小仓山房诗集》卷二十九。诗提出了文艺批评标准:画以"神韵"为第一,诗以"性情"为首要,这正是袁枚"性灵说"的灵魂。品画,品评绘画。

〔2〕神韵:谓画中形象的精神气韵。谢赫《古画品录》评顾骏之:"神韵气力,不逮前贤;精微谨细,右过往哲。"

〔3〕生气:活力,生命力。《世说新语·品藻》:"廉颇、蔺相如虽千载上死人,懔懔恒如有生气。"

登小姑山[1]

江心涌一山,卓立冠霞表[2]。锡以小姑名[3],千年长不老。时逢三月初,烟鬟梳更好[4]。高阁云层层[5],修篁枝袅袅[6]。长江头盆宽[7],石镜妆台小[8]。我来拜神前[9],代把落花扫。不敢问彭郎[10],嫁事何时了?只乞少女风[11],一送东飞鸟[12]。

〔1〕此诗作于乾隆四十九年(1784),原见《小仓山房诗集》卷三十。诗写平常的小姑山,经巧用传说点染,就充满了神奇色彩,趣味盎然。小

姑山,小孤山的讹称,在江西彭泽北长江中。

〔2〕卓立:直立。冠霞表:超出云霞之外。

〔3〕锡:赐。

〔4〕烟鬟:形容妇女松软的发髻。罗邺《闻友人越幕》:"烟鬟红袖恃娇娆。"此喻小姑山顶的烟雾。

〔5〕高阁:指山上的神女祠。

〔6〕修篁(huáng皇):修竹。袅(niǎo鸟)袅:摇曳貌。杜甫《示獠奴阿段》:"竹竿袅袅细泉分。"

〔7〕长江头盆:当指小姑山西北之鄱阳湖,湖水经湖口注入长江。

〔8〕石镜:《水经注·庐江水》:"(庐)山东有石镜,照水之所出。有一圆石,悬崖明净,照见人影,晨光初散,则延曜入石,毫细必察,故名石镜焉。"

〔9〕神:指神女祠塑像。

〔10〕彭郎:彭浪矶,在小姑山对岸,因小孤山讹为小姑山,彭浪矶亦转为彭郎矶,民间云彭郎为小姑婿。苏轼《李思训画长江绝岛图》:"舟中贾客莫漫狂,小姑前年嫁彭郎。"

〔11〕少女风:八卦之一兑为少女,西方之卦,故称西风为少女风。王之道《秋兴八首追和杜老》之七:"宦情薄似贤人酒,诗思清于少女风。"

〔12〕东飞鸟:喻东驶的帆船。

从端江到桂林,一路山水奇绝,
有突过天台、雁荡者,赋六言九章,
恐未足形容,终抱歉于山灵也[1](九首选二)

山下怒涛垒冻涌[2],山中怪石横排。橹向狼牙曳出[3],舟从虎口吞来。

〔1〕此组诗作于乾隆四十九年(1784),原见《小仓山房诗集》卷三十。小诗写水势险恶,征程惊险。"狼牙"、"虎口"的比喻贴切,"曳出"、"吞来"的用字传神活脱。在生动的形象中含有诗人紧张、惊讶的心情。端江,即端溪,在广东高要东南,烂柯山西麓。

〔2〕坌(bèn 笨)涌:喷涌。《后汉书·祢衡传》:"飞辨骋辞,溢气坌涌。"

〔3〕曳(yè 业):拖。

镇日烟村断绝[1],一时难问迷津[2]。赖有鹭鸶几点[3],溪边目送行人。

〔1〕诗写静态景物,渲染旅途之沉寂与无聊,清新小巧。显示了袁枚山水诗的另一种风貌。镇日:整日。参见《苦旱》注〔2〕。烟村:有人烟的村落。

〔2〕迷津:迷失津渡。孟浩然《南还舟中寄袁太祝》:"桃源何处是?游子正迷津。"

〔3〕鹭鸶(lù sī 路丝):白鹭,春夏多活动于水边。

独秀峰[1]

来龙去脉绝无有[2],突然一峰插南斗[3]。桂林山形奇八九,独秀峰尤冠其首[4]。三百六级登其颠,一城烟火来眼前。青山尚且直如弦[5],人生孤立何伤焉[6]!

〔1〕此诗作于乾隆四十九年(1784),原见《小仓山房诗集》卷三十。诗不仅从美的角度写独秀峰之奇绝,而且从善的角度写其"直如弦",表达诗人赞赏孤介正直之意,不惧"人生孤立"的个性。独秀峰,又名紫金山。在广西桂林市中心王城内。山壁有清人书刻的"南天一柱"等大榜书。

〔2〕来龙去脉:旧时风水先生以山势为龙,称其起伏绵亘的姿态为龙脉,后因称山水地形脉络起伏之势。绝无有:谓独秀峰一峰独立,没有起伏的山势。

〔3〕南斗:即斗宿,二十八宿之一。

〔4〕冠其首:谓位居第一。

〔5〕直如弦:直如弓弦。《后汉书·五行志》载童谣云:"直如弦,死道边;曲如钩,反封侯。"

〔6〕何伤焉:有什么可伤感的呢?

舟中遣怀四首[1](选一)

游趣夫如何?约略手能数:台宕峰峦佳[2],黄海松树古[3]。匡庐高瀑飞[4],罗浮仙蝶舞[5]。一一收双眸,森森插肺腑[6]。落笔心有得,开卷诗可补。更有意外娱,逢迎人栩栩[7]。公卿半拥篲[8],布衣争纳履[9]。或把文尽读,或将诗暗举[10]。惊我是古人,疑我作仙侣。迎则笑欣然,别则涕如雨。深山穷谷中,牵衣愿作主[11]。于我何求哉?人情厚如许。

〔1〕组诗作于乾隆四十九年(1784),原见《小仓山房诗集》卷三十。诗写晚年外出壮游之趣,既可观赏壮美山川,又可结交四方文友,享受人间真情,甚是快慰。

〔2〕台(tāi 胎)宕:浙江天台山和雁荡山。
〔3〕黄海:指安徽黄山西海、北海等处。
〔4〕匡庐:即江西庐山。
〔5〕罗浮:广东罗浮山。
〔6〕森森:高耸貌。
〔7〕栩(xǔ 许)栩:形容欢快、得意。
〔8〕拥篲(huì 会):执帚。指扫径以迎客,表示尊敬。
〔9〕布衣:指平民百姓。纳履:穿鞋。此说穿鞋相迎。
〔10〕举:称赞。
〔11〕作主:做东道主。

兴 安[1]

江到兴安水最清,青山簇簇水中生[2]。分明看见青山顶,船在青山顶上行。

〔1〕此诗作于乾隆四十九年(1784),原见《小仓山房诗集》卷三十。诗写"兴安水最清",充满了诗情画意。惟水清才有"青山簇簇水中生"般的倒影,亦才有"船在青山顶上行"的奇观。兴安,县名。在广西东北部。

〔2〕簇(cù促)簇:聚集、簇拥貌。

日 日〔1〕

日日奇峰迎面过,不能图画只能歌〔2〕。老夫可奈看山后〔3〕,愈觉胸中磈磊多〔4〕!

〔1〕此诗作于乾隆四十九年(1784),原见《小仓山房诗集》卷三十。诗写看山"胸中磈磊多"的感慨,既是写山的形状,又是写胸中磊落不平之意,反映了诗人思想的一个侧面。

〔2〕图画:犹绘画,动词。《汉书·苏武传》:"图画其人于麒麟阁。"

〔3〕老夫:作者自称。可奈:犹言怎奈,无奈。

〔4〕磈磊(kuǐ lěi 傀垒):原谓垒积的石块,此指所见奇峰。与《从慈光寺步行穿石洞上木梯到文殊院》结句"到寺魂小定,满胸山尚摇"可参读。

新正十一日还山〔1〕(六首选一)

自觉山人胆足夸〔2〕,行年七十走天涯。公然一万三千里〔3〕,听水听风笑到家。

〔1〕此诗作于乾隆五十年(1785),原见《小仓山房诗集》卷三十一。诗写远游归来的感受,充满自豪感,反映七十老人乐观的生活态度。新

正,新年正月。

〔2〕山人:隐士。此作者自指。

〔3〕公然:竟然。

遣怀杂诗^[1](二十四首选一)

贪生学仙少,畏死学佛多。生死两相忘,仙佛如余何^[2]?我道佞佛者^[3],其人必谄谀^[4]。未知灵与否^[5],尚向木偶趋^[6];奚况权贵门^[7],炙手可热欤^[8]?

〔1〕此组诗作于乾隆五十年(1785),原见《小仓山房诗集》卷三十一。诗表白自己不学仙、不佞佛,亦不屑奔趋"权贵门"的人生态度。

〔2〕"仙佛"句:谓仙佛对我能怎么样?即我不学仙学佛。

〔3〕佞(nìng泞):沉迷于佛教。李商隐《咏怀寄秘阁旧僚二十六韵》:"事神徒惕虑,佞佛总虚辞。"

〔4〕谄谀(chǎn yú产于):巴结奉承。

〔5〕灵与否:灵验还是不灵验。

〔6〕木偶:木刻的人像。《史记·孟尝君传》:"见木偶人与土偶人相与语。"趋:奔赴。

〔7〕奚况:何况。

〔8〕炙(zhì志)手可热:热得烫手。比喻权贵气焰之盛。杜甫《丽人行》:"炙手可热势绝伦,慎莫近前丞相嗔!"欤:呢。

哭蒋心馀太史[1]（二首选一）

西江风急水摇天[2]，吹去人间老谪仙[3]。名动九重官七品[4]，诗吟一字响千年。空中香雨金棺掩[5]，帐下奇儿玉笋联[6]。如此才华埋地底，夜深宝剑恐腾烟[7]。

〔1〕此组诗作于乾隆五十年(1785)，原见《小仓山房诗集》卷三十一。诗悼念蒋心馀，奇特的想象蕴含着深厚的友情，痛哭声中充满无限的惋惜与崇敬。蒋心馀，参见《题史阁部遗像》注〔2〕。太史，明清称翰林为太史。

〔2〕西江：指今江西境内之长江。《明一统志》："西江第一楼在南昌府城章江门外迎恩馆，乃滕王阁故址。"

〔3〕"吹去"句：谓蒋心馀仙逝。谪仙，旧时称才学优异者如谪降人世的神仙。李白《玉壶吟》："人不识东方朔，大隐金门是谪仙。"此指蒋心馀。

〔4〕九重：九重天。七品：古代官吏等级之一。官吏共分九品，七品属低级官吏。

〔5〕香雨：有香之雨。沈约《弥勒赞》："慧日晨开，香雨宵坠。"金棺：金饰之棺。李白《古风》之三："但见三泉下，金棺葬寒灰。"

〔6〕奇儿：对蒋心馀后代的美称。玉笋联：像笋一样排立。玉笋，喻其后代皆人才。《新唐书·李宗闵传》："俄复为中书舍人，典贡举，所取多知名士，若唐冲、薛庠、袁都等，世谓之'玉笋'。"

〔7〕"夜深"句：谓蒋心馀如埋在地下的宝剑仍有烟气升腾。此化用"龙光（剑光）射牛斗之墟"（王勃《滕王阁序》）之意境。

憎蝇[1]

深秋丑扇尚纷纷[2],偶据高柯自道真[3]。枵腹可曾餐墨水[4],恶声偏欲扰诗人[5]。神昏不附追风骥[6],暑退能留几日身?辜负天教生羽翼,枉钻窗纸费精神[7]。

〔1〕此诗作于乾隆五十年(1785),原见《小仓山房诗集》卷三十一。诗以比兴之法,借写苍蝇为世俗中那类不学无术又缺乏自知之明的无聊文人写照,字里行间流露出一种鄙视、厌恶的讽刺意味。

〔2〕丑扇:厌恶扇子,即不用扇子。尚纷纷:形容苍蝇还乱纷纷很多。

〔3〕高柯(kē 棵):高树枝。自道真:自认为据高柯是其本原。

〔4〕枵(xiāo 消)腹:空腹。陆游《幽居遣怀》:"大患元因有此身,正须枵腹对空困。"

〔5〕诗人:作者自称。

〔6〕追风骥:奔驰迅疾的良马。追风:喻马驰迅疾。《列子·知人》:"故九方诬之相马也,虽未追风逐电,绝尘灭影,而迅足之势,固已见矣。"

〔7〕枉:徒然。费精神:耗费精力。元好问《论诗绝句》:"传语闭门陈正字,可怜无补费精神。"

渔梁道上作六绝句[1](选一)

初笄蛮女发鬖鬖[2],折得溪头花乱簪[3]。一幅布裙红到老,不知人世有江南。

〔1〕此组诗作于乾隆五十一年(1786),原见《小仓山房诗集》卷三十一。诗写少数民族青年女子形象,突出其古朴、健康的乡野之美,恰似白描速写。渔梁,山名。在福建浦城西北,宋置渔梁驿于此。
〔2〕初笄(jī 机):指女子刚可以盘发插笄(簪子)的年龄,即刚成年。蛮女:指南方少数民族女子。此指福建武夷山区少数民族妇女。发鬖(sān 三)鬖:头发下垂貌。
〔3〕簪(zān 咱阴平):插戴。辛弃疾《祝英台近》:"鬓边觑,应把花卜归期,才簪又重数。"

在舟中回望天游一览楼已在天上[1]

一楼高立万峰巅,远望迢迢在半天[2]。昨日幸侬楼上住[3],不然还道住神仙。

〔1〕此诗作于乾隆五十年(1785),原见《小仓山房诗集》卷三十一。诗写舟中回望一览楼的刹那间感受,写出登仙般的"游趣"。天游,天游峰,在福建武夷山。一览楼:在天游峰顶。
〔2〕迢迢:遥远的样子。
〔3〕侬:我。

雨过[1]

雨过山洗容[2],云来山入梦[3]。云雨自往来,青山原不动。

〔1〕此诗作于乾隆五十年(1785),原见《小仓山房诗集》卷三十一。诗通过"雨过"、"云来"的自然变化,写"不动"之"青山"的景色变幻,体现出"美是关系"的哲理。

〔2〕洗容:是说雨后山色清新。

〔3〕山入梦:是说山色迷蒙。

春日偶吟[1](十三首选二)

万里游归说武夷[2],江山成就六年诗[3]。而今自笑无游处,闲步柴门数竹枝。

〔1〕此组诗作于乾隆五十二年(1787),原见《小仓山房诗集》卷三十二。诗印证了创作须"读万卷书,行万里路"的艺术规律,一旦无游处则只能"数竹枝"而已。

〔2〕武夷:武夷山,福建第一名山,在崇安城西南十公里。

〔3〕"江山"句:谓自乾隆四十七年(1782)出去游历名山大川近六年,写了不少诗。

草木争春各不同[1],碧桃、文杏两般红[2]。竹因叶密声招雨,兰为香多性爱风。

〔1〕诗写草木争春,善于抓住不同草木的主要特征,又赋以灵性,增添了浓郁的生趣。争春,在春天争芳斗艳。苏轼《酴醾花菩萨泉》:

"酴醾不争春,寂寞开最晚。"

〔2〕碧桃:重瓣的桃花,色白或粉红、深红。郎士元《听邻家吹笙》:"重门深锁无寻处,疑有碧桃千树花。"文杏:杏树的异种。《西京杂记》:"初修上林苑,群臣远方各献名果异树……杏二:文杏、蓬莱杏。"

对书叹[1]

我年十二三,爱书如爱命。每过书肆中[2],两脚先立定。苦无买书钱,梦中犹买归。至今所摘记,多半儿时为。宦成恣所欲[3],广购书盈屋。老矣夜犹看[4],例秉一条烛[5]。两儿似我年[6],见书殊漠然[7]。此事非庭训[8],前生须夙缘[9]。名将不两代[10],文人无世家[11]。可怜袁伯业[12],对书空叹嗟[13]。

〔1〕此诗作于乾隆五十二年(1787),原见《小仓山房诗集》卷三十二。诗以自己当年对书的热爱衬托"两儿"于书之"漠然",产生失望与无奈之感。

〔2〕书肆:书店。

〔3〕宦成:做了官。恣所欲:随心所欲。

〔4〕老矣:年纪已老。辛弃疾《永遇乐》:"凭谁问,廉颇老矣,尚能饭否?"时诗人年已七十二岁。

〔5〕"例秉"句:谓照例执一根蜡烛照亮。

〔6〕两儿:阿通、阿迟。阿通原为堂弟袁香亭之子,过继给袁枚。似我年:即像我十二三岁时的年龄。

〔7〕殊漠然:十分淡漠,即不感兴趣。

〔8〕"此事"句:谓孩子爱读书不是靠父亲训诲所能做到的。庭训,旧指父亲的训诲,典出《论语·季氏》。《晋书·孙盛传》:"虽子孙斑白,而庭训愈峻。"

〔9〕夙(sù素)缘:旧缘。

〔10〕"名将"句:谓名将不能接连两代人都是。此比喻自己与儿子不能两代都爱书。

〔11〕世家:旧时泛指门第高而世代做官的人家。《孟子·滕文公下》:"仲子,齐之世家也。"此比喻世代读书作文之家。

〔12〕袁伯业:《后汉书》:"袁遗,字伯业。"以好学著称。此作者自比。

〔13〕叹嗟(jiē街):叹息。

庚戌春暮寓西湖孙氏宝石山庄,临行赋诗纪事[1](十二首选一)

红妆也爱鲁灵光[2],问字争来宝石庄[3]。压倒三千桃李树[4],星娥月姊在门墙[5]。

〔1〕此组诗作于乾隆五十五年庚戌(1790),原见《小仓山房诗集》卷三十二。诗写与女弟子之西湖诗会,很为众女弟子之好学多才而自豪,显示出蔑视封建礼教的精神。西湖,杭州西湖。孙氏,孙令宜。宝石山庄,当在西湖北岸的宝石山麓。

〔2〕红妆:原谓女子盛妆,后亦指美妙的女子。苏轼《海棠》:"只恐

夜深花睡去,更烧红烛照红妆。"鲁灵光:原为汉代宫殿名。王文考《鲁灵光殿赋序》:"自西京未央、建章之殿,皆见隳坏,而灵光岿然独存。"后因称硕果仅存的人或事物为鲁灵光。此作者自称。

〔3〕问字:此指求教写诗。

〔4〕三千桃李树:比喻孔子三千弟子。桃李:比喻所培养的学生。白居易《春和令公绿野堂种花》:"令公桃李满天下,何用堂前更种花。"

〔5〕星娥月姊:比喻作者的女弟子。星娥,织女。月姊,嫦娥。李商隐《圣女祠》:"星娥一去后,月姊更来无?"门墙:师门。参见《题宋人诗话》注〔15〕。

遣兴〔1〕(二十四首选四)

爱好由来落笔难〔2〕,一诗千改始心安。阿婆还是初笄女〔3〕,头未梳成不许看〔4〕。

〔1〕此组诗作于乾隆五十六年(1791),原见《小仓山房诗集》卷三十三。诗写改诗的重要性,后两句比喻通俗而新颖,妙语解颐,极富风趣。

〔2〕爱好:谓追求艺术价值高的诗作。

〔3〕阿婆:此作者自喻。初笄(jī机)女:指刚成年女子。参见《渔梁道上六绝句(六首选一)》注〔2〕。

〔4〕看(kān 刊):欣赏。

独来独往一枝藤〔1〕,上下千年力不胜〔2〕。若问随园诗学某[3],三唐、两宋有谁应[4]?

〔1〕诗写自己创作爱独不爱同,不盲目追随古人,末句以反诘句道出,益显自信与自豪。独来独往,摆脱外物的束缚而独自往来。《庄子·在宥》:"出入六合,游乎九州。独往独来,是谓独有;独有之人,是谓至贵。"
〔2〕"上下"句:意谓如果追随千馀年来的古人将是力不胜任的。
〔3〕随园:诗人自称随园老人。
〔4〕三唐:整个唐代。参见《子才子歌示庄念农》注〔49〕。两宋:谓宋代之北宋与南宋。

但肯寻诗便有诗,灵犀一点是吾师[1]。夕阳芳草寻常物,解用都为绝妙词[2]。

〔1〕诗标举灵性在创作中的重要性,是作者"性灵说"的主要论旨之一;认为笔性灵者下笔则触处生春,强调的是天赋、诗才。灵犀(xī西),犀牛角。古代把犀牛角视为灵异之物。犀角中心的髓质如白线直通两头,感应灵敏。李商隐《无题》:"身无彩凤双飞翼,必有灵犀一点通。"此处指灵性。
〔2〕解用:懂得采用。

郑、孔门前不掉头[1],程、朱席上懒勾留[2]。一帆直渡东沂水[3],文学班中访子游[4]。

〔1〕诗表达既反对理学,亦不屑汉学,而独钟情"文学"的思想,但

用具体形象抒写,故无枯燥乏味之弊。郑、孔,郑玄(127—200)与孔颖达(574—648)。郑玄为东汉经学家,孔颖达为唐代经学家。掉头,回头。陆游《送王季嘉赴湖南漕司主管官》:"王子掉头去,长沙万里馀。"

〔2〕程、朱:程颢(1032—1085)、程颐(1033—1107)与朱熹(1130—1200),分别为北宋与南宋的理学家。勾留:停留,耽搁。白居易《春题湖上》:"未能抛得杭州去,一半勾留是此湖。"

〔3〕沂(yí移)水:源出山东曲阜东南的尼丘,西流经曲阜。《论语·先进》:"浴乎沂。"此指代孔子故乡曲阜。

〔4〕文学:文章博学。子游(前509—?):春秋时吴国人,孔子学生,擅长文学。《论语·先进》:"文学:子游、子夏。"

纸鸢[1]

纸鸢风骨假棱嶒[2],蹑惯云霄自觉能[3]。一旦风停落泥滓[4],低飞还不及苍蝇。

〔1〕此诗作于乾隆五十六年(1791),原见《小仓山房诗集》卷三十三。诗借纸鸢讽刺不学无术、依仗权势飞黄腾达者,寥寥几笔,使之神形俱现。纸鸢(yuān冤),即风筝。宋高承《事物纪原》:"纸鸢俗谓之风筝。"

〔2〕风骨:原谓人的风神骨相。《宋书·武帝纪》:"风骨奇特。"此指纸鸢的风采骨架。棱嶒(céng层):高峻突兀的样子。

〔3〕蹑(niè聂):登。能:有能耐。

〔4〕泥滓(zǐ子):泥污。

高青士、左兰城两生远送江口，依依不舍，不能无诗[1]（二首选一）

江上春寒鬓上霜[2]，归心如箭趁朝阳。好风且莫吹篷满[3]，尚有门生岸上望。

〔1〕此二首诗作于乾隆五十七年（1792），原见《小仓山房诗集》卷三十四。诗借助矛盾的心理活动，抒写对门生的依依真情，发自性灵，真切感人。生，门生，弟子。江口，长江口。

〔2〕鬓上霜：指鬓发白。

〔3〕篷：船帆。

成败[1]

成败论千古[2]，人间最不公。苻坚、窦建德[3]，终竟是英雄。

〔1〕此诗作于乾隆五十八年（1793），原见《小仓山房诗集》卷三十四。诗翻"成则为王，败则为寇"传统观念之案，视苻坚、窦建德为"英雄"，堪称独具只眼，胆识过人。

〔2〕"成败"句：谓以成功或失败来评论历史人物。

〔3〕苻（fú福）坚（338—385）：十六国时期前秦皇帝，曾攻灭前燕、

前凉、代国,统一了北方大部分地区,并夺取东晋的益州。建元十九年(383)调集九十万军队攻晋,在淝水之战中惨败,后于建元二十一年(385)为羌族首领姚苌擒杀。窦建德(573—621):隋末河北农民起义领袖。大业十四年(618)称夏王,建都东寿(今河北献县),改年号为五凤,国号夏。五凤四年(621)率军驰援围攻洛阳王世充的李世民,连下管州、阳翟、荥阳等地,在牛口布阵,因轻敌,兵败被俘,被杀于长安。

二 闺秀诗[1]

扫眉才子少[2],吾得二贤难[3]。鹫岭孙云凤[4],虞山席佩兰[5]。天花双管舞[6],瑶瑟九霄弹[7]。定是嫦娥伴,风吹落广寒[8]。

〔1〕此诗作于乾隆五十八年(1793),原见《小仓山房诗集》卷三十四。诗高度赞誉两位女高足的杰出诗才,虽不无溢美之词,但是向"女子不宜为诗"的传统观念挑战,是难能可贵的。闺秀,旧称有才德之女。《世说新语·贤媛》:"顾家妇清心玉映,自是闺房之秀。"
〔2〕扫眉才子:画眉才子,旧指有文才的女子。王建《寄蜀中薛涛校书》:"扫眉才子知多少,管领春风总不如。"
〔3〕二贤:两位有才德的人。指下文所举孙云凤、席佩兰。
〔4〕鹫岭:杭州飞来峰,此指代杭州。孙云凤(1764—1814):字碧梧,杭州人。为袁枚十三女弟子之一,工诗词,名次仅次于席佩兰。有《湘云馆诗词稿》。
〔5〕虞山:在江苏常熟,此指代常熟。席佩兰:女诗人,字韵芬,一字道华,号浣云。苏州洞庭山人,江苏常熟诗人孙原湘妻,为袁枚女弟子之

首。有《长真阁诗稿》等。

〔6〕"天花"句:谓用双笔舞出天花。此化用《开元天宝遗事》"梦笔头生花"之典。天花,《维摩经》:"时维摩诘室有一天女,见诸天人闻所说法,便现其身,即以天华(花)散诸菩萨大弟子身上。"双管,两支笔。郭若虚《图画见闻志·张璪》:"……能手握双管,一时齐下,一为生枝,一为枯干,势凌风雨,气傲烟霞。"此指孙、席二人之笔。

〔7〕瑶瑟:用玉为饰的乐器瑟。贾至《长门怨》:"深情托瑶瑟,弦断不成章。"

〔8〕广寒:广寒宫,月中宫殿名。王仁俗《开元天宝遗事》:"明皇游月宫,见榜曰'广寒清虚之府'。"

重阳〔1〕

重阳时节雨昏昏〔2〕,座上黄花笑欲言〔3〕:莫道催租无吏到,恐催诗债要敲门〔4〕。

〔1〕此诗作于乾隆六十年(1795),原见《小仓山房诗集》卷三十五。诗以含蓄诙谐之笔写出重阳节赏菊赋诗之意,作者虽已是八十高龄老翁,仍不失其赤子之心。重阳,节令名。农历九月初九叫"重阳"。

〔2〕"重阳"句:此句化用杜牧《清明》诗"清明时节雨纷纷"句式。雨昏昏:秋雨昏暗貌。

〔3〕黄花:菊花。《淮南子·时则训》:"菊有黄华(花)。"

〔4〕此两句源于惠洪《冷斋夜话》卷四:黄州潘大临工诗,多佳句,然甚贫。临川谢无逸以书问有新作否,潘答书曰:"秋来景物件件是佳句,恨为俗气所蔽翳。昨日闲卧,闻搅林风雨声,欣然起题壁曰:'满城风

雨近重阳',忽催租人至,遂败意,止此一句奉寄。"

笔不老[1]

赋诗如开花,开多花必少。况我八旬人,神思久枯槁[2]。可奈索诗人[3],终朝犹剔嬲[4]。明知未死蚕,抽丝终不了[5]。勉强与支吾[6],自惭真草草[7]。何图良朋来[8],公然齐道好。吾斯之未信[9],姑且存其稿。或者五体尽颓唐[10],只有一枝笔不老。

[1] 此诗作于乾隆五十九年(1794),原见《小仓山房诗集》卷三十五。诗写虽知自己人老创作力下降,但创作欲望"不老",可见作者乃真诗人。诗以蚕自喻,甚是风趣。

[2] 神思:指创作灵感。刘勰《文心雕龙》有《神思》篇。枯槁:枯干,枯竭。

[3] 可奈:怎奈。

[4] 终朝:整天。剔嬲(niǎo 鸟):惊扰。

[5] 抽丝:指索诗。

[6] 支吾:应付。

[7] 草草:匆促。

[8] 何图:哪里想到。

[9] 斯之未信:不相信自己诗好。

[10] 五体:四肢及头。指身体。颓唐:衰老。

记得[1]

记得儿时语最狂[2],立名最小是文章[3]。而今八十平头矣[4],犹为文章镇日忙[5]。

〔1〕此诗作于乾隆六十年(1795),原见《小仓山房诗集》卷三十六。诗回顾一生以"文章"立名,至老犹在努力,反映了不断进取的人生态度。
〔2〕狂:狂妄。
〔3〕立名:树立名声。句下原注:"十三岁先生命赋诗言志"。
〔4〕八十平头:即八十整。
〔5〕镇日:整天。

歌者天然官索诗[1](二首选一)

何必当筵唱《浣纱》[2],但呼小字便妍华[3]。万般物是天然好[4],野卉终胜剪彩花[5]。

〔1〕此诗作于乾隆六十年(1795),原见《小仓山房诗集》卷三十六。诗借歌者的"小字"之题,而发挥其崇尚"万般物是天然好"的审美观,倡导诗贵自然、无须雕琢的"性灵说"主张。天然官,歌者的小名。
〔2〕《浣(huàn 换)纱》:《浣纱溪》,亦作《浣溪纱》,唐教坊曲名。后

用为词牌。

〔3〕小字:小名,乳名。《后汉书·傅燮传》:"燮慨然而叹,呼(子)干小字曰:'别成！汝知吾必死邪？'"此指"天然官"。妍华:美好。

〔4〕天然:天生,自然。王粲《槐赋》:"惟中唐之奇树,禀天然之淑姿。"

〔5〕野卉:野草。剪彩花:用彩色丝绸剪出的假花。

嘲守岁者[1]

有钱尚须散,有岁何必守！不知人世间,此例何时有？彻夜全家忙,守子直到丑[2]。谁知重门关[3],依然岁逃走。虽烧红烛光,难掩黄鸡口[4]。我道子胡然[5],别岁如别友；故人自然佳,新人未必否[6]。任其自去来,只要我长久。不学傅修期,年年六十九[7]。只学贾浪仙,祭诗且沽酒[8]。

〔1〕此诗作于嘉庆元年(1796),原见《小仓山房诗集》卷三十六。诗嘲笑世俗守岁旧习,表达了万事任随自然,不必强求的达观情怀。笔调幽默诙谐,通俗如口语。守岁,农历除夕夜,全家通宵不睡,送旧迎新,叫守岁。

〔2〕子:十二时辰之一,午夜十一时至次日一时。丑:十二时辰之一,一时至三时。

〔3〕重门:一重一重门户。

〔4〕"难掩"句:谓挡不住天亮时黄鸡啼鸣。

〔5〕子胡然:你为什么这样。

〔6〕否:恶。

〔7〕"不学"、"年年"两句:傅修期,后汉傅永,字修期。《后汉书·傅永传》称其"年八十馀为兖州刺史,犹能驰射,盘马奋矟,常讳言老,每自称六十九"。

〔8〕"只学"、"祭诗"两句:贾浪仙,唐代诗人贾岛,字阆仙,一作浪仙。传其在除夕取一年所得诗,以酒肉祭之曰:"劳吾精神,以是补之。"

杂书十一绝句[1](选二)

小立芳塘有所思[2],休文绮语合删迟[3]。中通外直莲花性,尚有缠绵不断丝[4]。

〔1〕此组诗作于嘉庆元年(1796),原见《小仓山房诗集》卷三十六。诗借写莲花倡导诗"清水出芙蓉,天然去雕饰"(李白)的自然朴素之美,以及诗写情思的性情观。

〔2〕芳塘:谓开满莲花的水塘。

〔3〕休文:南朝沈约字休文。沈约有《忏悔文》:"性爱坟典,苟得忘廉取非,其有卷将二百。又绮语者众,源条繁广,假妄之衍,虽免大过,微触细犯,亦难备陈。"绮语:美妙的语句。苏轼《登州海市》:"新诗绮语亦安用?"此实指浮靡之词,情诗之类。合:应。

〔4〕丝:兼含谐音"思"之意。

柝声四起夜沉沉[1],静掩萧斋独自吟[2]。花影到窗知月上,虫声如雨识秋深。

〔1〕诗写八十一岁高龄的风烛残年之感,冷寂的环境与萧索的心境,不无悲凉的意味。柝(tuò 拓)声,巡夜者报更的木梆声。

〔2〕萧斋:萧瑟的书斋。"萧斋"一词原本李肇《国史补》。吟:指吟诗。

示儿[1](二首选一)

可晓尔翁用意深[2],不教应试只教吟[3]。九州人尽知罗隐[4],不在科名记上寻[5]。

〔1〕此组诗作于嘉庆二年(1797),原见《小仓山房诗集》卷三十七。诗希望儿子不要奔走于仕途,"不在科名记上寻"。这其中自有诗人对"科名"的深刻认识。示儿,给儿子看。陆游早有《示儿》诗。儿,指阿通、阿迟。

〔2〕尔翁:你的父亲。此作者自称。

〔3〕"不教"句:谓不让儿子参加科举考试,只教写诗。

〔4〕九州:谓中国。参见《元旦后二日过牛首宿丛云楼》注〔6〕。罗隐(833—909):唐文学家。字昭谏,余杭人,一说新登(今浙江桐庐人),十举进士不第,其收在《逸书》中散文小品皆愤懑不平之言,诗亦有讽刺之作。

〔5〕科名:科举考试被录取。参见《偶然作(忆昔垂髫年)》注〔4〕。

诗城诗[1](四首选二)

十丈长廊万首诗,谁家斗富敢如斯[2]?请看珠玉三千首〔3〕,可胜珊瑚七尺枝〔4〕!

〔1〕此组诗作于嘉庆二年(1797),原见《小仓山房诗集》卷三十七。时作者已是年逾八旬的老翁,但一提及"诗城"仍充满豪情胜慨,显示出诗人爱诗的热忱与激动。诗中用"斗富"之典甚为贴切,而又不见痕迹。诗城,作者于诗前小序云:"余山居五十年,四方投赠之章几至万首。梓其尤者,其底本及馀诗无安置所,乃造长廊百馀尺,而尽糊之壁间,号曰'诗城'。"

〔2〕斗富:此用《世说新语·汰侈》石崇与王恺斗富争豪之典:"石崇与王恺争豪,并穷绮丽以饰舆服。武帝,恺之甥也,每助恺,尝以一珊瑚树高二尺许赐恺,枝柯扶疏,世罕其比。恺以示崇,崇视讫,以铁如意击之,应手而碎。恺既惋惜,又以为疾己之宝,声色甚厉。崇曰:'不足恨,今还卿。'乃命左右悉取珊瑚树,有三尺四尺,条干绝世,光采溢目者六七枚,如恺许比甚众,恺惘然自失。"敢如斯:敢如此。指诗城万首诗。

〔3〕珠玉:喻诗之佳美者。杜甫《奉和贾至舍人早朝大明宫》:"诗成珠玉在挥毫。"

〔4〕珊瑚七尺枝:珊瑚中之极珍贵者。珊瑚是热带海洋中的腔肠动物,骨骼相连,形如树枝,又名珊瑚树,一般大者高三尺馀。此言"七尺枝"乃极言其珍贵罕见。用晋时石崇、王恺争富典。《晋书·石崇传》:"……崇、恺争豪如此。武帝每助恺,尝以珊瑚树赐之,高二尺许,枝柯扶疏,世所罕比。恺以示崇,崇便以铁如意击之,应手而碎。恺既惋惜,又以为嫉己之宝,声色方厉。崇曰:'不足多恨,今还卿。'乃命左右悉取珊瑚树,有高三四尺者六七株,条干绝俗,光采曜日,如恺比者甚众。恺惘然自失矣。"

城下梅花千树栽[1]，罗浮春到一齐开[2]。参横月落群仙降[3]，定与诗魂共往来[4]。

〔1〕诗写诗城以梅花相映衬、"群仙"相烘托，突出诗城之美与诗魂之长在。城，即诗城长廊。

〔2〕罗浮：山名。在广东增城、博罗、河源等县间。据旧题柳宗元《龙城录》载：隋开皇中，赵师雄迁罗浮，日暮于松林酒肆旁见一美人，淡妆素服出迎，与语，芳香袭人，因与其于酒家共饮。赵师雄酒醉，比醒，起视乃在梅花树下。故"罗浮"与梅花有关。

〔3〕参(shēn深)横：参星已落，形容夜深。曹植《善哉行》："月没参横，北斗阑干。"

〔4〕诗魂：诗之魂魄。李建勋《春雪》："闲听不寐诗魂爽，净吃无厌酒肺干。"

病剧作绝命词留别诸故人[1]

每逢秋到病经旬[2]，今岁悲秋倍怆神[3]。天教袁丝亡此日[4]，人知宋玉是前身[5]。千金良药何须购，一笑凌云便返真[6]。倘见玉皇先跪奏，他生永不落红尘[7]。

〔1〕此诗作于嘉庆二年(1797)，原见《小仓山房诗集》卷三十七。诗写自知大限即至时复杂的心理活动，既有病重的感伤，亦有凌云返真的旷达。病剧，病重。

〔2〕经旬：经历十天。言生病日久。

〔3〕倍怆神:更加伤神。

〔4〕袁丝:西汉名臣袁盎,字丝。此作者自比。

〔5〕宋玉:战国时辞赋家,屈原的学生。

〔6〕凌云:升天。返真:归于自然,指死。

〔7〕落红尘:降生人世。

再作诗留别随园[1]

我本楞严十种仙[2],朅来游戏小仓巅[3]。不图酒赋琴歌客[4],也到钟鸣漏尽天[5]。转眼楼台将诀别[6],满山花鸟尚缠绵[7]。他年丁令还乡日[8],再过随园定惘然。[9]

〔1〕此诗作于嘉庆二年(1797),原见《小仓山房诗集》卷三十七,是《小仓山房诗集》最后一首诗。诗再写辞别人世时的心理活动,总结自己以诗赋自娱之"游戏"人生。虽然表达了超然旷达的生死观,但仍然不无留恋随园之意。

〔2〕"我本"句:是说自己是佛经中所说的神仙之一。楞严,指佛经《楞严经》十卷。

〔3〕朅(jiē 揭)来:去来。偏义复词,作"来"讲。小仓:南京小仓山。

〔4〕不图:没想到。酒赋琴歌客:作者自称。

〔5〕钟鸣漏尽:引申为残年。《三国志·魏书·田豫传》:"年过七十而以居位,譬如钟鸣漏尽而夜行不休,是罪人也。"

〔6〕诀别:永别。

〔7〕缠绵:情意深厚,依依难舍。

〔8〕丁令：即丁令威。据《搜神后记》：丁令威，东汉辽东人，在灵虚山学道成仙，后化鹤归来，落在城门华表柱上。有少年欲射之，鹤乃飞鸣作人言曰："有鸟有鸟丁令威，去家千年今始归。城郭如故人民非，何不学仙冢累累。"后常以喻人世的变迁。

〔9〕惘然：失意的样子。

[附录]

袁枚传记(选四种)

(一)姚鼐《袁随园君墓志铭并序》

君钱塘袁氏,讳枚,字子才,其仕在官有名绩矣。解官后,作园江宁西城,居之,曰"随园",世称"随园先生",乃尤著云。祖讳锜,考讳滨,叔父鸿,皆以贫游幕四方。君之少也,为学自成。年二十一,自钱塘至广西,省叔父于巡抚幕中,巡抚金公鉷一见异之,试以《铜鼓赋》,立就,甚瑰丽。会开博学鸿词科,即举君。时举二百馀人,惟君最少,及试,报罢。中乾隆戊午科顺天乡试。次年成进士,改庶吉士;散馆,又改发江南为知县,最后调江宁知县。江宁故巨邑,难治。时尹文端公为总督,最知君才;君亦遇事尽其能,无所回避,事无不举矣。既而去职家居,再起发陕西,甫及陕,遭父丧,归。终居江宁。

君本以文章入翰林,有声,而忽摈外,及为知县,著才矣,而仕卒不进。自陕归,年甫四十,遂绝意仕宦,尽其才以为文辞歌诗;足迹造东南山水,佳处皆遍,其瑰奇幽邈,一发于文章,以自喜其意。四方士至江南,必造随园投诗文,几无虚日。君园馆花竹水石,幽深静丽,至棂槛、器具皆精好,所以待宾客甚盛,与人留连不倦。见人善,称之不容口。后进少年诗文一言之美,君必能举其词为人诵焉。君古文、四六体皆能自发其思,通乎古法;于为诗尤纵才力所至,世人心所欲出不能达者,悉为达之。士多效其体,故随园诗文集上自朝廷公卿,下至市井负贩,皆知贵重之。海外琉球有来求其书者。君仕虽不显,而世谓百馀年来极山林之乐,获文章之名,盖未有及君也。

君始出试,为溧水令,其考自远来县治,疑子年少,无吏能,试匿名访诸野,皆曰:"吾邑有少年袁知县,乃大好官也。"考乃喜,入官舍。在江宁尝朝治事,夜召士饮酒赋诗,而尤多名迹。江宁市中以所判事作歌曲,刻行四方。君以为不足道,后绝不欲人述其吏治云。

君卒于嘉庆二年十一月十七日,年八十二。夫人王氏,无子。抚从父弟树子通为子,既而侧室钟氏又生子迟。孙二:曰初,曰禧。始君葬父母于所居小仓山北,遗命以己祔。嘉庆三年十二月乙卯葬小仓山墓左。桐城姚鼐以君与先世有交,而鼐居江宁,从君游最久,君没,随为之铭曰:

粤有耆庞,才博以丰。出不可穷,匪雕而工。文士是宗,名越海邦。蔼如其冲,其产越中。载官倚江,以老以终。两世阡同,铭是幽宫。

(二)赵尔巽等撰《清史稿》袁枚本传

袁枚,字子才,钱塘人,幼有异禀。年十二,补县学生。弱冠,省叔父广西抚幕,巡抚金䥈见而异之,试以《铜鼓赋》,立就,甚瑰丽。会开博学鸿词科,遂疏荐之。时海内举者二百馀人,枚年最少,试报罢。乾隆四年,成进士,选庶吉士;改知县江南,历溧水、江浦、沭阳,再调江宁。时尹继善为总督,知枚才,枚亦遇事尽其能。市人至以所判事作歌曲,刻行四方。枚不以吏能自喜,既而引疾家居。再起发陕西,丁父忧归,遂牒请养母。卜筑江宁小仓山,号"随园",崇饰池馆,自是优游其中者五十年。时出游佳山水,终不复仕。尽其才以为文辞诗歌,名流造请无虚日,诙谐跌荡,人人意满。后生少年一言之美,称之不容口。笃于友谊,编修程晋芳死,举借券万千金焚之,且恤其孤焉。

天才颖异,论诗主抒写性灵,他人意所欲出不达者,悉为达之。士多效其体。著《随园集》，凡三十餘种。上自公卿，下至市井负贩，皆知其名。海外琉球有来求其书者。然枚喜声色，其所作亦颇以滑易获世讥云。卒，年八十二。

（三）澄清堂稿《故江宁县知县前翰林院庶吉士袁君枚传》（选录）

……（袁枚）以未娴清字，改知县，分发江南，初试溧水，调江浦、沭阳，再调江宁。枚尝言为守令者当严束家奴、吏役，使官民无雍隔，则百弊自除。其为政终日坐堂皇，任吏民白事。……上司叹赏枚得政体。其敏而能断类此。初，枚为溧水知县，其父自广西来，虑枚年少不谙吏治，乃匿姓名访诸野。有女子告曰："吾邑袁知县政若神明。"其父乃大喜，入署。其后士人多以枚断讼事附会为小说。迄枚侨居江宁，山无墙垣，数十年盗贼不忍攘其什物者，其得民如是。以母疾去官。起，复发陕西，以知县用，丁父艰，归。遂牒养母，卜筑于江宁之小仓山，号"随园"。聚书籍，为诗、古文，如是五十年，终不复仕。

是时，国家治安百餘年，海内物力充裕。江左当道，政事多暇，常开阁延宾。枚以山人预其游，排日燕乐。或慕其风流，争致金币。枚又崇饰池馆，高高下下，随山结构，杂以五色云母窗，绚烂岩谷。畜珍禽奇兽，张灯筝动游人。自皇华使者，下至淮南贾贩，多闻名造请交欢者。相国某柄政，极豪侈，至命工图绘其园，仿而作第。当世大僚有驰书甘贽门下者，一时名誉倾动四海。然枚诙谐跌荡，自行胸怀，未尝为势要牵引。年逾耳顺，犹独游名山。尝至天台、雁荡、黄山、匡庐、罗浮、桂林、南岳、潇湘、洞庭、武夷、丹霞、四明、雪窦，皆穷其胜。舟车所过，攀辕授馆，疑古人复生。乃至道、释、闺阁之能诗者，皆就质焉。

枚长身鹤立，广颡丰下，齿如编贝，声若洪钟。生平事母孝，友于姊弟。母年九十四而终。迎养寡姊，年至九十。妻亦白发齐眉，一家怡怡如也。正家之法，井井如也。笃于故旧，尝为亡友沈凡民司祭扫，三十年如一日。程编修晋芳死，负五千金，往吊，焚其券，且抚立其孤。尤喜汲引后进，一时才士，多出其门。尝自称："吾之官不择日，葬亲徙宅不用形家言，而未尝遇患；不学仙佞佛，而年登大耋；不丐贷求索，而馈贻者四方不绝；不讲学，而神解超然。"又自为诗云："自叹匡时好才调，被天强派作诗人。"非虚语也。昔晋刘惔谓王蒙性至通而自然有节，嵇康称阮裕傲然忘贤而贤与度遇，忽然任心而心与善游。枚其有焉……

（四）钱振锽《袁枚传》

袁枚，字子才，号简斋，钱塘人。乾隆四年进士，选庶吉士，散馆发江南知县。其宰江宁也，尹侍郎会一督学江南，与枚异趣。日驺从过三山街，某将军家奴冲道，嫚骂之，窘会一。知府某不敢诘，枚缚而置之狱。大学士高斌适之宁，会一为之言："枚才如子建，政如子产。"又一次将军家奴征李氏租，囚周姓子。枚诘之，奴抗不服，杖决之。传者或讹两事为一事，故详书之。宦十年引去，年止三十许。再起，发陕西，无所合，才不复出。枚作令之法，见于《答门生王礼圻书》。直隶总督方观承尝谓属吏曰："袁枚循吏也。虽宰江宁省会，而尽心于民事，尔曹宜师之。"门人王铭琮学枚为政，亦以循吏名。枚撰《州县心书》，不传。顾枚之不可及不在此。田文镜，世宗宠臣也，枚碑版文历斥其过恶无遗力焉。黄廷桂，文镜类也，枚上书稽之如训子。谢济世，终身坎壈罪人也，枚方为他人传，往往有意为济世发愤。卫哲治巡抚广西，陷济世父子，事后枚追书严责之。且夫世宗臣下所俞之不去口者，文镜也；所咈之不去口目为朋党者，劾文镜之李黻、蔡珽与济世也。使枚在朝列，必与文镜为仇，与黻、济世为朋矣，岂非奇男子乎？使当时有发枚文字为谤书者，枚又何辞？枚固幸免于当时文字之狱耳。然且以死奋笔，岂寻常绳墨文字、漫无痛痒者可几及哉？好接引人物，寒士得一语即信气，其所荐士或不受，则贻书骂之。蒋编修士铨尝曰："使公为宰相，三百六十官皆得其才而用之。天下宁有废物？"此语也，固非枚之所难。不信佛老阴阳，见人祸福，不论因果。生平最恶一"庸"字。世但知以性灵为诗，不知枚以肝胆为文；但知枚有乐天之易，不知枚有史迁之愤。枚不喜宋儒，多放佚之言，身后不理于口，固有以取之。其卒也，姚鼐为之志墓。门人谏毋作，鼐以毛西河、朱竹垞为言。予以为鼐之志墓，不知其已。鼐尚不能书枚杖将军家奴事，而乃道随园桄槛精美，尚有作文之识乎？凡为文章，必先有好善恶不善之诚。苟无其诚，则叙事轻重取弃必失其伦，而文亦奄奄无生气矣，尚足道哉？

随园先生年谱[1]

方濬师编纂　王英志校注

康熙五十五年,丙申〔1716〕,三月初二日,先生生。

先生姓袁氏,讳枚,字子才,号存斋,一号简斋,学者称随园先生。先世家慈溪,后徙钱塘。明崇正〔按:即崇祯〕元年〔1628〕,五凤楼前获一黄袱,内袤小画一卷,题云:"天启七,崇正十七,还有福王一。"内侍检奏,思宗因传巡城各员究从来,袁槐眉先生时以省垣隶皇城事,奏曰:"此事不经,何由得至大内,如一追究,必有造讹立异,簧惑圣听者。"思宗是之,槐眉即先生高祖也。槐眉与其父竹英方伯有《竹江诗集》行世。槐眉有子,是为象春府君;象春子曰锜,《诗话》〔按:指《随园诗话》,下同。〕中所称旦釜公者〔卷三〕;旦釜之子曰滨,先生父也。母章孺人,杭州耆士师禄先生次女,先生生于东园大树巷中。〔《诗话》卷十〕

康熙五十六年,丁酉〔1717〕,先生二岁。

康熙五十七年,戊戌〔1718〕,先生三岁。

康熙五十八年,己亥〔1719〕,先生四岁。

康熙五十九年,庚子〔1720〕,先生五岁。

---

[1] 说明:《随园先生年谱》据上海大陆书局1933年版本重新校点,为便于读者深入研究,对其引证袁枚著作酌情补注出处,添加少量按语,均以〔　〕示之。——王英志

先生《秋夜杂诗》云："我年甫五岁,祖母爱家珍,抱置老人怀,弱冠如闺人。其时有孀姑,亦加鞠育恩,授经为解义,嘘背分馀温。"〔《小仓山房诗集》卷十,下简称《诗集》〕按先生孀姑适沈氏。先生剪髦时,好听长者说古事,否则啼。姑为捃摭史秤官儿所能解者,呢呢娓娓不倦,以故未就学而汉、晋、唐、宋国号人物,略皆上口。每读《盘庚》《大诰》,眉蹙,姑为负剑辟咡,助其声以熟。〔事见《亡姑沈君夫人墓志铭》,《小仓山房文集》卷五,下简称《文集》〕

康熙六十年,辛丑〔1721〕,先生六岁。

康熙六十一年,壬寅〔1722〕,先生七岁。

迁居葵巷,受《论语》《大学》于史玉瓒先生中。〔《诗话》卷九〕

雍正元年,癸卯〔1723〕,先生八岁。

先生太翁客吴中,闻衡阳令高君清卒,库亏,妻子系狱,叹曰:"我高公幕客也,非我往则难不解。"遂治装历洞庭而南,告其弟高八曰:"曩而兄倾库供上官,吾尝止之,而兄不可,则劝其簿籍而加印焉,亦知正为今日计乎?"高大悟,检箧得印簿,诉制军为平其事。〔见《女弟素文传》,《文集》卷七〕杨朗溪太史赠诗有"袁夫子当今真义士"句。

雍正二年,甲辰〔1724〕,先生九岁。

先生《诗话》云："余幼时家贫,除《四书》、'五经'外,不知诗为何物,一日业师外出,其友张自南先生携书一册到馆求售,留札致师云:'适有急需,奉上《古诗选》四本,求押银二星,实荷再生,感非言罄。'余舅氏章升扶见之,语先慈曰:'张先生以二星之故,而词哀如此,急宜与之,留其诗可,不留其诗亦可。'予年九岁,偶阅之,如获珍宝,始《古诗十九首》,终于盛唐,俟业师他出,及岁终解馆时,便吟咏而摹仿之。"〔卷六〕

偕同人游杭州吴山,作五律,得句:"眼前三两级,足下万千家。"〔《诗话补遗》卷六〕又咏《盘香》云:"空梁无燕泥常落,古佛传灯影太孤。"

雍正三年,乙巳〔1725〕,先生十岁。

雍正四年,丙午〔1726〕,先生十一岁。

雍正五年,丁未〔1727〕,先生十二岁。

受知于学使王交河先生,补博士弟子员,与业师史先生及张有虔同入学。〔见《重赴泮宫诗》,《诗集》卷三十二〕

雍正六年,戊申〔1728〕,先生十三岁。

先生诗云:"我年十二三,爱书如爱命。每过书肆中,两脚先立定。苦无买书钱,梦中犹买归。至今所摘记,多半儿时为。"〔《对书叹》,《诗集》卷三十二〕

雍正七年,己酉〔1729〕,先生十四岁。

雍正八年,庚戌〔1730〕,先生十五岁。

受知李安溪先生清植,补增广生。

有《咏怀》诗云:"也堪斩马谈方略,还是骑牛读《汉书》。"《春柳》诗云:"新丝买得刚三月,旧雨吹来似六朝。"脍炙人口,先生嫌为少作,集内悉删去。

雍正九年,辛亥〔1731〕,先生十六岁。

雍正十年,壬子〔1732〕,先生十七岁。

杭州朱端士先生命制《七十寿序》,结忘年交。〔事见《枚年十七,杭州朱端士先生命制〈七十寿序〉,为忘年交……》,《诗集补遗》卷一〕

雍正十一年,癸丑〔1733〕,先生十八岁。

先生以制府观风,受知于程公元章,命肄业万松书院。其时山长为杨文叔先生绳武,呈所作《高帝》、《郭巨》二论请诲,文叔墨其后云:"文如项羽用兵,所过无不残灭。汝未弱冠,英勇乃尔!"〔《杨文叔先生文集序》,《续文集》卷三十五〕先生自是锐意述作,文叔启之也。

与杭州仲烛亭同学为诗,彼此吟成,便携袖中,冒雨欣赏。

雍正十二年,甲寅〔1734〕,先生十九岁。

帅兰皋先生念祖督学浙江,试古学,先生赋《秋水》云:"映河汉而万象皆虚,望远山而寒烟不起。"帅公大加赏异。又问国马、公马何解,先生对云:"出自《国语》,注自韦昭,至作何解,枚实不知。"纳卷时,帅公阅之,曰:"汝童年,能知二马出处足矣。"曰:"国马、公马之外,尚有父马,汝知之乎?"曰:"出《史记·平准书》。"曰:"汝能对乎?"曰:"可对'母牛',出《易经·说卦传》。"帅公大喜,拔置高等,食廪饩。〔见《诗话》卷十二〕

雍正十三年,乙卯〔1735〕,先生二十岁。

帅学使按试,先生名居前列,幕中阅卷者,邵君昂霄也,后相遇西湖,诵其《有所赠》云:"韵到梅花香有骨,软于杨柳怯当风。"先生有知己之感,载其句入《诗话》中。〔见卷十二〕

乾隆元年,丙辰〔1736〕,先生二十一岁。

适陆氏寡姊携二甥来归宁,遂止焉。

省叔父于广西,寓中丞金公鉷署中,作《铜鼓赋》,合座称赏。时方开博学鸿词科,中丞首以先生列荐剡,遂北上。〔见《诗话》卷一〕胡稚威天游初见先生,谓曰:"美才多,奇才少,子奇才也,年少修业而息之,他日为唐之文章者,吾子也。"〔胡氏语见《胡稚威哀词》,《文集》卷十四〕

冬,试鸿词科报罢,落魄无归,饭高怡园先生景蕃家三月有馀。

句容王郎中琬招先生往，与其儿子读书。王公旋守兴化，同客王公所赵再白舍人贯朴奋然曰："子无忧，王公虽去，其屋吾赁之。"因留先生共卧起，出诗文相与磨切，未几，先生受嵇相聘，乃与舍人别。〔见《赵舍人诔》，《文集》卷十四〕

　　在李玉洲先生家，与曹麟书、沈椒园诸公结吟社，临川李穆堂侍郎以文章名，先生袖所作请业，侍郎极爱《李德裕论》一篇，大书卷首云："洗尽《唐鉴》中腐语，得此痛快淋漓之作，真'不觉前贤畏后生'矣。"

　　唐公莪村时官太常卿，赏先生诗文，托其西席朱君佩莲道意，欲以女妻之，先生以聘定辞，唐公甚惋惜。〔见《诗语》卷六〕

　　先生上孙文定诗云："一囊得饱侏儒粟，三上应无宰相书。"文定读之，忻然延入，曰："满面诗书之气。"〔见《诗话》卷八〕

乾隆二年，丁巳〔1737〕，先生二十二岁。

　　先生落魄长安，金陵人田古农见而奇之，哀其饥渴，沽酒为劳；后先生宰江宁，古农已殁，有诗告其墓。〔见《乾隆丁巳余落魄长安，金陵人田古农见而奇之，哀其饥渴，沽酒为劳。未十年余宰金陵，古农已为异物，求其子孙，以诗告墓》，《诗集》卷五〕

乾隆三年，戊午〔1738〕，先生二十三岁。

　　先生袖文质赵公大鲸，公大奇之。因乞一授餐所，公唯唯。朝送公出，暮聘已至，盖嵇相国璜家相国子承谦，时方七龄，执经问业。〔见《左副都御史赵公墓志铭》，《文集》卷四〕

　　秋，举顺天乡试，出四川邓逊斋先生时敏房。

乾隆四年，己未〔1739〕，先生二十四岁。

　　孙牧堂太史延先生权记室。

　　会试，成进士，改翰林院庶吉士。先生少梦老僧，导入一山，穹窿高峻,直登其巅。僧曰:"此点苍山也,多白猿,各据一石洞栖。"僧指一空洞示曰:"此是汝宅,久当来还。"本科先生房师阁学蒋公适梦白猿入赘,榜发大喜。大学士鄂文端公谓蒋公曰:"今年闱后阅人文,所卜悉不雠,惟袁枚一人验耳,非君谁光我颜者?"〔见《武英殿大学士太傅鄂文端公行略》,《文集》卷八〕按是科与先生同试鸿词,同举京兆,同入词馆者二人:长洲沈归愚尚书、桐城叶书山庶子也。〔见《叶书山庶子〈日下草〉序》,《文集》卷十一〕

乞假归杭,迎娶孺人王氏。先生朝考赋"因风想玉珂"诗,欲刻画"想"字。有句云:"声疑来禁院,人似隔天河。"大司马甘公以语涉不庄,将摈之。君文端公继善亦与阅卷,力争曰:"此人肯用心思,必少年有才者,特未解应制体裁耳,此庶吉士之所以须教习也。倘进呈时上有驳问,我当独奏。"遂入选,先生受文端公知自此始。〔《诗话》卷一〕乞假时,绘《玉堂归娶图》,遍征题咏,武进程文恭公景伊诗云:"金灯花下沸笙歌,宝帐流香散绮罗。此日黄姑逢织女,漫言人似隔天河!"盖调之也。〔《诗话》卷一〕

乾隆五年,庚申〔1740〕,先生二十五岁。

携王孺人北上,黄流风浪中,遇钱稼轩少司空。后先生赠少司空女诗云:"尔翁南下赋归欤,值我新婚北上初。水面匆匆通一语,怀中正抱女相如。"〔《诗话》卷五〕

叔父健磐府君卒于粤西。按先生《诗话》:"健磐公卒时,香亭弟年才十岁。"〔卷二〕据此,则健磐之卒,适在庚申年也。甲子有哭健磐诗〔见《哭季父健磐公》,《诗集》卷四〕,乃归其丧耳。

乾隆六年,辛酉〔1741〕,先生二十六岁。

乾隆七年,壬戌〔1742〕,先生二十七岁。

是年翰林散馆,试翻译,置下等,阅卷大臣鄂文端公所定也。启名大恨,召先生往赐饭,与深语,且曰:"汝为外吏必职办。"先生问及当代诸名臣,文端云:"汝到江南,有一真君子,不为利动,不为威慑,守其道生死不移者,可交也。"问何人,曰:"顾琮也。我此时不必通书,汝见时但道是我门生,渠必异目相待。"先生到淮见顾公于总河署中,果如旧相识。临别,先生求顾公教诲,公曰:"君聪明,任君行去,但要大处错不得,可紧记老夫语。"先生叹为真儒者之言。〔《武英殿大学士太傅鄂文端公行略》,《文集》卷八〕

时上命保荐阳城马周一流人,留松裔侍郎留保命公拟时务奏疏一通,大加矜宠,即欲以先生应诏,疏已具矣,先生以外用,喜得薄俸养亲,苦辞乃止。〔《诗话补遗》卷九〕

桐城张药斋侍郎闻先生改外,向其兄文和公作元相语曰:"韩愈可惜。"〔《诗话》卷二〕

需次白门,寓王俣岩太史家。

初试溧水知县,太翁自广西来,虑先生年少不谙吏治,乃匿姓名询诸途,有女子告曰:"吾邑袁公,政若神明,真好官也!"太翁大喜,骑驴直入县署,合邑传为佳话。〔见孙星衍:《故江宁县知县前翰林院庶吉士袁君枚传》〕

乾隆八年,癸亥〔1743〕,先生二十八岁。

由溧水改知江浦,复从江浦改知沭阳。值旱,先生作《苦灾行》〔见《诗集》卷三〕。六月二十一日诗成,二十三日即得大雨。〔见《苦灾行》自注〕

赴赣榆鞫狱。

沭阳有吴某,就馆洪氏,妻昏夜被杀,主名不立。洪氏子与其奴,互有诬,先生屡讯不决,遂成疑狱。偶与何献葵刺史言及,刺史曰:"此狱固难办,然君亦未尽心。"先生问故,刺史曰:"君何不将二囚合系之,阴使人察其所言;再分系之,使人为鬼啸以怵之,或真情可得。"先生怃然若失,悔计不出此也。

乾隆九年,甲子〔1744〕,先生二十九岁。

知沭阳县。

秋充江南乡试同考官,得士七人,李太史英与焉。按先生试鸿词科在都,曾大会诗人,常州储学坡师轼年最长,为座中祭酒,后三十年,储乃出李太史门下。是科荐而不售者,一为松江陈迈晴,一为太仓吴维鹗。陈故宿学,榜后作百韵诗来谒。吴为梅村先生曾孙,少年玉儿,嗣登癸酉贤书。均早卒。〔见《哀两生并序》,《诗集》卷十五等〕

先生归季父健磐府君柩于广西,哭之以诗。〔见《哭季父健磐公》,《诗集》卷四〕

女弟素文于归如皋高氏。〔见《女弟素文传》,《文集》卷七〕

县试童子周某,疑其文,侦之,乃其师吕文光作也。先生倾衿礼之,嗣延至江宁课两孤甥,孺人王氏复妻以妹。吕君丁丑进士,官至直隶同知。〔见《吕文光哀词》,《文集》卷十四〕

乾隆十年,乙丑〔1745〕,先生三十岁。

调江宁县知县。

五月十日,天大风,白日晦冥,城中女子韩姓者,年十八,被风吹至铜井村,离城九十里。其村氓问明姓氏,次日送其还家。女婿东城李秀才子,李疑风无吹女子至九十里之理,必有奸约,控官退婚。先生曰:"古有风吹女子至六千里者,汝知之乎?"李不信,先生取元郝文忠《陵川集》示之,其诗云:"黑风当楚灭红烛,一朵仙桃落天外。梁家有子是新郎,芊氏负从锺建背。争看灯下来鬼物,云鬟欹斜倒冠佩。"又云:"自说吴门六千里,恍惚不知来此地。甘心肯作梁家妇,诏起高门榜天赐。几年夫婿作相公,满眼儿孙尽朝贵。"李无以应。先生复晓之曰:"郝文忠一代忠臣,岂肯诓语?但当年风吹吴门女,竟嫁宰相,恐此女无此福耳。"李大喜,两家婚配如初。制府尹公闻之曰:"可谓宰官必用读书人矣。"〔《诗话》卷四〕

乾隆十一年,丙寅〔1746〕,先生三十一岁。

知江宁县。

五月,捕蝗七里洲,马为野豕所惊,怒逸不止。先生强勒之,马窜入废寺,门拦横木,马可入,而马上人必折颈以死矣。先生念死可也,如此惨死,人必疑有隐慝,此念甫动,马逸忽止,若有人挡之者。先生从容跨马,牵缚树间,良久,舆从始跟跄来。

乾隆十二年,丁卯〔1747〕,先生三十二岁。

知江宁县。

题升高邮州知州,格于部议,不果。〔见《奏擢高邮牧部议不果》,《诗集》卷五〕

初得随园,先生有诗云:"暂时邀主先为客,异日将官易此园。"〔见《初得随园,王孟亭、沈补萝、商宝意载酒为贺得"园"字》,《诗集》卷五〕

江宁方山溪洞外两氓争地,无契券,讼久莫能断。先生视案山积,笑曰:"此《左氏》所谓宋、郑之间有隙地,顷丘、玉畅是也。讼久则破家,吾为若了之。"乃尽去旧案,别给符验,使各开垦。〔孙星衍:《故江宁县知县前翰林院庶吉士袁君枚传》〕

有贾人贩布江行,舟触战船,溺死一兵,众兵缚控舟子,并及布客。先生知过失杀人无罪,而累客必倾资,乃令乘风张帆,作触舟状,从之去,以埋葬钱发兵完案。侍郎尹会一督学江南,试江宁时,有两骑冲其前麾,且嫚骂,称亲王家奴。先生立擒治,则为将军投书制府者也。搜其箧,得关节书十馀封,悉焚之,重责逐去。

乾隆十三年,戊辰〔1748〕,先生三十三岁。

知江宁县。

江南灾,铜井民运米至吴门,有率众劫之者,先生以荒政当弛刑,召其魁询之,乃土人遏粜,非劫也,谕以情法,追米还之。

江宁高庙僧亮一,工栽菊,能月月有花。席武山别驾邀先生与蒋用庵侍御、姚云岫观察,同往赏之,分韵赋诗。秋解组,归随园。按《随园记》云:"金陵自北门桥西行二里,得小仓山。山自清凉胚胎,分两岭而下,尽桥而止。蜿蜒狭长,中有清池水田,俗号干河沿。河未干时,清凉山为南唐避暑所,盛可想也。""康熙时,织造隋公当山之北巅,构堂皇,缭垣墉,树之荻千章、桂千畦,号曰'隋园',因其姓也。后三十年,余宰江宁,园倾且颓,弛其室为酒肆。问其值,曰,三百金,购以月俸。茨墙剪阖,易檐改涂,仍名曰'随园',同其音,易其义,落成叹曰:'使吾官于此,则月一至焉;使吾居于此,则日一至焉。二者不可得兼,舍官而取园者也。'遂乞病,率弟香亭、甥陆湄君移书史居之。"〔按:上引文有遗漏。见《文集》卷十二〕

乾隆十四年,己巳〔1749〕,先生三十四岁。

乾隆十五年,庚午〔1750〕,先生三十五岁。

乾隆十六年,辛未〔1751〕,先生三十六岁。

乾隆十七年,壬申〔1752〕,先生三十七岁。

先生起病入都,引见,大学士傅公引至军机房背履历,来保公亦在坐。傅公问两江总督尹公继善、黄公廷桂孰贤,先生曰:"枚小臣也,何敢论两大人优劣?但外所传尹公为政宽,黄公为政严者,皆误也。"傅公愕然问故,先生曰:"尹公遇下属有礼貌,多体恤语,故人以为宽;及犯大不韪必劾,虽司道不能求,故曰严。黄公遇人倨傲,呼叱随意;然颇多纵舍,常漏吞舟之鱼,故曰宽。"傅公又问宽与严孰愈,先生曰:"尹之严可以得君子,黄之宽只可用小人。"语未毕,来公在旁笑曰:"汝以君子必争礼貌,而小人甘受呵斥故耶?"先生曰:"然。"来公以手拍几曰:"好伉爽南蛮子,岂不将尹、黄两大人神形都画出乎!然足下胸襟亦可想见矣。"〔见《文华殿大学士领侍卫内大臣来文端公传》,《续文集》卷三十三〕旋发陕西,路过保阳,方敏恪公时为直隶总督,谓清苑令周燮堂曰:"袁某循吏也,虽宰江宁省会,而能尽心民事,汝等任首县者,宜以为师。"秋,丁父忧归,遂乞养母,不复出。先生太翁精刑名之学,为一时推重,其议论见先生《答金震方问律例书》。〔见《文集》卷十五〕

乾隆十八年,癸酉〔1753〕**,先生三十八岁。**

梓人武龙台,长瘦多力,随园亭榭,半成其手,七月十一日病卒。先生念其无家,为棺殓瘗于园之西偏。〔见《瘗梓人诗》,《诗集》卷九〕

乾隆十九年,甲戌〔1754〕**,先生三十九岁。**

八月十九日,先生抱病,至除夕未理发。

侧室陶氏,亳州人,工棋善绣,癸亥来归,生女名成姑,八月四日,陶病亡。〔按:据《哭陶姬》,陶姬卒于乙亥年,见《诗集》卷十一〕

葬业师史先生中于西湖之葛岭。

高先生守村访先生于白下,解孔、孟专挡拟宋儒,有心得者,先生洒然异之。

终养文书,已准部覆。〔见《喜终养文书部覆已到》,《诗集》卷十〕

编诗十卷。〔按:据《编得》,"编得新诗十卷成"于乙亥年,见《诗集》卷十一〕

乾隆二十年,乙亥〔1755〕,先生四十岁。

移家入随园。〔见《移家入随园》,《诗集》卷十一〕

乾隆二十一年,丙子〔1756〕,先生四十一岁。

还武林,过葵巷旧宅,有诗纪事。〔见《还武林出城作》《过葵巷旧宅》,《诗集》卷十二〕

九月,先生患暑疟,早饮吕医药,至日昳忽呕逆,头眩不止,其太夫人抱之起,觉血气自胸偾起,命在呼吸。有同征友赵藜村来访,家人以疾辞,赵曰:"我解医理。"乃延入诊脉、看方,笑曰:"易耳,速买石膏。"加他药投之,甫饮一勺,如以千钧之石,将肠胃压下,血气全消,未半盂,沉沉睡去,颡上微汗,朦胧中,闻太夫人唶曰:"岂非仙丹耶?"睡须臾醒,赵君犹在坐,问思西瓜否,曰:"想甚。"即命买西瓜,曰:"凭君尽量,我去矣。"食片时,头目为轻,晚便食粥。次日,赵君来曰:"君所患阳明经疟,吕医误为太阳经,用升麻羌活升提之,将妄血逆流而上,惟白虎汤可治,然亦危矣。"未几赵君归,先生送行诗云:"活我固知缘有旧,离君转恐病难消。"〔《诗话》卷二〕

乾隆二十二年,丁丑〔1757〕,先生四十二岁。

乾隆二十三年,戊寅〔1758〕,先生四十三岁。

甥韩执玉,幼通"十三经",年十三举茂才,与先生举茂才时仅差一岁,喜以诗赠。执玉更名琮琦。〔见《余十二岁举秀才乡人荣之。杭州信来韩甥举如其年,喜赠诗》,《诗集》卷十四〕

四妹云扶,于归扬州汪氏。〔见《送四妹云扶于归扬州》,《诗集》卷十四〕

六月二十九日,陆姬生男,不举。〔见《余春秋四十有三……陆姬生男不举》,《诗集》卷十四〕

乾隆二十四年,己卯〔1759〕,先生四十四岁。

作《诸知己诗》,王公兰生居首,殿以李秀才名世,共十三人。〔见《诗集》卷十五〕

十一月,三妹素文卒。素文名机,嫁高氏子者,夫无行,讼之官而绝之。〔《女弟素文传》,《文集》卷七〕

是年江南乡试,丹阳贡生何震负诗一册踵门求见,年五十馀,自云:"苦吟半生,无一知己。如先生亦无所取,将投江死矣!"先生骇且笑,为称许数联,何大喜而去。黄星岩戏吟云:"亏公宽着看诗眼,救得狂人蹈海心。"

乾隆二十五年,庚辰〔1760〕,**先生四十五岁。**

女阿珍生。

韩甥琮琦卒。

乾隆二十六年,辛巳〔1761〕,**先生四十六岁。**

乾隆二十七年,壬午〔1762〕,**先生四十七岁。**

尹文端公时督两江,嫌先生踪迹太疏,先生呈诗云:"不是师门意懒行,尚书应谅草茅情。听来官鼓心终怯,换到朝靴足便惊。老眼书衔愁小字,诗人得宠怕虚名。闲时每看青天月,长恐孤云累太清。"〔见《望山公嫌枚踪迹太疏,赋诗言志》,《诗集》卷十七〕一生品诣,于此可见。

弟香亭树举京兆试。〔见《闻香亭举京兆》,《诗集》卷十七〕

嫁女于苏州蒋氏。〔按:据《嫁女词四首》,嫁女阿成于癸未年,见《诗集》卷十七〕

乾隆二十八年,癸未〔1763〕,**先生四十八岁。**

香亭会试,成进士,出宰正阳。〔见《闻香亭宰正阳,再以诗寄》,《诗集》卷十七〕

婿蒋某卒。〔见《哭婿》,《诗集》卷十七〕

乾隆二十九年,甲申〔1764〕,先生四十九岁。

二月初八日生女,十一月十八日又生一女。〔见《二月初八日生一女》《十一月十八日又生一女》,《诗集》卷十七〕

先生五弟〔按:指五堂弟袁履青〕卒。〔见《湄君小传》,《文集》卷七〕按先生同祖弟尚有阿三,皆香亭胞弟,名字亦无考。〔按:三堂弟为袁步瞻〕

有咏《刀》诗云:"出匣一条水,寒光射眼来。非关报仇事,生就杀人才。"〔《诗集》卷十八〕夏伯音藏无名氏先生诗注云:"闻先生在尹文端公座上,有江南吏极力倾轧同官者,文端出匕首属吟,先生即刻作此。其人见诗,大惊怍焉。"

乾隆三十年,乙酉〔1765〕,先生五十岁。

先生二姊子陆湄君建卒,为刊其诗。〔见《湄君小传》,《文集》卷七〕

乾隆三十一年,丙戌〔1766〕,先生五十一岁。

先生左臂忽短缩不能伸,诸医莫效,拖舟至洄溪,访徐灵胎。徐赠以丹药一丸,服之而愈。

乾隆三十二年,丁亥〔1767〕,先生五十二岁。

二月,适蒋氏孀女成姑卒,哭以诗,有"独活草生原命薄,未亡人去转心安"句〔《二月十六日苏州信来道孀女病危。余买舟往视,至丹阳闻讣》,《诗集》卷二十〕,成姑,侧室陶氏出也。乾隆己卯,陈竹香自都来为议婚,所议者曹来殷舍人,先生已诺矣;苏州蒋诵先剔嬲不已,遂辞曹而嫁蒋,未半年蒋婿亡,是年成姑亦亡。按先生《诗话》作"未半年女与婿俱亡"〔卷十二〕,误。作《续诗品》三十二首〔见《诗集》卷二十〕。

冬,葬三妹素文于上元之羊山,为文以祭。〔见《祭妹文》,《文

集》卷十四〕

乾隆三十三年，戊子〔1768〕**，先生五十三岁。**

德州卢雅雨先生见曾家居八年，以两淮运使提引事下狱死。先生有《十月四日扬州吴鲁斋明府招同王梦楼、蒋春农、金棕亭游平山堂即席》诗〔《诗集》卷二十一〕，盖吊雅雨先生作也。雅雨孙相国文肃公，每读此诗，辄涕泣数日，王褒门人废《蓼莪》章，有以哉！

女阿良卒，先生哭之恸〔见《哭阿良》，《诗集》卷二十一〕，蒋苕生太史慰之以诗。

三月二十四日，又生一女。〔《三月二十四日，又生一女》，《诗集》卷二十一〕

香亭姬人韩氏生一子，从南阳寄信来云嗣先生。〔《香亭年逾强仕才生一儿，从南阳寄信来云将嗣我，喜赋却寄》，《诗集》卷二十一〕

乾隆三十四年，己丑〔1769〕**，先生五十四岁。**

刘文清公守江宁，以风言欲逐先生，先生闻信，偏不走谒。逾年，文清托刘广文要先生代作《江南恩科谢表》，备申宛款。文清旋擢观察，先生赠以五古一章，末云："公以天人姿，而兼宰相胄。高如冰鉴悬，那有吞舟漏？宁可失之详，慎毋发之骤。"又云："气敛心益明，业广福弥厚。"盖规之云。〔《送刘石庵观察之江右》，《诗集》卷二十二〕

十二月十六日，葬封翁于随园之北，仅百步。按先生《随园六记》云："先君子卒于江宁，欲归葬古杭，虑舆机之艰不果。""有形家来议园西为兆域者。余闻往视，则小仓山来脉平远夷旷，左右有甗陎岸庢，草树蒙翳，封以为茔，宰如也。遂请于太夫人，扶柩窆焉。"〔按：上引文有遗漏，见《文集》卷十二〕

女阿珍是年十岁，先生有诗云："阿珍十岁髻双丫，又读诗书又绣花。娘自怒嗔爷自笑，不知辛苦为谁家。"〔《阿珍》，《诗集》卷二十一〕按此阿珍当生于庚辰。

乾隆三十五年,庚寅〔1770〕,先生五十五岁。

杨宏度自邛州来,先生以女阿能寄杨膝下。〔见《喜杨九宏度从邛州来,即事有作》,《诗集》卷二十二〕

尹文端公薨于位,先生作六十韵诗哭之,末云:"羊昙肠断后,永不过西州。"〔《哭望山相公六十韵》,《诗集》卷二十二〕盖一生知遇之厚,无过于文端也。陈文恭公亦于是年薨逝。文恭尝问先生,某颇悔疾恶太严,先生对曰:"公言未是,如果恶耶,疾之严亦何妨?所虑是过也,非恶也。又恐误善为恶,则嫉之且不可,而况严乎?"文恭悚然谢。〔见《东阁大学士陈文恭公传》,《续文集》卷二十七〕

妹秋卿卒。

乾隆三十六年,辛卯〔1771〕,先生五十六岁。

乾隆三十七年,壬辰〔1772〕,先生五十七岁。

方姬卒,年四十九,撰《聪娘墓志》。〔见《小仓山房外集》卷六〕

乾隆三十八年,癸巳〔1773〕,先生五十八岁。

乾隆三十九年,甲午〔1774〕,先生五十九岁。

湖州淘井,得铜印,镌"简斋"二字,阳文,深一米许,宋蒙泉明府以先生字偶同,遂以相饷。按《宋史》陈与义字简斋,曾刺湖州,此印实陈公故物也。〔见《简斋印有序》,《诗集》卷二十四〕

沈凡民葬金陵南门外汤家洼,先生因其无儿,为权攒祭,有诗云:"君葬十三年,我来如一日。"〔见《沈凡民葬南门外汤家墙……》,《诗集》卷二十四〕

乾隆四十年,乙未〔1775〕,先生六十岁。

十月十四日,嗣弟香亭子为己子,取名通。〔《十月十四日嗣香亭子为己子……》,《诗集》卷二十四〕

编《全集》六十卷〔《〈全集〉编成自题四绝句》,《诗集》卷二十四〕,高丽使臣朴齐家等曾以重价购之。〔《诗话补遗》卷四〕

乾隆四十一年,丙申〔1776〕,先生六十一岁。

座主邓逊斋廷尉卒。按戊午科先生与文成公阿桂同出廷尉门,廷尉每称分校得士一文一武云。〔见《哭座主邓逊斋先生有序》,《诗集》卷二十五〕

乾隆四十二年,丁酉〔1777〕,先生六十二岁。

香亭丁内艰,服阕赴蜀中别驾,作五古七章送之。按香亭以亲老呈改近省,应坐补四川宁远缺。〔见《香亭弟僦居白门来往甚欢。今年服阕有仍赴蜀中别驾之行……》,《诗集》卷二十五〕

纳侧室锺氏。

乾隆四十三年,戊戌〔1778〕,先生六十三岁。

二月九日,先生母章太孺人弃养,年九十有四。〔《先妣章太孺人行状》,《续文集》卷二十七〕

七月二十三日,子阿迟生,迟为侧室锺氏出。〔《七月二十三日阿迟生》,《诗集》卷二十五〕时先生族弟春圃观察鉴在苏州勾当公事,接江宁方伯陶君飞递文书,意颇惊骇,拆之,但有红笺十字云:"令兄随园先生已得子矣。"常州赵映川舍人贺以诗云:"佳问有人驰驿报,贺诗经月把杯听。"〔《诗话》卷十二〕

乾隆四十四年,己亥〔1779〕,先生六十四岁。

扫墓杭州,转运使陈药洲夫人,为李存存先生女,见先生名纸,惊曰:"此五十年前先君门下士也。"先生赠药洲诗有"入席东南名士满,通家姓氏小君知"句。〔《赠转运陈药洲先生》,《诗集》卷二十六〕

香亭官江宁南捕通判。

乾隆四十五年,庚子〔1780〕,先生六十五岁。

香亭擢广东太守。〔《香亭任江城别驾一年奉广东太守之命,赋诗送之》,《诗集》卷二十六〕

乾隆四十六年,辛丑〔1781〕,先生六十六岁。

二月,嫁女鹏姑于溧阳史氏,婿名培舆,抑堂侍郎六子也。〔见《诰授资政大夫……史公墓志铭》,《续文集》卷三十二〕

沈省堂观察垂老添一女,与先生子迟结婚,观察尝戏先生曰:"子但能欺人,不能欺天。"先生惊问,曰:"子性儻荡,口无择言,人道是风流人豪耳;及省其私,内行甚敦,与外传闻者不符,岂非欺人乎?然而造物暗中报施不爽,使子衰年有后,终身平善,岂非不能欺天乎?"识者题之。

仿元遗山论诗,得六十八人,独不及沈归愚尚书。〔见《仿元遗山论诗》,《诗集》卷二十七〕

乾隆四十七年,壬寅〔1782〕,先生六十七岁。

游天台,登华顶作歌,到石梁观瀑布,赋天台桃花源诗。〔均见《诗集》卷二十八〕归途过虹桥倪姓家,其西席张孝廉正宰请见,色甚倨,见先生意不甚属,夸其先人元彪最知名,曾与袁子才、商宝意两公交好。先生问:"君曾见袁某否?"曰:"袁在年将大耋,安可见耶?"先生告以"某在斯",乃愕然下拜。〔见《宿虹桥倪姓家,其西席张孝廉请见色甚倨……》,《诗集》卷二十八〕

小住齐次风宗伯家,宗伯久归道山,其弟周南、世南出宗伯集属订。

观大龙湫,至灵峰洞。旋由馆头呼萝茑船渡江,至永嘉,瞻谢康乐像。观瀑石门,谒刘青田祠堂。〔均见《诗集》卷二十八〕至缙云黄碧塘,将宿店矣,望前村瓦屋,缓缓步焉,主人虞姓迎入茗饮,与语不甚了。还寓将眠,闻户外人声嗷嗷,询之,则虞姓兄弟齐来,问:"先生可即袁太史乎?"曰:"是也。"乃手烛照拜,且诧曰:"吾辈都读太史文,以为国初人,今年仅逾花甲,是古人复生矣,岂容遽去?"相与舁至其家,供张甚具,次日陪游仙都。虞氏主人名沅,字启蜀,为唐永兴公后人。〔《赠缙云虞启蜀秀才四首有序》,《诗集》卷二十八〕是行也,以正月二十七日出门,五月二十七日还山。〔《正月廿七日出门,五月廿七日还山》,《诗集》卷二十八〕

乾隆四十八年,癸卯〔1783〕,先生六十八岁。

游黄山,到新安雄村曹侍郎园,同顾厓太史泛舟小南海,未访吴完山先生,赋诗奉寄。登齐云,冒雨至黄山汤口,宿慈光寺,观前明万历宫中赐普门和尚袈裟金钵。端午,至立雪台,望前后海诸山,上莲花峰,遣人登顶取香砂,归宿陵阳镇。有宁氏者,族八千人,云自光武时卜居至今,未曾他徙,先生赠以诗。泛舟齐山,过文选楼,吊昭明太子。至安庆,拜余忠宣公墓,登大观亭。自四月六日出门,至六月五日还山。〔均见《诗集》卷二十九〕

先生女琴姑,于归浦口汪芷林刺史子妇,刺史为先生戊午同年。〔《琴姑于归浦口,作诗送之即索婿和》,《诗集》卷二十九〕

乾隆四十九年,甲辰〔1784〕,先生六十九岁。

子迟入学读书。〔《新正二十日阿迟上学》,《诗集》卷三十〕

香亭时守肇庆,花朝时作岭南之游;由长江上溯,登小姑峰,泊石钟山,至庐山,读《王文成纪功碑》;观瀑香炉峰,过柴桑,乱峰中蹑梯观陶公醉石;上五老峰,从万松坪东下,一路冰条封山。抵南昌,蒋苕生先生力疾追陪,作平原十日饮。遂登舟,从万安至赣州,历十八滩,游南安丫山,度梅岭,游丹霞锦石岩,顺流南下,遍览观音岩、浈阳峡、飞来寺诸奇胜。四月抵肇庆,游披云楼、宝月台、七星岩,均有诗。啖新兴荔枝,访孙补山中丞于广州,复探西樵罗浮各胜境。至江门,谒陈白沙祠,守祠者,以明宣宗聘玉见示。归游顶湖,遂西上,重至桂林,询金德山中丞旧事,惟刘仙庵僧恒远尚能言其颠末。路过潇湘,宿永州太守王蓬心署,访愚溪、钴鉧潭,旋游南岳,登祝融峰,观日出,过洞庭湖,再题贾太傅祠,看雪黄鹤楼,腊底阻风彭泽,在舟中度岁,有自遣诗。次年正月十一日还山,计行程一万三千馀里。〔见《诗集》卷三十〕

乾隆五十年,乙巳〔1785〕,先生七十岁。

乾隆五十一年,丙午〔1786〕,先生七十一岁。

香亭以十二年前摄霍丘县篆,失察民人升科旧案,部议降调,奉旨送部引见。〔《香亭卓荐后欲赋遂初,忽以前任霍丘事镌级……》,《诗集》卷三十一〕

程鱼门太史卒后,妻孥无以为养,先生为致书毕秋帆制军,慨然筹三千金,交桐城章淮树代主营运。太史旧欠先生五千金,先生焚其券,人称风谊。至是复作《毕尚书抚孤行》〔见《诗集》卷三十一〕,推美于毕公,不自居功也。

八月二十八日,出游武夷,过仙霞岭,宿渔梁,观崇安署中赵清献手种梅。到武夷宫,登幔亭峰,从大王峰下乘舟入溪,探九曲,登天游一览楼,览武夷全局。回舟玉山,过七里泷,再到杭州扫墓归。〔均见《诗集》卷三十一〕

乾隆五十二年,丁未〔1787〕,先生七十二岁。

先生于雍正丁未入泮,至是周花甲矣,作《重游泮宫诗》,中云:"已入黉宫换短褐,更教雀弁耀银光。"〔《诗集》卷三十二〕按各官帽上加珊瑚水精诸顶,生监用银,始于雍正四年也。

造生圹成。〔《造生圹》,《诗集》卷三十二〕

乾隆五十三年,戊申〔1788〕,先生七十三岁。

十月,重游沭阳,宿吕峄亭观察家,自甲子至戊申,四十五年矣。有《过虞沟题虞姬庙》诗〔《诗集》卷三十二〕,虞姬,沭阳人也。

乾隆五十四年,己酉〔1789〕,先生七十四岁。

二月八日夜,先生梦老僧入门长揖贺曰:"二十二日将还神位。"问是何年月日,曰:"本月也。"少顷又一道士,如僧所云,竟不验。〔见《二月八日记梦》,《诗集》卷三十二〕

秋,先生病,金姬亦病,先是先生得句云:"好梦醒难寻枕畔,落花扶不上枝头。"自嫌不祥。刘霞裳曰:"先生非花也,其应在金夫人乎!"壬子金果亡。〔《诗话补遗》卷四〕

乾隆五十五年,庚戌〔1790〕,先生七十五岁。

春扫墓杭州,寓西湖孙氏宝石山庄,临行赋云:"一盂麦饭手亲携,走奠先茔泪满衣。生怕欧公迁颍上,泷冈阡畔纸钱稀。""入城要访旧知交,床上人危塞上遥。(玙沙,卫宗,一病危,一谪戍)。吹断山阳一枝笛,此身虽在已魂销。"〔《庚戌春暮寓西湖孙氏宝石山庄,临行赋诗纪事》,《诗集》卷三十二〕孝思交谊,至老益笃。复疾久不愈,作歌自挽,遍索和诗。〔《腹疾久而不愈,作歌自挽,邀好我者同作焉,不拘体不限韵》,《诗集》卷三十二〕

乾隆五十六年,辛亥〔1791〕,先生七十六岁。

三十年前,相士胡文炳相先生六十三生子,七十六考终。后果于六十三岁得子,其年恰符文炳所云之数。至除夕不验,乃作《告存》诗。按是时先生姊长先生七岁,孺人王氏亦七十又五,故先生诗云:"八十三龄阿姊扶,白头内子笑提壶。倘非造化丹青手,谁写《随园家庆图》?"〔《除夕告存戏作七绝句》,《诗集》卷三十三〕奇丽川中丞镌白玉印两方见赠,一曰"仓山叟",一曰"乾隆壬子第一岁老人"。

乾隆五十七年,壬子〔1792〕,先生七十七岁。

八月二十七日,姬人金氏卒。

乾隆五十八年,癸丑〔1793〕,先生七十八岁。

子通就婚杭州。

乾隆五十九年,甲寅〔1794〕,先生七十九岁。

花朝前一日,先生赴友人三游天台之约。

乾隆六十年,乙卯〔1795〕,先生八十岁。

作《八十自寿》诗〔《诗集》卷三十六〕,一时和者麇集,程爱川宗洛和"愁"字韵云:"百事早为他日计,一生常看别人愁。"和"朝"字韵云:"八千里外常扶杖,五十年来不上朝。"为先生称赏。

到溧阳,看女鹏姑,再宿红泉书屋。

子迟就婚苕溪沈氏。再送香亭弟之广东。〔见《再送香亭之广东》,《诗集》卷三十六〕

嘉庆元年,丙辰〔1796〕,先生八十一岁。

重九日扫凡民先生墓,先生年逾八十,奠毕怆然赋诗与诀,有"过来两个十三年"句〔《重九日为凡民先生扫墓……》,《诗集》卷三十六〕。

十二月朔日,先生得孙,通所出。〔《阿通生子赋诗戏之》,《诗集》卷三十六〕

嘉庆二年,丁巳〔1797〕,先生八十二岁。

病痢甚剧,老友张止原以所制大黄相饷,先生毅然服之,三剂而愈。〔《病痢剧甚,张止原老人馈以所制大黄……》,《诗集》卷三十七〕六月,旧痢又作。〔见《旧痢又作》,《诗集》卷三十七〕

作《后知己诗》,自福文襄至纤纤女士,共十一人。〔《诗集》卷三十七〕

就医扬州。按吴山尊先生《仓山外集》题词云:嘉庆丁巳,余侨寓扬州,先生已病,渡江来就医,寓张氏园中。先生以文伏一世,所至倾倒贵游,扶将单门,云挟岱润,风藉春温。其道既广,门墙杂进,一技之微,星士画工,皆附尾借羽,车马填门,珍错承筐。公宴客,集各道渊源以自夸异,先生每谓其婿蓝嘉瑨曰:"山尊不愿在弟子之列,而余集中四六文衣钵当授之。"九月二十夜病,又作《赋绝命词》,并赋《留别随园》诗,有"我本楞严十种仙,揭来游戏小仓巅"句。〔按:二诗原题为《病剧作绝命词留别诸故人》《再作诗留别随园》,均见《诗集》卷三十七〕十一月十七日〔按:为公元1798年1月3日。〕先生卒,嘉庆三年十二月乙卯,葬小仓山北,祔先生父母墓之左。

袁枚年谱简编

王英志 撰

袁枚年谱见到3种。最早为方濬师于清同治九年庚午(1870)所撰之《随园先生年谱》,是谱虽系简谱,但有开拓之功,且甚简洁,其"以诗集编年为纲,而于《文集》《诗话》中所记述,悉心考证,书其行谊之大者,其馀琐屑不关轻重之事,概从删削",并对袁枚著作讹误处有所订正(见《凡例》)。但其引述袁枚著作,或不注出处,或出处不具体,读者不便核查,为此笔者曾对其加以注释(见拙编《袁枚全集》附录《随园先生年谱》)。其次是杨鸿烈所著《袁枚评传》第二章之《年谱》(下简称杨谱),篇幅大增,事无巨细,尽量记载,引述详细,出处大都较具体(偶有疏漏),尤重引证袁枚作为其所谓"伟大的思想家"的言论,纪年或有讹误。最近者为傅毓衡著《袁枚年谱》(下简称傅谱),约20万字,后来居上,记述更加全面,内容更为丰富,纪年偶有错误。以上三谱各有千秋,但也有共同的不足,即传主思想特别是作为乾隆诗坛盟主、性灵说的倡导者的诗学思想的发展脉络不甚清楚,缺乏历史嬗变的轨迹勾勒。鉴于此,撰此简谱,在参考三谱的基础上,希望对三谱之不足有所弥补,试图在有限的篇幅内,抓住传主思想行状之大者,简述其发展的历程。

康熙五十五年丙申(1716) 一岁

三月初二日(3月25日),袁枚生于杭州。祖锜,父滨,母章氏。祖籍慈溪(今浙江宁波)。

四部丛刊本姚鼐《惜抱轩文集》卷十三《袁随园君墓志铭并序》云:

"祖讳锜,考讳滨,叔父鸿,皆以贫游幕四方。"

康熙五十九年庚子(1720) 五岁

受孺姑沈氏启蒙教育。

《小仓山房诗集》(下简称《诗集》)卷十《秋夜杂诗》十五首其八云:"我年甫五岁……其时有孺姑,亦加鞠育恩,授经为解义,嘘背分馀温。"

康熙六十一年壬寅(1722) 七岁

接受正式私塾教育。

《随园诗话》(下简称《诗话》)卷九:"康熙壬寅,余七岁,受业于史玉瓒先生。"

雍正二年甲辰(1724) 九岁

学习作诗①。

《诗话》卷六云:"余幼时家贫,除四书五经外,不知诗为何物。一日,业师外出,其友张自南先生携书一册,到馆求售,留札致师云:'适有亟需,奉上《古诗选》四本,求押银二星,实荷再生,感非言罄。'余舅氏章升扶见之,语先慈曰:'张先生以二星之故,而词哀如此,急宜与之,留其诗可,不留其诗亦可。'予年九岁,偶阅之,如获珍宝,始《古诗十九首》,终于盛唐,俟业师他出,及岁终解馆时,便吟咏而摹仿之。呜呼!此余学诗所由始也。"

雍正五年丁未(1727) 十二岁

举秀才,入县学。

《诗话》卷九云:"受业师史玉瓒先生,雍正丁未年同入学。"《随园

---

① 傅谱云:雍正元年癸卯(1728)八岁,"是年,与其同庚友仲蕴檠初学作诗,彼此吟成,便携袖中,冒雨欣赏"。(《诗话》卷十三)按,《诗话》所记乃雍正十一年癸丑(1733)事,傅谱误作"癸卯"而提前。

集外诗》卷一《入学雍正五年丙午科试》①："不会文章也秀才,功名迟早有应该。"

雍正六年戊申(1728)　十三岁

赋诗言志。

《诗集》卷三十六《记得》云："记得儿时语最狂:'立名最小是文章。'(十三岁先生命赋诗言志。)"《诗话》卷十四:"余幼《咏怀》云:'每饭不忘惟竹帛,立名最小是文章。'先师嘉其有志。"

雍正七年己酉(1729)　十四岁

作《郭巨埋儿论》。

《诗话》卷十二云:"余集中有《郭巨埋儿论》,年十四所作,秉姑训也。"

雍正八年庚戌(1730)　十五岁

补为增生。

《诗话补遗》卷一云:"十五岁,受李安溪先生清植知,补增。"

雍正十一年癸丑(1733)　十八岁

受知于浙江总督程元章,入万松书院。

《诗话补遗》卷四云:"雍正癸丑,余年十八,受知于吾乡总督程公元章,送入万松书院肄业。其时,掌教者为杨文叔先生,讳绳武,癸巳翰林,丰才博学,蒙有国士之知。"

雍正十二年甲寅(1734)　十九岁

受知于帅兰皋学使,食饩,补廪生。

《诗话补遗》卷一:"十九岁,受帅兰皋先生念祖知,食饩。"

雍正十三年乙卯(1735)　二十岁

应杭州博学鸿词试(落选)。应科试(获乡试资格)。

---

① "丙午"系"丁未"之误。

《诗话》卷十四云:"雍正乙卯春,余年二十,与周兰坡先生同试博学鸿词于杭州府制。其时,主考者总督程公元章、学使帅公念祖。"《诗话》卷十二云:"余乙卯科试,考列前茅。其时在帅学使幕中,阅卷者邵君昂霄也。"

乾隆元年丙辰(1736)　　二十一岁

赴广西投奔叔父袁鸿(字健磐)。被广西抚军金䥽(字震方)举荐参加博学鸿词试,报罢。

《小仓山房文集》(下简称《文集》)卷首《随园老人遗嘱》云:"汝祖(引者按,袁滨)因叔父健磐公在广西金抚军幕中,与我二金,托柴东升先生带至江西高安署中;借我二十金,坐倒划船到广,受尽饥寒。时乾隆丙辰端午前一日也……次日引见金公,蒙国士之知,非常矜宠,留住三个月,保荐博学鸿词,送银一百二十金,遣人办装,护送至京。此六十年来,生平第一知己也。廷试报罢,落魄一年。"

《小仓山房诗集》收诗从此年起。卷一收丙辰、丁巳、戊午三年诗,首篇《钱塘江怀古》。

乾隆三年戊午(1738)　　二十三岁

中顺天戊午乡试举人。

《诗集》卷二十一《戊午榜发作一诗寄戊午座主邓逊斋先生一首》有句云:"觥觥邓夫子,两目秋光鲜,书我到榜上,拔我出深渊。"

乾隆四年己未(1739)　　二十四岁

春闱中进士,名列第五,选庶吉士,入翰林院,习满文。

《诗集》卷二《胪唱》云:"一声胪唱九天闻,最是三株树出群。我愧牧之名第五,也随太史看祥云。"《入翰林》有句云:"弱水蓬山路几重,今朝身到蕊珠宫。"《文集》卷首《随园老人遗嘱》云:"乾隆四年,蒙皇上恩点入词林,以少年故派习清书。"

冬乞假归娶王氏。有《乞假归娶留别诸同年》《到家》《催妆》诸诗。

243

《诗话》卷四云:"己未冬,余乞假归娶。"

乾隆七年壬戌(1742)　二十七岁

庶吉士三年期满,满文考试不及格,外放江南县令。有《散馆纪恩》诸诗。

《文集》卷八《武英殿大学士太傅鄂文端公行略》云:"壬戌,试翰林翻译,枚最下等,公所定也。启糊名,大恨,召枚往赐饭,与深语,且曰:'观汝壮貌,天子必用汝。汝为外吏,必职办。或忧汝能文不任吏事,非知汝者。'"《诗集》卷三《改官白下留别诸同年》四首其一有句云:"生本粗才甘外吏,去犹忍泪为诸公。"其三云:"此去好修《循吏传》,当年枉读《上清书》。"

五月抵江苏溧水任县令,六月即改任江浦县令,年底又调任沭阳县令。

《诗集》卷三有《自溧水移知江浦留别送者》《从江浦移知沭阳,秀才李应、熊成元等送余渡江,淹留弥日,赠之以诗》。

乾隆八年癸亥(1743)　二十八岁

改任沭阳县令,率领百姓抗灾、捕蝗。有《沭阳杂兴八首》诸诗。

《诗话》卷十六云:"乾隆癸亥,余宰沭阳。"《诗集》卷三《捕蝗曲》:"亟捕蝗,亟捕蝗,沭阳已作三年荒。水荒犹有稻,蝗荒将无粱。焚以桑柴火,买以柳叶筐。儿童敲竹枝,老叟围山冈。风吹县官面似漆,太阳赫赫烧衣裳……"

乾隆九年甲子(1744)　二十九岁

秋赴江宁任江南乡试同考官阅卷。有《就聘南纬舟中作》诸诗。

《诗话》卷十三云:"余甲子分校南闱,题《乐则舞韶》。"

乾隆十年乙丑(1745)　三十岁

沭阳政绩佳,春移知巨邑江宁。有《沭阳移知江宁,别吏民于黄河岸上》诸诗。

《诗集补遗》卷一《出沭阳口号》云:"征衫斜挂早春天,绾绶潼阳愧两年。路饯酒倾七十里,赠行诗载一千篇。无情胥吏多垂泪,满地儿童尽折鞭。平日使君嫌枳棘,者回回首亦潸然。"

虽仍勤于政务,而厌于作俗吏,萌生归隐之意。

《诗集》卷四《俗吏篇》云:"劝食升米把酒止,古来作吏俗而已。矧我作吏赤禁全,请言其俗一鞭然:三年没阶趋下风,九转丹成跪拜工。金鸡初鸣出门去,夕阳来下牛羊同。有时供具应四方,缝人染人兼酒浆……"《诗集补遗》卷一《俗吏篇》更有句云:"何不高歌《归去来》,也学先生种五柳。"程绵庄《青溪文集》卷九《与江宁袁简斋明府》后所附《袁明府复札》云:"仆性懒散,于官无所宜,犹不宜县令。既已无可奈何,则拳韝鞠跽,随行而趋。譬如深山之鹤,养之甚驯,其意未尝忘烟霄也,一旦得间则引去。"

论诗初重性情、反格调。

《诗集》卷四《答曾南村论诗》云:"提笔先须问性情,风裁休划宋元明。八音分列官商韵,一代都存《雅》《颂》声。秋月气清千处好,化工才大百花生。怜予官退许偏进,虽不能军好论兵。"

广招弟子,徐园高会。

《诗话》卷十三:"徐园高会时,余首唱一首,诸生和者十九人。"

门下士谈毓奇为刻《双柳轩诗文集》二册,是袁枚诗文首次编集付梓。

《诗话补遗》卷四:"余宰江宁时,门下士谈毓奇为刻《双柳轩诗文集》二册。罢官后,悔其少作,将板焚毁。后《小仓山房集》中,仅存十分之三。"据陈正宏《从单刻到全集:被粉饰的才子文本》(《中山大学学报》2008年第一期)考证,《双柳轩诗文集》刻于乾隆十年与十一年之间,姑置此年。

乾隆十二年丁卯(1747) 三十二岁

尹继善表荐知高邮州,部议不果。有《奏擢高邮牧部议不果》诸诗。

《诗集》卷五《秋夜与故人同宿作》小序云:"余与同年曾南村、黄笠潭改翰林为令,官江南六年。丁卯九月,二公校秋闱毕,来宿署中。时南村已迁广德,而余刺秦邮之信,部议不果。"

购得隋赫德织造隋园,改名"随园"①。有《初得随园,王孟亭、沈补萝、商宝意载酒为贺得"园"字》诗。

《诗话》卷五云:"戊辰(按,乾隆十三年)秋,余初得织造隋园,改为'随园'。王孟亭太守,商宝意、陶西圃二太史,置酒相贺,各以诗见赠。"按,此说与是年所作《初得随园,王孟亭、沈补萝、商宝意载酒为贺得"园"字》诗相较,年代晚一年,相贺人名也不同,当系晚年撰诗话误记,应以编年诗年代为准。

乾隆十三年戊辰(1748)　三十三岁

冬,辞官归随园,年底返乡。

《诗集》卷五《解组归随园》二首其二云:"满园都有山,满山都有书。一一位置定,先生赋归欤。儿童送我行,香烟满路隅。我乃顾之笑:浮名亦空虚。只喜无愧怍,进退颇宽如。仰视天地间,飞鸟亦徐徐。"

乾隆十四年己巳(1749)　三十四岁

春节后携从弟袁树(字豆村,号香亭)、甥陆建(字豫庭,号湄君)入住随园,建造随园。有《与家弟香亭、甥陆豫庭家居随园……》诗。三月作《随园记》。

《文集》卷十二《随园记》云:"金陵自北门桥西行二里,得小仓山。

---

① 傅谱云:乾隆十三年戊辰秋,购得隋氏织造园。乃据《诗话》所记,不确,应以编年诗为准。

山自清凉胚胎,分两岭而下,尽桥而止,蜿蜒狭长,中有清池水田,俗称干河沿。河未干时,清凉山为南唐避暑所,盛可想也。凡称金陵之盛者:南曰雨花台,西南曰莫愁湖,北曰锺山,东曰冶城,东北曰孝陵,曰鸡鸣寺;登小仓山诸景隆然上浮。凡江湖之大,云烟之变,非山之所有者,皆山之所有也。康熙时织造隋公,当山之北巅,构堂皇,缭垣墉,树之荻千章,桂千畦,都人游者,翕然盛一时,号曰隋园,因其姓也。后三十年,余宰江宁,园倾且颓,弛其室为酒肆,舆台嚾呶,禽鸟厌之,不肯妪伏,百卉芜谢,春风不能花。余恻然而悲,问其值,曰三百金,购以月俸。茨墙剪阖,易檐改途。随其高为置江楼,随其下为置溪亭,随其夹涧为之桥,随其湍流为之舟,随其地之隆中而欹侧也为缀峰岫,随其蓊郁而旷也为设宦窔。或扶而起之,或挤而止之,皆随其丰杀繁瘠,就势取景而莫之夭阏者,故仍名曰'随园',同其音易其义。落成叹曰:'使吾官于此,则月一至焉;使吾居于此,则日日至焉。二者不可得兼,舍官而取园者也。'遂乞病率弟香亭、甥湄君移书史居随园。闻之苏子曰:'君子不必仕,不必不仕。'然则余之仕与不仕,与居兹园之久与不久,亦随之而已。夫两物之能相易者,其一物之足以胜之也。余竟以一官易此园;园之奇,可以见矣。己巳三月记。"

论诗重个性,尚天机、巧匠,加上上引重性情、反格调,性灵说内涵基本具备。

《诗集》卷六《读书二首》其二:"我道古人文,宜读不宜仿。读则将彼来,仿乃以我往。面异斯为人,心异斯为文。横空一赤帜,始足张我军。"《示香亭》:"对景生天机,随心发巧匠。"

乾隆十七年壬申(1752)　　三十七岁

经济拮据,出山赴陕任职;丁父忧,年底即返归随园。沿途有《赴官秦中》《峡石望二陵》《潼关》诸诗。

《续文集》卷二十七《先妣章太孺人行状》有云:"壬申,枚改官秦中。"《诗集》卷八《归随园后陶西圃需次长安,入山道别》三首其一句云:"策马西归日未曛,河梁重向草堂闻。对床烛剪三更雪,开卷诗添万里云。"

乾隆十八年癸酉(1753)　三十八岁

改造随园,入山志定。七月作《随园后记》。

《文集》卷十二《随园后记》有云:"余居随园三年,捧檄入陕,岁未周而仍赋归来,所植花皆萎,瓦斜堕,梅灰脱于梁,势不能无改作……余今年裁三十八,入山志定,作之居之,或未可量也。乃歌以矢之曰:'前年离园,人劳园荒。今年来园,花密人康。我不离园,离之者官。而今改过,永矢勿谖!'癸酉七月记。"

赋诗批程朱理学。

《诗集》卷九《题竹垞〈风怀〉诗后有序》序云:"竹垞晚年自订诗集,不删《风怀》一首,曰:'宁不食两庑特豚耳!'此戆言也。按元明崇祀之典颇滥,盖有名行无考,附会性理数言,遽与程朱并列。竹垞耻之,托词自免,意盖有在也。不然,使竹垞删此诗,其果可以厕两庑乎?亦未必然矣。"诗云:"尼山大道与天侔,两庑人宜绝顶收。争奈升堂寮也在,楚狂行矣不回头!"

乾隆十九年甲戌(1754)　三十九岁

赵翼(字云松,号瓯北)于尹继善署中见袁枚诗册而题诗。

《随园诗话》卷十云:"乾隆癸酉①,尹文端公总督南河,赵云松中翰入署,见案上有余诗册,戏题云:'八扇天门诀荡开,行间字字走风雷。子才果是真才子,我要分他一斗来。'"②

---

① 据《诗集》卷十一《题庆雨林诗册并序》,"癸酉"系"甲戌"之误,详后文"乾隆二十年乙亥(1755)　四十岁"条。
② 《瓯北集》卷三《尹制府幕中题袁子才诗册》四首,删去此诗,可能戏题之作与四首风格不合。

邀李方膺(字虬仲,号晴江、白衣山人)至随园赏梅画梅。

《诗集》卷十《白衣山人画梅歌赠李晴江》有句云:"随园二月中,梅蕊初离离。春风开一树,山人画一枝。春风不如两手速,万树不如一纸奇。"

初知蒋士铨(字心馀、苕生,号藏园)诗。

《诗话》卷一云:"余甲戌春,往扬州,过宏济寺,见题壁云。(略)末无姓名,但著'苕生'二字。余录其诗,归访年馀。熊涤斋先生告以苕生姓蒋,名士铨,江西才子也。且为通其意。苕生乃寄余诗云:'鸿爪春泥迹偶存,三生文字系精魂。神交岂但同倾盖,知己从来胜感恩。'"

终养文书,吏部批复,与仕途彻底告别。

《诗集》卷十《喜终养文书部覆已到》句云:"一纸陈情奉板舆,九重恩许赋闲居。"

乾隆二十年乙亥(1755)　四十岁

见赵翼题诗册诗,回赠七律一首,此为二人相交之始。

《诗集》卷十一《题庆雨林诗册并序》序云:"甲戌春,在清江为雨林公子(按,尹继善子)书诗一册。隔年,公子随宫保渡江,余病起入见,见瓯北赵君题墨矜宠,不觉变惭颜为欣矙。重书长句呈公子,并呈赵君。"诗有句云:"海内芝兰怜臭味,钧天丝竹奏《箫韶》。何时同作萧郎客,君夺黄标我紫标。"

自编新诗十卷。

《诗集》卷十一《编得》二首其二云:"编得新诗十卷成,自招黄鸟听歌声。临池照影私心语:不信我无后世名!"

乾隆二十一年丙子(1756)　四十一岁

还杭州,重过旧居。有《还武林出城作》诸诗。

《诗集》卷十二《过葵巷旧宅》云:"久将桑梓当龙荒,旧宅重过感倍长。梦里烟波垂钓处,儿时灯火读书堂。难忘弟妹同嬉戏,欲问邻翁半死亡。三十三年多少事,几间茅屋自斜阳。"

乾隆二十二年丁丑(1757)　四十二岁

再改随园。三月作《随园三记》。

《文集》卷十三《随园三记》有云:"……孟子亦云:'人有不为也,而后可以有为。'吾于园则然。弃其南,一椽不施,让烟云居,为吾养空游所;弃其寝,堕剥不治,俾妻孥居,为吾闭目游所。山起伏不可以墙,吾露积不垣,如道州城,蒙贼哀怜而已;地隆陷不可以堂,吾平水置埶,如史公书,旁行斜上而已……此治园之法也,亦学问之道也。丁丑三月记。"

乾隆二十三年戊寅(1758)　四十三岁

蒋士铨入翰林,作诗寄之。

《诗集》卷十四《寄蒋苕生太史并序》二首其一云:"豆蔻花开月二分,扬州壁上最怜君。应、刘才调生同世,嵇、吕交情隔暮云。《大礼赋》成南内献,清商歌满六宫闻。为他萧寺题诗者,曾把纱笼手自薰。"

赴扬州转运使卢见曾(字抱孙,号雅雨山人)招游红桥集三贤祠,结识郑燮(字克柔,号板桥),互有赠诗。有《扬州转运卢雅先生招游红桥,集三贤祠赋诗》诸诗。

《诗集》卷十四《投郑板桥明府》云:"郑虔三绝闻名久,相见邗江意倍欢。遇晚共怜双鬓短,才难不觉九州宽。(君云:"天下虽大,人才有数。")红桥酒影风灯乱,山左官声竹马寒。底事误传坡老死,费君老泪竟虚弹?(有误传余死者,板桥大恸。)"①《郑板桥集》有郑燮《赠袁枚》断句云:"室藏美妇邻夸艳,君有奇才我不贫。"四川博物馆藏有全诗墨

---

① 据喻蘅《郑燮与袁枚交谊考辨》(《复旦学报》1987年第4期),此诗当时只有"遇晚"一联,全诗则是晚年"自我作古,精心杜撰"。盖袁小郑二十三岁,当时却称郑为"君",而自称"坡老",亦不可能。甚是。

迹,字句不同:"晨星断雁几文人,错落江河湖海滨。抹去春秋自花实,逼来霜雪更枯筠。女称绝色邻夸艳,君有奇才我不贫。不买明珠买明镜,爱他光怪是先秦。"

乾隆二十四年己卯(1769)　四十四岁

有重要诗作《子才子歌示庄念农》抒怀,为自己半生画像。

《诗集》卷十五《子才子歌示庄念农》云:"子才子,颀而长,梦束笔万枝,为桴浮大江,从此文思日汪洋。十二举秀才,二十试明光,廿三登乡荐,廿四贡玉堂。尔时意气凌八表,海水未许人窥量。自期必管、乐,致主必尧、汤。强学佉卢字,误书灵宝章,改官江南学趋跄。一部《循吏传》,甘苦能亲尝。至今野老泪簌簌,颇道我比他人强。投帻大笑,善刀而藏,歌《招隐》,唱《迷阳》:此中有深意,晓人难具详。天为安排看花处,清凉山色连小仓。一住一十有一年,萧然忘故乡。不嗜音,不举觞,不览佛书,不求仙方;不知《青乌经》几卷,不知菖蒲齿几行。此外风花水竹无不好,搜罗鸡碑雀篆盈东厢。牵鄂君衣,聘邯郸倡;长剑陆离,古玉丁当。藏书三万卷,卷卷加丹黄。栽花一千枝,枝枝有色香。六经虽读不全信,勘断姬、孔追微茫。眼光到处笔舌奋,书中鬼泣鬼舞三千场。北九边,南三湘,向禽五岳游,贾生万言书,平生耿耿罗心肠。一笑不中用,两鬓含轻霜,不如自家娱乐敲官商。骈文追六朝,散文绝三唐。不甚喜宋人,双眸不盼两庑旁,惟有歌诗偶取将。或吹玉女箫,绵丽声悠扬;或披九霞帔,白云道士装。或提三军行古塞,碧天秋老吹《甘凉》;或拔鲸牙敲龙角,齿牙闪烁流电光。发言要教玉皇笑,摇笔能使风雷忙。出世天马来西极,入山麒麟下大荒。生如此人不传后,定知此意非穹苍。就使仲尼求鲁东,大禹出羌,必不呼子才子为今之狂。既自歌,还自赠,终不知千秋万世后,与李、杜、韩、苏谁颉颃?大书一笔问蒙庄!"

赋《随园二十四咏》,全面介绍随园景物处所,如金石藏、绿晓阁、柳谷、因树为屋、回波闸、小栖霞、南台、水精域、渡雀桥、蔚蓝天等。

《诗集》卷十五《随园二十四咏》，如《书仓》云："聚书如聚谷，仓储苦不足。为藏万古人，多造三间屋。书问藏书者：几时君尽读？"《小眠斋》云："秋斋号小眠，空廊无响屧。读倦偶枕书，书痕印满颊。不知窗外花，飞过几蝴蝶。"《双湖》云："我取西子湖，移在金陵看。时将双镜白，写出群花寒。前胡饶荷叶，后湖多钓竿。"

乾隆二十七年壬午（1762） 四十七岁

为弟子陈梅岑诗卷题诗。

《诗集》卷十七《题陈梅岑诗卷》二首其一云："元郎秋夕清都夜，都是吟成十六时。似尔一编清似雪，论年还更小微之。"

返乡扫墓。有《舟近钱塘望西湖山色，因感旧游》诸诗。

《诗集》卷十七《陇上作》云："扫墓先为别墓愁，此来又隔几经秋。每思故国期还赵，忍向重泉说报刘。华表风前乌绕树，纸灰烟里客回头。怀中襁褓今斑白，地下相看也泪流。"

乾隆二十八癸未（1763） 四十八岁

诗赠沈德潜。重要诗学文献《答沈大宗伯论诗书》、《再与沈大宗伯书》约亦写于此年或其前一二年的时间。

《诗集》卷十七《赠归愚尚书》二首其一云："九十诗人卫武公，角巾重接藕花风。手扶文运三朝内，名在东南二老中。（上赐诗："二老江浙之大老。"）健比张苍偏淡泊，廉如高允更清聪。当时同咏《霓裳》客，得附青云也自雄。"《文集》卷十七《答沈大宗伯论诗书》有云："尝谓诗有工拙，而无今古。自葛天氏之歌至今日，皆有工有拙；未必古人皆工，今人皆拙。即《三百篇》中，颇有未工不必学者，不徒汉、晋、唐、宋也。今人诗有极工极宜学者，亦不徒汉、晋、唐、宋也。然格律莫备于古，学者宗师，自有渊源。至于性情遭际，人人有我在焉，不可貌古人而袭之，畏古人而拘之也……唐人学汉魏变汉魏，宋人学唐变唐。其变也，非有心于变也,乃不得不变也。使不变,则不足以为唐,不足以为宋也……至所云'诗贵温柔,不可说尽,又必关人伦日用',此数语有褒衣大袑气象,仆口不敢非先生,而心不敢是先生。何也?孔子之言,《戴经》不足据也,惟《论语》为足据。子曰'可以兴'、'可以群',此指含蓄者言之,如《柏舟》、《中谷》是也。曰'可以观'、'可以怨',此指说尽者言之,如'艳妻煽方处'、'投畀豺虎'之类是也。曰'迩之事父,远之事君',此诗之有关系者也。曰'多识于鸟兽草木之名',此诗之无关系者也。仆读诗常折衷于孔子,故持论不得不小异于先生,计必不以为僭。"《文集》卷十七《再与沈大宗伯书》有云:"闻《别裁》中独不选王次回诗,以为艳体不足垂教。仆又疑焉。夫《关雎》即艳诗也,以求淑女之故,至于'辗转反侧'。使文王生于今,遇先生,危矣哉!《易》曰:'一阴一阳之谓道。'又曰:'有夫妇然后有父子。'阴阳夫妇,艳诗之祖也。傅鹑觚善言儿女之情,而台阁生风;其人,君子也。沈约事两朝,佞佛,有绮语之忏;其人,小人也。次回才藻艳绝,阮亭集中,时时窃之。先生最敬阮亭,不容都不考也。选诗之道,与作史同……"

与施兰垞论诗(同与沈德潜论诗时间接近,故亦列于此)。

《文集》卷十七《答施兰垞论诗书》有云:"足下见仆《答沈大宗伯书》,不甚宗唐,以为大是。蒙辱诪言,欲相与倡宋诗以立教。嘻,子之惑,更甚于宗伯。仆安得无言?夫诗,无所谓唐、宋也。唐、宋者,一代之国号也,与诗无与也。诗者,各人之性情耳,与唐、宋无与也。若拘拘焉持唐、宋以相敌,是子之胸中有已亡之国号,而无自得之性情,于诗之本旨已失矣……"

乾隆三十年乙酉(1765)　五十岁

蒋士铨乞假养母,寄居江宁。袁枚与蒋氏相会,来往频繁。有《题蒋苕生太史〈归舟安稳图〉》诗。

蒋士铨《忠雅堂诗集》卷十三《偕袁简斋前辈游栖霞》十五首其一

有句云:"春风来城隅,吹我出东郭。言偕潇洒人,取径度林薄。"《邀尹公子似村、陈公子梅岑、李大令竹溪过随园看梅小饮用前韵》云:"池馆都无一点尘,濠梁鱼鸟自来亲。看花时节闲非易,招隐情怀懒是真。久托龙眠图雅集,竟邀宋玉过东邻。红绡绿萼皆仙眷,解劝深杯莫厌频。"

乾隆三十一年丙戌(1766)　五十一岁

三月作《随园四记》。

《文集》卷十二《随园四记》有云:"今视吾园,奥如环如,一房毕复一房生,杂以镜光,晶莹澄澈,迷乎往复,若是者于行宜。其左琴,其上书,其中多尊罍玉石,书横陈数十重,对之时偶然以远,若是者于坐宜……余得园时,初意亦不及此。二十年来,庸次比偶,艾杀此地,弃者如彼,成者如此。既镇其薉矣,夫何加焉?年且就衰,以农易仕,弹琴其中,咏先王之风,是亦不可以已乎?后虽有作者,不过洒渚之事,丹垩之饰,可必其无所更也。宜为文纪成功,而分疏名目,以效辋川云。"

乾隆三十二年丁亥(1767)　五十二岁

三妹袁机乾隆二十四年(1759)卒,是年冬落葬随园。作《祭妹文》。

《文集》卷十四《祭妹文》有云:"乾隆丁亥冬,葬三妹于上元之羊山,而奠以文曰:呜呼!汝生于斯,而葬于斯,离吾乡七百里矣。当时虽觭梦幻想,宁知此为归骨所耶?汝以一念之贞,遇人仳离,致孤危托落;虽命之所存,天实为之。然而累汝至此者,未尝非予之过也。予幼从先生授经,汝差肩而坐,爱听古人节义事。一旦长成,遽躬蹈之。呜呼!使汝不识《诗》《书》,或未必艰贞若是……呜呼!身前既不可想,身后又不可知。哭汝既不闻汝言,奠汝又不见汝食。纸灰飞扬,朔风野大。阿兄归矣,犹屡屡回头望汝也。呜呼哀哉!呜呼哀哉!"

作《续诗品三十二首有序》。性灵说诗学思想已成熟。此期间袁枚已渐取沈德潜而代之,为诗坛盟主。

《诗集》卷二十《续诗品三十二首有序》序云:"余爱司空表圣《诗品》,惜其只表妙境,未写苦心,为若干首续之。"三十二首为《崇意》、《精思》、《博习》、《神悟》、《即景》、《勇改》、《着我》、《戒偏》、《割忍》、《求友》、《拔萃》、《灭迹》。《清诗话》本杨复吉跋云:"简斋先生之诗,梨枣久登,传布未广。今读《三十二品》而《小仓山房全集》可概见矣。鸳鸯绣出,甘苦自知,直足补表圣所未及,续云乎哉!"

孙原湘《天真阁集》卷四十一《籁鸣诗草序》,称"乾隆三十年以前,归愚宗伯主盟坛坫",以后则"小仓山房出而专主性灵"。

乾隆三十三年戊子(1768)　五十三岁

三改随园。作《随园五记》。

《文集》卷十二《随园五记》有云:"余离西湖三十年,不能无首丘之思。每治园,戏仿其意,为堤为井,为里、外湖,为花港,为六桥,为南、北峰。当营构时,未尝不自计曰:以人功而仿天造,其难成乎?纵几于成,其果吾力之能支,吾年之能永否?今年幸而皆底于成。嘻!使吾居故乡,必不能终日离家以游于湖也。而兹乃居家如居湖,居他乡如故乡。骤思之,若甚幸焉;徐思之,又若过贪焉……戊子三月记。"

乾隆三十五年庚寅(1770)　五十五岁

作《随园六记》,记上年葬父与是年为自己营造生圹事。

《文集》卷十二《随园六记》有云:"……有形家来谋园西为兆域者。余闻往视,则小仓山来脉平远夷旷,左右有甗隒岸陚,草树蒙翳,封以为茔,宰如也。因思予有地,廿年不知,一旦而知,毋亦先君子之灵有以诏我乎?遂请于太夫人,以己丑十二月十六扶柩窆焉。""茔旁隙地旷如,余仿司空表圣故事,为己生圹。将植梅花树松,与门生故人诗饮其中。若是者何?子随父也。圹界为二,俾异日夹沟可庪。若是者何?妻随夫也。圹尾留斩板者又数处。若是者何?妾随妻也。沿茔而西,有高岭窣衍而长,凡傔从、扈养、婢妪之亡者,聚而瘗焉。若是者何,仆随主也。嗟乎! 古人以庐墓为孝,生圹为达,瘗狗马为仁。余以一园之故,冒三善而名焉。诚古今来园局之一变,而'随'之时义通乎生死昼夜,推恩锡类,则亦可谓大矣,备矣,尽之矣。今而后,其将无记,则尤不可不记也。庚寅五月记。"

乾隆三十六年辛卯(1771)　五十六岁

恩师尹继善去世。作《哭望山相公六十韵》、《文华殿大学士尹文端公神道碑》。

《诗集》卷二十二《哭望山相公六十韵》有句云:"上界台星落,空山老泪流。安危天下系,知己一生休。竟舍苍黎去,谁分圣主忧。"

在杭州与蒋士铨见面。

《诗集》卷二十二《在杭州晤苕生太史,即事有赠》有句云:"闻君远在会稽山,欲往从之江水艰;闻君近来会城里,未见君颜心已喜……乌鸦飞过暮色苍,与君重登太守堂。新诗未读一卷尽,夜鼓已作千回撞。我归萧寺君渡江,相思明日仍茫茫。"蒋士铨《忠雅堂诗集》卷十九辛卯年有《杭州》一诗。

乾隆四十年乙未(1775)　六十岁

春赴苏州赏梅,避生日,集女校书百人"雅集"。为金三姐官司事向苏州太守孔南溪求情。

《小仓山房尺牍》(下简称《尺牍》)卷四《与苏州孔南溪太守》:"仆老矣! 三生杜牧,万念俱空。只花月因缘,犹有狂奴故态。今春六十生辰,仿康对山故事,集女校书百人,唱《百年歌》,作雅会。买舟治下,欲为寻春之举;而吴宫花草,半属虚名,接席衔杯,了无当意。惟有金三姐者,含睇宜笑,故是矫矫于庸中,遂同探梅邓尉而别。刻下接萧娘一纸,道为他事牵引,就鞠黄堂,将有月缺花残之恨。其一切颠末,自有令甲,凭公以惠文冠弹治之,非仆所敢与闻。但念小妮子,蕉叶有心,虽知卷雨,而杨枝无力,只好随风。偶茵溷之误投,遂穷民而无告。管敬仲女闾三百,生此厉阶,似乎君家宣圣复生,亦当在少者怀之之例,而必不'以杖叩其胫'也。且此辈南迎北送,何路不通?何不听请于有力者之家,而必远求数千里外之空山一叟,可想见夫子之门墙,壁立万仞,而非仆不足以替花请命耶?元微之诗云:'寄语东风好抬举,夜来曾有凤凰栖。'敬为明公诵之。"《诗话》卷九:"孔得札后,覆云:'凤鸟曾栖之树,托抬举于东风;惟有当作召公之甘棠,勿剪伐而已。'二札风传一时。"

编成《全集》六十卷。后高丽使臣朴齐家等欲以重价购之。

《诗集》卷二十四《〈全集〉编成自题四绝句》其一云:"不负人间过一回,编成六十卷书开。莫嫌覆瓮些些物,多少功勋换得来。"《诗话补遗》卷四:"方明府于礼从京师来,说高丽国使臣朴齐家以重价购小仓山房集及刘霞裳诗,竟不可得,怏怏而去。"按,此事年代当在《全集》编成后不久。

乾隆四十一年丙申(1776)　六十一岁

赠赵翼《全集》一部,翌年赵翼有题诗。

《瓯北集》卷二十三《题袁子才小仓山房集》二首其一云:"其人与笔两风流,红粉青山伴白头。作宦不曾逾十载,及身早自定千秋。群儿漫撼蚍蜉树,此老能翻鹦鹉洲。相对不禁惭饭颗,杜陵诗句只牢愁。"

乾隆四十二年丁酉(1777)　六十二岁

《随园随笔》编成①。有《平生观书必摘录之,岁月既多卷页繁重,存弃两难,感而赋诗》诗。

《随园随笔》自序有云:"入山三十年,无一日不观书,性又健忘,不

---

① 傅谱云:乾隆四十三年《随园随笔》编成。不确。

得不随时摘录:或识大于经史,或识小于稗官;或贪述异闻,或微抒己见。疑信并传,回冗不计,岁月既久,卷页遂多,皆有资于博览,付之焚如,未免可惜。乃题《随园随笔》四字,以存其真。"

乾隆四十三年戊戌(1778)　六十三岁

二月九日,母章太孺人弃养,年九十有四。作《先妣章太孺人行状》。

《续文集》卷二十七《先妣章太孺人行状》有云:"呜呼!枚辞官奉母,垂三十年。太孺人寿将满百,神明未衰。海内之人,知与不知,争来问讯。以为储休祐,所以享此遐龄者,必非无因。枚亦思有所称引,以宣扬太孺人之徽音,而曾曾未逮。今年春,太孺人抱恙;枚不孝,医巫不具,又不能吁天请命,致永诀慈颜。擗踊之馀,自伤白发,知暌离膝下,亦不多时。恐一息不来,而半词莫措,则人子显亲之志,遗恨弥深。此张凭诔母之文,伊川状母之作,所为泪墨交挥,而不能自已也。"

七月二十三日得子阿迟。有《七月二十三日阿迟生》诗。

《诗话》卷十二云:"余六十三岁,方生阿迟。"

乾隆四十四年己亥(1779)　六十四岁

正月出游杭州、绍兴。三四月之间与赵翼初晤于杭州。

《诗集》卷二十六《谢赵耘菘观察见访湖上,兼题其所著〈瓯北集〉》二首其一云:"乍投名纸已心惊,再读新诗字字清。愿见已经过半世,深谈争不到三更。花开锦坞登楼宴,竹满云栖借马行。待到此间才抗手,西湖天为两人生。"

继续搜集材料,撰写《夷坚志》(《子不语》)。

《诗集》卷二十六《余续〈夷坚志〉未成,到杭州得逸事百馀条,赋诗志喜》云:"老去全无记事珠,戏将小说续《虞初》。徐铉悬赏东坡索,载得杭州鬼一车。"

作《自题》诗,自评诗之风格。

《诗集》卷二十六《自题》云:"不矜风格守唐风,不和人诗斗韵工。随意闲吟没家数,被人强派乐天翁。"

乾隆四十五年庚子(1780)　六十五岁

赋诗首标性灵。

《诗集》卷二十六《静里》:"静里工夫见性灵,井无人汲夜泉生。"

作文诠释"性灵"含义:"性情"与"灵机"。

《文集》卷二十八《钱玙沙先生诗序》:"庚子秋……尝谓千古文章,传真不传伪。故曰:'诗言志。'又曰:'修词立其诚。'然而传巧不传拙,故曰:'情欲信,词欲巧。'又曰:'神也者,妙万物而为言。'古之名家,鲜不如此。今人浮慕诗名而强为之,既离性情,又乏灵机,转不若野氓之击辕相杵,犹应《风》、《雅》焉。"

乾隆四十六年辛丑(1781)　六十六岁

与罗聘(字遯夫,号两峰)结识,题其《鬼趣图》等。

《诗集》卷二十六《题两峰〈鬼趣图〉》三首其一云:"我纂鬼怪书,号称《子不语》。见君画鬼图,方知鬼如许。得此趣者谁,其惟吾与汝。"

作《仿元遗山〈论诗〉》三十八首。论及康熙至乾隆朝诗人七十人。有王新城、吴梅村、查他山、厉樊榭、黄仲则、夫己氏(翁方纲)等著名诗人。明确倡导诗歌之"性灵"。

《诗集》卷二十七《仿元遗山〈论诗〉》小序云:"遗山《论诗》古多今少,余古少今多,兼怀人故也。其所未见与虽见而胸中无所轩轾者,俱付阙如。"评夫己氏:"抄到锺嵘《诗品》日,该他知道性灵时。"

乾隆四十七年壬寅(1782)　六十七岁

与刘霞裳正月出游天台、雁荡,五月回归,赋诗甚多。有《将至天台,溪急岭高,势难遽上》、《从国清寺到高明寺看一路山色》、《到石梁观瀑布》、《观大龙湫作歌》诸诗与《浙西三瀑记》等文。

《诗集》卷二十八《正月廿七出门,五月廿七还山》云:"为访名山别故山,还山诸事喜平安。到门细数养成竹,入户喜逢初放兰。过眼云峦魂尚绕,扶身筇杖露初干。挑灯急写新诗稿,多少风人要索看。"

乾隆四十八年癸卯(1783)　六十八岁

四月与刘霞裳出游黄山,六月归。有《从慈光寺步行,穿石洞上木梯到文殊院》、《雨后自文殊院左折而下,过百步云梯、一线天、鳌鱼洞,是黄山最高处》诸诗与《游黄山记》等文。

《诗集》卷二十九《四月六日出门,六月五日还山》有云:"自是出山云,来去总随意。"

游黄山期间与姚鼐相见。

姚鼐《惜抱轩文集》卷十四《〈随园雅集图〉后记》有云:"……其后鼐以疾归,闲居于皖,简斋先生游黄山过皖,鼐因得见先生于皖。"

黄仲则客死山西,作《哭黄仲则有序》。

《诗集》卷二十九《哭黄仲则有序》云:"仲则名景仁,常州秀才,工诗,七古绝似太白。流落不偶,年三十馀,客死山西。"诗云:"叹息清才一代空,信来江夏丧黄童。多情真个损年少,好色有谁如《国风》?半树佛花香易散,九天仙曲韵难终。伤心珠玉三千首,留与人间唱《恼公》》。"

乾隆四十九年甲辰(1784)　六十九岁

花朝后三日(二月初五),应端州太守从弟袁树之邀,与刘霞裳出游岭南,翌年正月十一日还山,行程万馀里,历时近一年。往返有《登小姑山》、《过梅岭》、《端州纪事诗》、《从端江到桂林一路山水奇绝……》、《潇湘》、《过洞庭湖水甚小》、《腊月二十六日阻风彭泽,谅岁内不能还家,赋诗自遣》诸诗与《游庐山黄崖遇雨记》、《游丹霞记》等文。

《续文集》卷二十九《游丹霞记》有云:"甲辰暮春,余至东粤,闻仁化有丹霞之胜,遂泊五马峰下,别买小舟,沿江往探。山皆突起平地,有横皴,无直理,一层至千万层,箍围不断。疑岭南近海多螺蚌,故峰形亦作螺纹耶?尤奇者,左窗相见,别矣,右窗又来;前舱相见,别矣,后舱又来。山追客耶?客恋山耶?舛午惝恍,不可思议……"

赴岭南途中抵南昌探望病废家居的蒋士铨,许诺为其诗集作序,来日为其撰墓志铭。

《诗集》卷三十《蒋苕生太史病废家居,因余到后力疾追陪作平原十日之饮,临别赠歌》有云:"……膝前森立三琼枝:长君献赋趋南畿,仲子鸣鞭试礼闱,三郎长斋步步随,搔摩疴痒扶履綦。见赠五言玉雪霏,才子孝子人中师。手抱万首藏园诗,拜述爷命言偲偲。属我细读加检披,意若难逢某在斯。士安一序千秋垂,其馀作者肱可麾……恨我粤行难久羁,遨游山川老更痴。上堂再拜将歌骊,先生掩面心凄其。自取行状付我窥,公虽不言我已知:果然贱子死或迟,贞铭舍我将寻谁?我亦自伤两鬓丝,临行涕下如缏縻。今生休矣来生期,云龙相逐苔岑依,天上地下无参差。长江知我难别离,逆风日日船头吹。"

乾隆五十年乙巳(1785) 七十岁

作《七十生日作》诗抒怀。

《诗集》卷三十一《七十生日作》有云:"解龟四十年,著述百馀卷。多少显荣人,随风作云散。而我独悠然,青莲留一半。爱惜一片云,不肯三公换。悟彻万缘空,不屑空门窜。食不喜重味,而恰精肴馔;气不识金银,而亦多清玩。心安身即行,阴阳非所惮;理足口即言,往往翻前案。乐自寻孔、颜,学不拘宋、汉……"

作诗嘲讽考据。

《诗集》卷三十一《考据之学莫盛于宋以后……》:"东逢一儒谈考据,西逢一儒谈考据。不图此学始东京,一丘之貉于今聚……"

乾隆五十一年丙午(1786) 七十一岁

八月与刘霞裳出游武夷山。有《过仙霞岭》、《到武夷宫望幔亭峰作》、《登天游一览楼览武夷全局,是夕月明如画》诸诗与《游武夷山记》文。

《诗集》卷三十一《八月二十八日出游武夷》云:"半生梦想武夷游,此日裁呼江上舟。山抱文心传九曲,水摇花影正三秋。神仙半面何时露,锦幔诸君识我不?拟唱《宾云》最高调,支筇直上碧峰头。"《续文集》卷二十九《游武夷山记》有云:"凡人陆行则劳,水行则逸。然山游者,往往多陆而少水。惟武夷两山夹溪,一小舟横曳而上,溪河湍急,助作声响。客或坐,或卧,或偃仰,惟意所适,而奇景尽获,洵游山者之最也……"

乾隆五十三年戊申(1788) 七十三岁

赴常熟,收孙原湘(字子潇,号心青)为弟子。

《诗话》卷十一云:"戊申过虞山,竹桥太史荐士六人。孙子潇《长干里》云:……"

乾隆五十四年己酉(1789) 七十四岁

收孙云凤(字碧梧)为女弟子。

《诗集》卷三十二《答碧梧夫人附来札》小序有云:"夫人名云凤,字碧梧,吾乡令宜观察之长女。余年十四,与其曾祖讳陈典者同赴己酉科试,今六十年矣。夫人自称女弟子,和余《留别杭州》诗见寄,来札云:'……云凤得蒙清训,已列门墙。忝在弟子之班,妄窃诗人之号。自顾弥增惭汗,问世益觉厚颜。务祈先生,即加针砭,附便掷还,万勿灾诸梨枣,徒滋贻笑方家。'"

乾隆五十五年庚戌(1790) 七十五岁

扬州洪建侯代刊《随园尺牍》,作诗赠之。

《诗集》卷三十二《赠扬州洪建侯秀才》有句云:"特借僧厨款摩诘,

代刊尺牍宠陈遵。(蒙刻《随园尺牍》。)"

自刻《随园诗话》。

顾学颉校点本《随园诗话·校点后记》有云:"本书根据乾隆庚戌和壬子随园自刻本,加以校订和标点"。袁枚致李宪乔书:"仆近梓《随园诗话》二十卷……约今冬明春可以告成,即当驰寄……况仆已加圣人一年……尚何不足?"①此书写于上年七十四岁。

暮春回杭州扫墓,四月十三日与众才女大会湖楼,广收女弟子。

《诗话补遗》卷一云:"庚戌春,扫墓杭州,女弟子孙碧梧邀女士十三人,大会于湖楼,各以书画为贽。余设二席以待之。"《随园女弟子诗选》卷一附杂作孙云凤《湖楼送别序》有云:"吾随园夫子……庚戌四月十三日,因停扫墓之车,遂启传经之帐。凤等抠衣负笈,问字登堂。一束之礼未修,万顷之波在望。畅幽情于觞咏,雅会耆英;作后学之津梁,不遗闺阁。持符招客,女弟子代使者之劳;置酒歌风,武夷君作幔亭之会……"

姚鼐至金陵主讲崇正书院,访随园,袁枚与之重逢。

姚鼐《惜抱轩文集》卷十四《〈随园雅集图〉后记》有云:"(乾隆四十八年)简斋先生游黄山过皖,鼐因得见先生于皖。又后七年,鼐至金陵,始获入随园观之,鱼门语不虚也。"

秋腹疾久而不愈,"有感于相士寿终七六之言,戏作生挽诗,招同人和之"(《诗话补遗》卷六)。有《腹疾久不愈作歌自挽,邀好我者同作焉,不拘体,不限韵》诸诗。

《诗集》卷三十二《诸公挽章不至,口号四首催之》其一云:"久住人间去已迟,行期将近自家知。老夫未肯空归去,处处敲门索挽诗。"

---

① 引自包志云《从袁枚佚札佚文看〈随园诗话〉版本及刻书时间》,《古籍整理研究学刊》2004年第1期。

乾隆五十六年辛亥（1791） 七十六岁

作《遣兴》七绝组诗明志。

《诗集》卷三十三《遣兴》二十四首其六云："独来独往一枝藤，上下千年力不胜。若问随园诗学某，三唐两宋有谁应？"其二十二云："郑、孔门前不掉头，程、朱席上懒勾留。一帆直渡东沂水，文学班中访子游。"

除夕作告存诗。

《诗集》卷三十三《除夕告存戏作七绝句》小序云："三十年前，相士胡文炳道余六十三而生子，七十六而考终。后生子之期丝毫不爽，则今年七六之数，似亦难逃。不料天假光阴，已届除夕矣，桑田之巫不召，狸脤之梦可占。将改名为刘更生乎，李延寿乎？喜而有作。"其六云："相术先灵后不灵，此中消息欠分明。想教邢璞难推算，混沌初分蝙蝠精。"

乾隆五十七年壬子（1792） 七十七岁

二月二十八日出门与陈斗泉秀才重游天台①。归来于杭州再招女弟子七人作诗会，于苏州召诸闺秀聚会于绣谷园。五月二十一日还山。

《诗集》卷三十四《二月二十八日出门重游天台》二首其一云："一息尚存我，千山不让人。重携灵寿杖，直渡大江春。柳絮飞如雪，桃花吹满身。亲朋齐莞尔，此老越精神。"《随园女弟子诗选》卷三孙云鹤《随园先生再游天台归，招集湖楼送别，分得"归"字》云："斯楼曾宴集，此日复登临。（庚戌先生来杭，亦以是日宴于此楼。）浮荇涵芳沼，余花缀绿阴。旧游还历历，弟子更森森。（潘、钱两女史新受业。）讲席奇方问，离宴酒又斟。教人歌折柳，看客写来禽。（时梦楼年伯在座作书。）"

《续同人集·闺秀类》有张滋兰、顾琨、江珠、尤澹仙、金兑、金逸、周澧兰、何玉仙《集绣谷园送随园先生还金陵》诗。顾琨有句云："吟遍

---

① 傅谱云：乾隆五十八年癸丑重游天台。误。

天台归路遥,吴门饯别雨潇潇。"

乾隆五十八年癸丑(1793)　七十八岁

洪亮吉(字稚存)推荐张问陶(字仲冶,号船山),袁枚与张氏相知交往。

《诗话补遗》卷六云:"余访京中诗人于洪稚存,洪首荐四川张船山太史,为遂宁相国之后;寄《二生歌》见示,余已爱而录之矣。"张问陶《船山诗草》卷十有《癸丑假满来京师,闻法庶子云同年洪编修亮吉寄书袁简斋先生,称道予诗不置。先生答书曰:吾年近八十可以死,所以不死者,以足下所云张君诗犹未见耳。感先生斯语,自检己酉以来近作,手写一册,千里就正,以结文字因缘,书毕并上绝句一首。先生名满天下,颂赞之词日满耳目。此二十八字不过留为吾家记事珠而已。然他日有为先生作志传者,欲形容先生爱才之心,老而弥笃,或即引予此诗以为佳证,不又为后人增一段佳话耶?》诗。

作《二闺秀诗》,赞誉女弟子席佩兰、孙云凤。

《诗集》卷三十四《二闺秀诗》云:"扫眉才子少,吾得二贤难。鹫岭孙云凤,虞山席佩兰。天花双舞管,瑶瑟九霄弹。定是嫦娥伴,风吹落广寒。"

乾隆五十九年甲寅(1794)　七十九岁

《诗话补遗》卷七云:"甲寅花朝前一日(引者按,指二月初一),余赴友人三游天台之约。"但并未成行,不仅诗集中毫无反映,且据新发现之手抄本袁枚《纪游册》:二月七日出门,五月二十四日到家,只南游至嘉兴①。

《尺牍》卷九《谢奇中丞》有云:"今春,自二月七日渡江后,一路扬

---

① 袁枚与友人有"三游天台之约",实未到天台。傅谱确定是年"三游天台",不确。手抄本袁枚日记系笔者从袁枚第八代孙袁建扬处觅得,详参笔者《手抄本袁枚日记现身》,《光明日报》2008年10月6日国学版。

帆打桨,游历于吴山越水之间,直至看过水嬉,游毕洞庭(引者按,指太湖洞庭山),才归白下,业已百有余日矣。"①

张问陶赠《寄简斋先生》,袁枚作《答张船山太史寄怀即仿其体》②。

《寄简斋先生》有句云:"公八十,我三十,前世已堪称父执。我庚戌,公己未,二十三科前后辈。人海何茫茫,望公如隔世,因缘毕竟缘文字。"《答张船山太史寄怀即仿其体》有句云:"忽然洪太史(稚存),夸我得奇士:西川张船山,荦荦大才子。"

乾隆六十年乙卯(1795)　八十岁

据手抄本袁枚《纪游册》,先记二月初一南游,至二十九日抵镇江而止;后记闰二月初八出游杭州、四明山等地,五月二十七日到家。其间三月子阿迟于苕溪(今浙江湖州)完婚。

《尺牍》卷九《谢李河台香林先生》有云:"今春闰月八日,枚率阿迟渡江,了向平之愿,作列子之游。稚子索妇苕溪,贱叟看山雪窦;走屐齿未经之地,补奚囊未有之诗。一路花月流连,直至五月下旬,才还白下。"

嘉庆元年丙辰(1796)　八十一岁

朱石君尚书来书,教将集中华言风语删去,作《答朱石君尚书》明反理学之志。

《尺牍》卷九《答朱石君尚书》有云:"枚今年八十一矣,夕死有馀,朝闻不足,家数已成。试称于众曰'袁某文士',路行之人或不以为非;倘称于众曰'袁某理学',行路之人必掩口而笑……孔门四科,因才教

---

① 此信杨谱置于乾隆六十年。误。
② 《寄简斋先生》见于《船山诗草》卷十一《京朝集》甲寅年,袁枚答诗亦作于是年,见于《小仓山房诗集》卷三十五,卷三十四诗署壬子、癸丑,卷三十六诗署乙卯,而三十五卷亦署为乙卯,误,应为甲寅。

育,不必尽归德行,此圣道之所以为大也。宋儒硁硁然,将政事、文学、言语一绳捆绑,驱而尽纳诸德行一门,此程朱之所以为小也……"

冬下苏州、松江又得女弟子五人。

《诗集》卷三十七有翌年作《昨冬下苏松又得女弟子五人》云:"夏侯衰矣鬓双皤,桃李栽完到女萝。从古诗流高寿少,于今闺阁读书多。画眉有暇耽吟咏,问字无人共切磋。莫怪温家都监女,隔窗偷窥老东坡。"

嘉庆二年丁巳(1797) 八十二岁

病痢。有《余病痢医者误投参耆,遂至大剧》、《病痢剧甚,蒙张止原老友馈以所制大黄,闻者惊怖摇手。余毅然服之,三剂而逾,赋诗致谢》诸诗。

《诗集》卷三十七《病痢剧甚,蒙张止原老友馈以所制大黄,闻者惊怖摇手。余毅然服之,三剂而逾,赋诗致谢》云:"药可通神信不诬,将军竟救白云夫。(大黄俗名将军。)医无成见心才活,病到垂危胆亦粗。岂有酖人羊叔子,欣逢圣手谢夷吾。全家感谢回生力,料理花间酒百壶。"

作《示儿》诗,叮嘱勿参加科举考试。

《诗集》卷三十七《示儿》二首其二云:"可晓而翁用意深,不教应试只教吟。九州人尽知罗隐,不在《科名记》上寻。"

作《后知己诗》十一首,怀念故人,多为名卿巨公,如追封郡王福文襄公、大学士孙文靖公、四川总督和公琳等十人,而第十一人却是女弟子金逸。

《诗集》卷三十七《后知己诗》其十一《纤纤女子金逸》有句云:"梁朝简文帝,爱读谢朓诗。道不一日读,口臭却自知。纤纤一女子,爱我颇似之。道乐有八音,金石丝竹好。其馀鲍土革,爱者大抵少。仓山音节佳,馀音常袅袅。兼之情韵深,字外皆缭绕。宜乎感顽艳,传抄到海岛。斯言一以出,使我心倾倒……"

自知来日无多,闰六月五日给阿通、阿迟立遗嘱。

《文集》卷首《随园老人遗嘱》有云:"遗嘱付阿通、阿迟知悉:我以八十二之年,遭百馀日之病,自知不起;故于嘉庆丁巳年闰六月五日,将田产、衣袭分单交代……"

九月二十夜疾作。

《诗集》卷三十七《九月二十夜疾又作》云:"一病经年矣,周流总不除。升沉似飞鸟,来往类游鱼。未泊先催棹,将行又卸车。小儿真造化,戏我欲何如?"

病剧,知大限已至,作绝命词,留别随园。

《诗集》卷三十七《病剧作绝命词留别诸故人》云:"每逢秋到病经旬,今岁悲秋倍怆神。天教袁丝亡此日,人知宋玉是前身。千金良药何须购,一笑凌云便返真。倘见玉皇先跪奏:他生永不落红尘。"《再作诗留别随园》云:"我本楞严十种仙,揭来游戏小仓巅。不图酒赋琴歌客,也到钟鸣漏尽天。转眼楼台将诀别,满山花鸟尚缠绵。他年丁令还乡日,再过随园定惘然!"

十一月十七日(1798年1月3日)去世。

姚鼐《惜抱轩诗文集》卷十三《袁随园君墓志铭并序》序有云:"君卒于嘉庆二年十一月十七日,年八十二。"

参考文献:

1.《小仓山房诗集》、《文集》、《诗话》、《尺牍》、《随园女弟子诗选》等皆见《袁枚全集》,江苏古籍出版社1997年版。

2.《瓯北集》,上海古籍出版社1997年版。

3.《惜抱轩诗文集》,四部丛刊本。

4.《忠雅堂诗文集》,上海古籍出版社1993年版。

5.《船山诗草》,中华书局1986年版。
6. 方濬师《随园先生年谱》,大陆书局1933年版。
7. 杨鸿烈《袁枚评传》,商务印书馆1927年版。
8. 傅毓衡《袁枚年谱》,安徽教育出版社1986年版。

(原载《文学遗产》网络版)

袁枚评论

（一）关于袁枚诗的赞语

丁绍仪《听秋声馆词话》

昔有友人论及乾隆中诗人，推袁、蒋、赵为三大家，后毁誉各半，迄无定评。适姚君春木在座，言随园出入诚斋、放翁二家，而善于变化；藏园以山谷为宗，而排奡过之；瓯北学苏而离形脱貌，独出心裁，其气概皆足牢笼一切，惟去唐音尚远。

王昶《湖海诗传蒲褐山房诗话》

（袁枚）才华既盛，信手拈来，矜新斗捷，不必尽遵轨范；且清灵隽妙，笔舌互用，能解人意中蕴结。

朱先敬《螟庵杂诗》

随园诗学香山而加以新巧，兼有公安、竟陵之长，亦兼有两家之弊。然袁诗言情，实有独至之处。如《送女还吴》……婉转真挚，香山不能过也。

朱克敬《儒林琐记》

（袁枚）为诗文才气横逸，语必标新，尤喜奖掖后进，偏章断句，称誉不休。一时文士多宗之，公卿载贽，以得见为幸；高丽、琉球争购其诗。身后声名颇减，学者以为诟病，然亦不能废也……

杨子华《芳菲菲堂诗话》

张南山《论诗绝句》有云："随园一叟气难降，力奋船山鼎欲扛。

颇怪两雄兼悍泼,古诗不免杂油腔。"姚惜抱又谓随园诗为"诗家之恶派",洪北江又谓其诗"似通天神狐,醉即露尾"。然平心论之,随园诗聪明灵慧,要不可及。不善学者恐不能免南山"油腔"之讥矣。

严廷中《药栏诗话甲集》

至性至情,语易而实难,或以浅目之,非知诗者也。如袁子才先生《病中赠内》云:"千金尽买群花笑,一病才征结发情。"《送女还吴》云:"好如郎在安眠食,莫带啼痕对舅姑。"此种真挚语,在唐惟香山,在宋惟放翁耳。近代诸公集中不多见此。

延君寿《老生常谈》

海内近人诗,余所及读者不下百数十种。袁子才新颖,蒋心馀雄健,赵瓯北豪放,黄仲则俊逸,当以四家为冠;馀则各有好处。

吴应和等《浙西六家诗钞》

归愚宗伯以汉、魏、盛唐之诗唱率后进,为一时诗坛宗匠。随园起而一变其说,专主性灵,不必师古。初学立脚未定,莫不喜新厌旧,于是《小仓山房集》人置一编,而汉、魏、盛唐之诗,绝无挂齿。其有轶群之才,腾空之笔,落想不凡,新奇眩目,诚足倾倒一世。惟是轻薄浮荡习气,与《三百篇》"无邪"之旨相悖。数年来,虽声誉折减,而诗犹脍炙人口,流弊正无底止。兹取雅正而可为圭臬者录之。七古、七律尽有独出冠时之作,非白非苏,却有先民矩薙。至于五古之合度者,不过寥寥数篇……集中投赠应酬诸诗,多见才情,人皆乐于摹仿,各有抄撮。

邱炜菱《五百石洞天挥麈》

随园先生《小仓山房诗集》能言古人所未言,能达今人所欲言,是以语妙当时,而传后世。其不满于书佣亦以此。要知先生胸罗万卷,下笔有神,纵意所如,自兼众妙。今观集中典实诸题,一片灵光,流走贯注。若在他人为之,当不知如何使力矜词,死气满纸矣。要其所读之书果能过乎随园先生否?

先师同安曾廉亭先生,尝从容数说《小仓山房诗集》出后,世之雕虫家宗向随园,更有甚于八股朋友之依附朱子。因作《初月楼》语,曰:"我自心钦姚惜抱,拜袁揖赵让时贤。"盖有为之言也。平心论之,《小仓山房》诗虽间有俳体,而可学之章随在皆有。学而不善,乃学者之流弊耳。岂独随园,《风》、《雅》、《骚》、《选》、李、杜、白、苏,应声牛毛,继声麟角,正不知贻误多少后生!又岂古作者当时所能料及?若夫获益,则乃学子自为,未有起古作而代之为者,亦可见矣。

张维屏《国朝诗人征略·听松庐诗话》

随园之文,骈体尤工。诗则以七律为最,七绝次之,五古又次之。七古才华富赡,奔放有馀,然好为可惊可喜,遂或涉于粗浮,近于游戏者有之。盖名盛而心放,才多而手滑,诸体皆有游戏,而七古尤纵恣。惟七律中酬赠言情之作,无辞不达,无意不宣,以才运情,使笔如舌,此其专长独擅者也。

陆蓥《问花楼诗话》

先广文尝言:"长江、大河,泥沙俱下,不似井泉清洁。读古大家集,须存此见。"近日谈者于袁、蒋、赵三家各有微辞,然铅山雄直,瓯北排奡,随园舌如莲,笔如剑,皆能于岭南、江左诸家而外,独开门户者也。

法式善《梧门诗话》

袁子才令陕西日,《登华山青柯坪》诗云:"白日死崖上,黄河生树梢。"奇境奇语,可与孟东野"南山塞天地,日月石上生"句并传。

林钧《樵隐诗话》

随园、渔洋两先正之诗,皆能各树一帜,在本朝自是名家,但两公诗均可看而不可学……简斋主性灵,以天分胜也。

尚镕《三家诗话》

自明七子以后,诗多伪体、僻体。牧斋远法韩、苏,目空一代,然如危素之文,动多诡气。梅村、渔洋、愚山、独漉诸公,虽各擅胜场,而才力不能大开生面。三家(按:袁枚、蒋士铨、赵翼)生国家全盛之时,而才情学力,俱可以挫笼今古,自成一家,遂各拔帜而起,震耀天下,此实气运使然也。

子才之诗,诗中之词曲也。苕生之诗,诗中之散文也。云松之诗,诗中之骈体也。

子才如佳果,苕生如佳谷,云松如佳肴。

苕生有生吞活剥之弊,而子才点化胜之。云松有夸多斗靡之弊,而子才简括胜之。

苕生古诗好用僻韵,好次无韵,多牵强而无味。昌黎、山谷亦所不免,子才则无之也。

洪亮吉《北江诗话》

袁大令诗有失之淫艳者,然如"春花不红不如草,少年不美不如老",亦殊有齐梁间歌曲遗意。又,《月中苗歌》云:"胡蝶思花不思草,郎思情妹不思家。"词虽俚而亦有古意,不可以苗歌忽之也。

赵翼《读随园诗题辞》

其人与笔两风流,红粉青山伴白头。作宦不曾逾十载,及身早自定千秋。群儿漫撼蚍蜉树,此老能翻鹦鹉洲。相对不禁惭饭颗,杜陵诗句只牢愁。

只拟才华艳,谁知锻炼深。杀人无寸铁,惜墨抵兼金。古鬼忽然泣,生龙不可擒。挑灯重相对,想见妙明心。

赵翼《偶阅小仓山房诗再题》

不拘格律破空行,绝世奇才语必惊。爱宿花为胡蝶梦,惹销魂亦野狐精。幺弦欲夺《霓裳曲》,赤手能摧武库兵。老我自知输一着,只因不敢恃聪明。

徐世昌《晚晴簃诗汇》

简斋诗本清超,特好以天资使其学力,往往傥荡不自矜练。能状难显之境,写难喻之情;又好以通俗语入诗,以古今事供其玩弄,成如脱口,实亦由酝酿而来。……

郭麐《灵芬馆诗话》

国朝之诗,自乾隆三十年以来,风会一变。于时所推为渠帅者凡三家,其间利病可得而言。随园树骨高华,赋材雄鸷,四时在其笔端,百家供其渔猎,而绝足奔放,往往不免。正如钟磬高悬,琴瑟迭奏,极其和雅,可以感动天人,协平志气,然鱼龙曼衍,黎轩眩人之戏,亦杂出其间,恐难登于夔、旷之侧……要皆各有心胸,各有诣力,善学者去其皮毛,而取其神髓可矣。

康发祥《伯山诗话》

乾隆朝诗人尤著者,必推袁简斋枚、蒋心馀士铨、赵耘崧翼三家。耘崧之诗,自谓第三人,而简斋老人因自居第一矣……简斋才情恣肆,一泻千里,其弄笔时如天马行空,绝无羁勒,措词遣事,恒于琳琅古籍之间,并及断烂朝报,云谲波诡,供其驰驱……

蒋士铨《读随园诗题辞》

我读随园诗,古多作者我不知。古今只此笔数枝,怪哉公以一手持!意所欲到笔注之,笔所未到意孳孳。好风摇曳春云姿,雷雨卷空分疾迟。神仙龙虎杂怒嬉,幽禽古木山四围。水光淡淡花垂垂,境界起灭微乎微。难达之情息息吹,难状之景历历追。我忽欢喜忽伤悲,忽叫忽跃忽嗟咨。口权目量心是非,我身傀儡诗牵丝。问我不知旁人疑,如沐酥酪润肤肌,如饮醇酾沁肝脾,如礼杖拂回愚痴,如受砭刺起癃疲。海岳幽奥林泉奇,气象入笔皆可窥。高才博学严矩规,心兵意匠极限危,归诸自然出淋漓,公曰我诗无常师,取长弃短各有宜;倾沥精液掷毛皮,取友求益吾无私。先生天才重伦彝,至情感人皆涕洟。每值生死当别离,由片言至千万词。不少不多相授施,魂销肠断噫嘘唏!圣贤万古情若斯,否则其言传者希。我诗感公加针锥,凡我所短攻弗遗。刚济以柔戒恣睢,裁缩锻炼旧炉锤。请事斯语曷敢违,公惧弗传谁庶几?索报恳恳命点嗤,壮健无疾求良医。调和血气慎参蓍,敢妄攻补促尪羸,冊载所作手芟夷:美人对镜修容仪,钗裙佩带生光辉;玉工怀璧精磨治,白圭莹洁除瑕疵。浅深功力年可推,江河发源无所亏。及放四海宁竭衰,况公遗荣乐岩扉,忠孝所溢诗书滋。后进我幸生同时,愿写副本藏屋屪,千秋岁月堂堂驰,读公诗者如何思!

舒位《乾嘉诗坛点将录》

及时雨袁简斋枚。【赞】非仙非佛,笔札唇舌,其雨及时,不择地而施。或膏泽之沾溉,或滂沱而怨咨。

舒位《瓶水斋诗话》

袁简斋以诗、古文主东南坛坫,海内争颂其集,然耳食者居多。惟王仲瞿游随园门下,谓先生诗惟七律为可贵,馀体皆非造极。余读《小仓山房集》一过,始叹仲瞿为知言。尝论七律至杜少陵而始盛且备,为一变;李义山瓣香于杜而易其面目,为一变;至宋陆放翁专工此体而集其成,为一变。凡三变,而他家之为是体者,不能出其范围矣。随园七律又能一变,虽智巧所寓,亦风会攸关也。

袁、蒋两家诗,实是劲敌。袁长于抒写情性,蒋善于开拓心胸;袁之功密于蒋,蒋之格高于袁。各有擅场,不相依附也。

潘瑛、高岑《国朝诗萃初集》

先生早岁知名,中年退隐。生平出处,卓有可观,聚书数万卷于小仓山房,吟诵不辍者四十馀年。诗自汉、魏以下迄于本朝,无所不窥,亦无所依傍。惊才绝艳,殊非株守绳墨者所能望其项背。晚年颓放不羁,一时依附门墙、妄希声誉者奔走恐后。谢世未久,则反唇而讥,百端攻击,良可悼叹。然斯人信其必传,千秋自有公论。先生尝论渔洋诗云:"不相毁谤不相师。"瑛于先生亦若是焉耳。

(二)关于袁枚诗的贬词

刘师培《论近世文学之变迁》

若夫简斋、稚威、仲瞿之流,以排奡自矜。虽以气运辞,千言立就,然乱而无序,泛滥而无归,华而不实,外强中干;或怪诞不经,近于稗官家言。文学之中,斯为伪体,不足以言文也。

朱筱珍《筱园诗话》

考袁枚一生,最工献谀时贵。其集具可覆按,有藉诗以渔利耳。乃故作昧心之语,以饰己过,亦可丑也。后生勿受其愚。

陈廷焯《白雨斋词话》

《小仓山房诗》,诗中异端也,稍有识者无不吐弃之,然亦实有可鄙之道,不得谓鄙之者之过。似令简斋当日,删尽芜词,仅存其精者百馀首(多存近体,少存古体,不必存绝句,极多以百馀首为止,更不可再多。)传至今日,正勿谓不逮阮亭、竹垞诸公也。惟其不能割舍,夸多斗靡,致使指摘交加,等诸极恶不堪之列,亦其自取。习倚声音,尤不可不察。

陈声聪《兼于阁诗话》

诚斋诗,袁子才甚推崇之,然子才浅薄,无诚斋之深韵高致。盖诚斋自言初喜山谷、荆公,而后返于唐人者也。

杨钟羲《雪桥诗话》

湘潭欧阳功甫《与罗秋浦书》,谓袁、蒋、赵才力甚富,不屑炼以就法,故多浅直俚诨之病,不能及古而见喜于流俗。

李调元《雨村诗话》

袁子才诗好为大言,亦是一病。如五言云:"不敢吞云梦,休登黄鹤楼。"七言云:"仰天但见有日月,摇笔便知无古今。"未免太狂。又作《子才子歌》云:(略)。此与英雄欺人之王弇州何异?

金天羽《与郑苏戡先生论诗书》

清乾隆盛时,仓山诗卷,已夺渔洋、归愚之席,挟其藻缋,上媚侯王,下奖轻薄之子。洎嘉、道间,诗教凌迟,诐言躁行之徒接迹,则仓山之烈也。

林昌彝《射鹰楼诗话》

作诗最忌诗名太盛,每见诗家名盛之后,多率意为之。朱竹垞、袁简斋膺鸿词科后,诗歌一变,而简斋尤深。学者尚深戒之。

(袁枚)召试鸿博以后,猖狂恣肆,诗格日卑。其《子才子歌》及赠其门人刘霞裳诗,有碍风俗,颇失诗旨,无足取也。

尚镕《三家诗话》

子才律诗往往不对,盖欲追唐人高唱也,然失之率易矣。

子才风流放诞,遂诗崇郑、卫,提倡数十年。吴、越间聪明儿女,今犹以之藉口,流弊无穷。此为风雅之罪人。悻子居志孙韵之墓,所以极力诋之也。

过求新巧,必落纤小家数,如子才"殿上归来履几双,三分天下更分香",云松"如此华容嫁穷羿,教他那得不分离"之类,乃晚唐、元人恶派,以之入词曲可也。

施山《姜露庵杂记》

大抵乾、嘉间诗人,如袁、赵、孙、洪诸公,天禀皆高,观古人诗时,意气已压其上,不暇沉思,非惟观明贤诗如是,即于汉、唐亦莫不然。故其诗锤炼者鲜,而议论多在皮毛之间。

洪亮吉《北江诗话》

诗固忌拙,然亦不可太巧。近日袁大令枚《随园诗集》颇犯此病。袁大令枚诗如通天神狐,醉即露尾。

姚鼐《惜抱轩尺牍·与鲍双五》

今日诗家大为榛塞,虽通人不能正见。吾断谓樊榭、简斋皆诗家之恶派。

梁启超《清代学术概论》

乾隆全盛时,所谓袁(枚)、蒋(士铨)、赵(执信)①三大家者,臭腐殆不可向迩。

章学诚《文史通义·书坊刻诗话后》

……近有倾邪小人(按:指袁枚),专以纤佻浮薄诗词倡导末俗,造然饰事,陷误少年,蛊惑闺壸,自知罪不容诛,而曲引古说,文其奸邪。

黄培芳《香石诗话》

论诗主一"新"字,未尝不是,亦当有辩……一味以轻脆佻华为新,子才倡之于前,雨村扬之于后,几何不率风气日流于卑薄,是可叹也。

子才论阮亭诗,谓"一代正宗才力薄",因思子才之诗,所谓才力不薄,只是夸多斗巧,笔舌澜翻,按之不免轻剽脆滑,此真是薄也。

---

① 原文如此,乾隆三大家一般指袁枚、赵翼、蒋士铨。

潘清《挹翠楼诗话》

瓯北古诗议论警辟,机趣横生,真是独开生面。惟气不淳厚,遂觉剽而不留,随园亦坐此病。

潘德舆《夏日尘定轩中取近人诗集纵观之戏为绝句》

蒋、袁、王、赵一成家,六义颓然付狭邪。稍喜清容有诗骨,飘流不尽作风花。

一览表

（一）袁枚家族亲属一览表

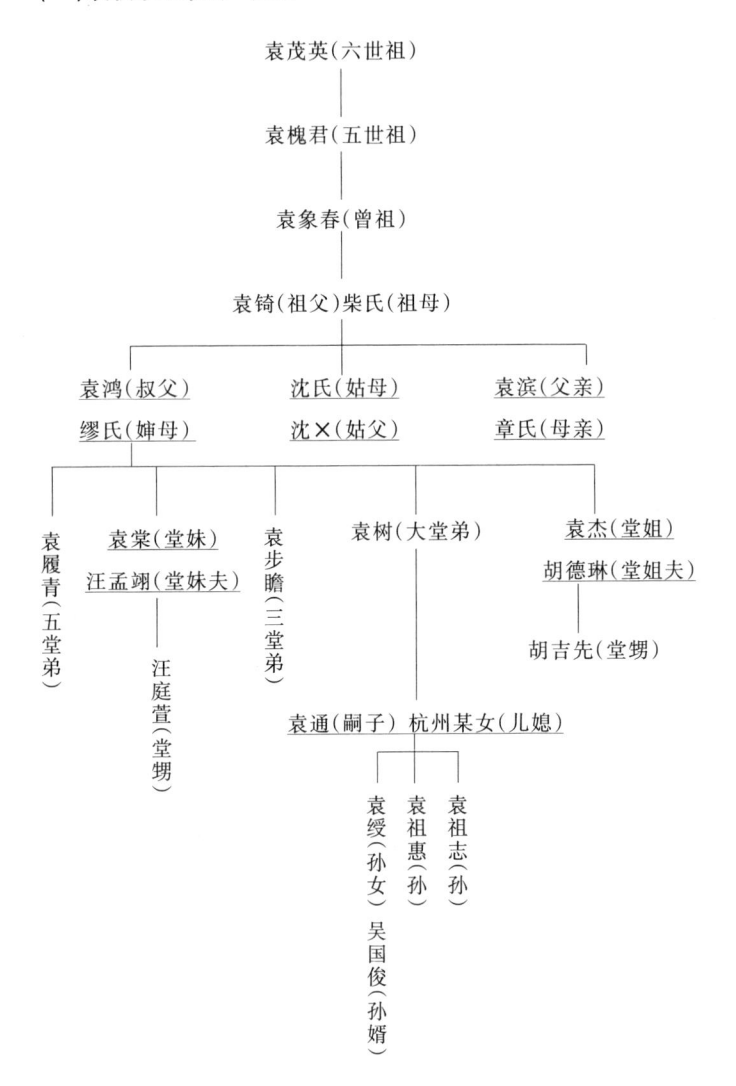

```
                    袁茂英（六世祖）
                         │
                    袁槐君（五世祖）
                         │
                    袁象春（曾祖）
                         │
                 袁锜（祖父）柴氏（祖母）
                         │
        ┌────────────────┼────────────────┐
     袁鸿（叔父）      沈氏（姑母）        袁滨（父亲）
     缪氏（婶母）      沈×（姑父）        章氏（母亲）
        │                │                │
   ┌────┼────┐           │        ┌───────┼───────┐
 袁履青 袁棠  袁步瞻    袁树（大堂弟）    袁杰（堂姐）
（五堂弟）(堂妹) (三堂弟)                  胡德琳（堂姐夫）
        汪孟翊                              │
       （堂妹夫）                        胡吉先（堂甥）
          │
       汪庭萱
      （堂甥）
                袁通（嗣子）杭州某女（儿媳）
                         │
              ┌──────────┼──────────┐
           袁绥         袁祖惠      袁祖志
          （孙女）       （孙）      （孙）
           吴国俊
          （孙婿）
```

280

续　表

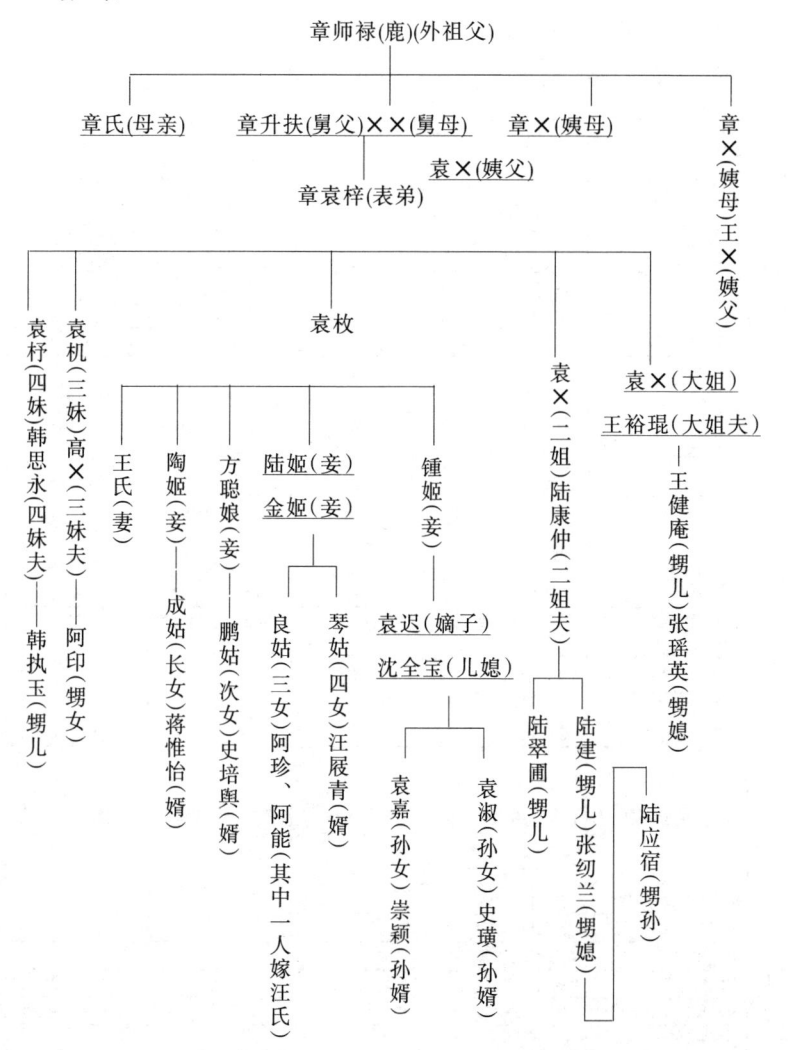

```
                    章师禄(鹿)(外祖父)
        ┌──────────────┬──────────────┬──────────────┐
     章氏(母亲)   章升扶(舅父)××(舅母)   章×(姨母)      章×(姨母)王×(姨父)
                        │              袁×(姨父)
                    章袁梓(表弟)
```

- 袁杼(四妹)韩思永(四妹夫)——韩执玉(甥儿)
- 袁机(三妹)高×(三妹夫)——阿印(甥女)
- 袁枚
  - 王氏(妻)
  - 陶姬(妾)——成姑(长女)蒋惟怡(婿)
  - 方聪娘(妾)——鹏姑(次女)史培舆(婿)
  - 陆姬(妾)
  - 金姬(妾)
    - 良姑(三女)阿珍、阿能(其中一人嫁汪氏)
    - 琴姑(四女)汪屐青(婿)
  - 锺姬(妾)
    - 袁迟(嫡子)
    - 沈全宝(儿媳)
      - 袁嘉(孙女)崇颖(孙婿)
      - 袁淑(孙女)史璜(孙婿)
- 袁×(二姐)陆康仲(二姐夫)
  - 陆建(甥儿)张纫兰(甥媳)
  - 陆翠圃(甥儿)
- 袁×(大姐)王裕琨(大姐夫)
  - 王健庵(甥儿)张瑶英(甥媳)
  - 陆应宿(甥孙)

说明：此表据顾远芗《随园诗说的研究》（商务印书馆1936年版）第19—20页附表予以增改修订，重新编制。

(二)袁枚著、编一览表

	书 名	著 者	编校者	卷 数	编讫初刻时间	版 本
著述之作	小仓山房诗集	袁 枚		正三十七卷、补二卷	嘉庆初年（约1796）	随园刻本
	小仓山房文集	袁 枚		正二十四卷续十一卷	嘉庆初年	随园刻本
	小仓山房外集	袁 枚		正六卷、补二卷	嘉庆初年	随园刻本
	袁太史稿	袁 枚		一卷	乾隆早期	随园刻本
	小仓山房尺牍	袁 枚		十卷	乾隆晚期	随园刻本
	牍外馀言	袁 枚		一卷	乾隆晚期	随园刻本
	子不语（新齐谐）	袁 枚		正二十四卷、续十卷	嘉庆初年	随园刻本
	随园诗话	袁 枚		正十六卷、补十卷	嘉庆初年	随园刻本
	随园随笔	袁 枚		二十八卷	约乾隆四十二年(1777)	随园刻本
	随园食单	袁 枚		一卷	乾隆五十七年(1792)	随园刻本
编纂之作	续同人集	张坚等	袁 枚	十四(类)	乾隆晚期	随园刻本
	八十寿言	王友亮等	袁 枚	六卷	嘉庆初年	随园刻本
	红豆村人诗稿	袁 树	袁 枚	十四卷	约嘉庆初年	随园刻本
	南园诗选	何士颙	袁 枚	二卷	乾隆五十二年(1787)	随园刻本
	碧映斋诗存	胡德琳	袁 枚	八卷	嘉庆初年	随园刻本
	渭君诗集	陆 建	袁 枚	二卷	约乾隆三十年(1765)	随园刻本
	袁家三妹合稿： 绣馀吟稿 盈书阁遗稿 楼居小草 素文女子遗稿	袁 棠 袁 棠 袁 杼 袁 机	袁 枚	四卷 （一卷） （一卷） （一卷） （一卷）	约乾隆三十六年(1771)	随园刻本
	随园女弟子诗选	席佩兰等二十八人，今存十九人	袁 枚	今存六卷	嘉庆元年(1796)	随园刻本
存目之作	州县心书	袁 枚		一卷		
	日 记	袁 枚				
	幽光集	袁枚亡友	袁 枚			
	五家集	袁树、陆建	袁 枚			
	今雨集	袁枚诗友	袁 枚			
	积翠轩诗稿	高 瞻	袁 枚			
	童二树诗稿	童 钰	袁 枚			
	陈淑兰诗稿	陈淑兰	袁 枚			

	书名	署名	作者	卷数	版本时间	版本
附录：托名"袁枚"之作	随园诗法丛话（实为《艺苑名言》）	托名"袁枚"	蒋洵云会氏	八卷	原乾隆四十八年（1783）后中华民国托名重印	原苕水怀谷轩藏版后上海碧梧山庄石印
	随园游戏奇文	托名"随园老人撰稿"		四卷	中华民国	上海文宝书局
	镜花水月	托名"随园老人撰稿"		十二卷	中华民国	上海文宝书局
	详注圈点诗学全书	署名"袁枚"		四卷	中华民国十四年（1925）	上海华美书局
	随园戏墨	署名"袁枚"		十六卷	中华民国十六年（1927）	上海校经山房成记书局《袁枚全集》本
	随园外史志异	署名"袁枚"				

283

我与袁枚的因缘

王英志

"因缘",乃佛教语,有所谓"前缘相生,因也;现相助成,缘也"之说,俗世则藉以表示一种机会、缘分。清代乾隆文坛盟主袁枚曾云:"余不喜佛法,而独取'因缘'二字,以为足补圣经贤传之失。身在名场五十年,或未识而相憎,或未识而相慕:皆有缘无缘故也。"(《随园诗话》卷三)袁枚是相信因缘的,我回首三十甚至四十来年的袁枚学习与研究,也不能不相信"因缘"说,证据恰巧是与独取"因缘"二字的袁枚"有缘",这很有意思。

我初知袁枚始于一九六四年十月十一日,当时我刚升入北京大学中文系二年级。北大位于西郊海淀,远离市中心王府井商业区。因为阮囊羞涩,我辈穷学子一年也难得进一次京城去闲逛。但是十一日这天是星期日,似乎鬼使神差,我竟破费乘上三十二路公交车进了城,直奔王府井去潇洒,经过新华书店就拐了进去。当时享受着国家助学金,以喂饱肚子为第一,平时几乎不买杂书,此次也无买书的打算,不过是"过屠门而大嚼"的意思,浏览而已。但橱窗里的一本书却在我眼前一亮:《读随园诗话札记》,作者郭沫若。郭沫若可是我钦佩得五体投地的大文豪,《随园诗话》则闻所未闻,不禁激起好奇心,因为我正热衷于写诗,诗话一定有写诗的"秘诀"吧?请营业员取出细看:价格三角二分(马上想到是我两顿饭钱),作家出版社一九六二年九月北京第一版。《随园诗话》是清代袁枚之作,郭序称:袁枚是"二百年前的文学巨子，其《随园诗话》一书曾风靡一世"，"近见人民文学出版社铅印出版（一九六〇年五月），殊便携带。旅中作伴，随读随记。其新颖之见已觉无多，而陈腐之谈却为不少"，于是以"今日之意识"，"揭其糟粕而糟粕之，凡得七十有七条"。这是我平生首次见到"袁枚"大名。薄薄一百来页的小册子，价格并不低，但奇怪的是我竟毫不犹豫地掏钱买下，返校后就在书的扉页上写下"英志一九六四年十月十一日购于王府井"的字样。从此与二百多年前的"文学巨子"袁枚结下"因缘"。

此后二年级学习、劳动无馀暇，三年级又下乡搞"四清"近一年，四、五年级更忙于参加"文革"，写大字报，打派仗，彻底抛弃了书本，所以直到一九六八年底毕业离开北大也没看到《随园诗话》原著，就被分配到了浙江新昌中学任教。原以为身处浙东偏僻一隅，此生与《随园诗话》是无缘相见了，未料"踏破铁鞋无觅处，得来全不费功夫"，一天我居然在学校小图书馆发现了心仪已久的袁枚《随园诗话》！当时可读之书实在寥寥，我在图书馆四处寻觅，忽然于角落里发现了几捆尘封的"禁书"，我斗胆上去查阅，竟从书脊上看到"《随园诗话上》"、"《随园诗话下》"一厚一薄两本书，皇天在上，这不是做梦吧？我惊呆了，看看周围无人，兴奋而紧张，竟"目无法纪"，解开麻绳，抽出二书，一看正是郭沫若所看的版本；于是再捆好其他书，又迅速擦去二书的灰尘，好像是从书架上取下的一样，拿着就去办理借阅手续。管理员眼神似乎有些狐疑，我心里有点打鼓，但一定是冥冥之中有袁枚保佑，书竟顺利借到手，我立即甩开脚步奔回宿舍。

《随园诗话》我借阅了很长时间，抽空就翻翻，渐渐觉得其称得上是一位略有瑕疵的美女，却被郭沫若先生涂抹成了丑婆。"陈腐之谈"自然难免，但其主旨是强调诗歌抒写性情、表现个性的本质；倡导艺术独创精神，反对复古摹拟；主张语言自然，批评堆砌典故；标举诗歌感人的魅力，不满沈德潜鼓吹的温柔敦厚诗教观等，都具有价值。郭沫若先生以偏概全,未免有些吹毛求疵了。不过此时也就是心中暗自评判而已,并不知以后会与袁枚有更深的因缘。

粉碎"四人帮"后,迎来文化教育的春天,一九七九年我考取江苏师范学院(今苏州大学)中文系钱仲联教授的首届研究生,获得广泛接触袁枚诗集、文集、尺牍等其他著作的机会,并了解到建国前后袁枚研究的信息,发现建国后袁枚研究论著不仅极少,而且多持否定态度。我感觉袁枚性灵说不仅极具理论价值,而且是研究清代诗学的重要枢纽,必须做篇翻案文章。于是决定以《袁枚"性灵说"新探》作为我的硕士论文。我为自己与袁枚正式结缘而欣喜。但未料自我把此打算向钱先生汇报后,却感到了无形的压力:钱先生并不喜欢我的选题。先生于清诗推重宗宋诗派,如对同光体评价甚高;而对袁枚人品庸俗一面与诗歌纤佻一面皆颇不以为然。这大概是先生对我选题不看好的原因。当然先生心地仁厚,并未提出反对,命我改题,而只是在讲课时经常有意无意地说几句袁枚的"坏话",我知道这是对我旁敲侧击,启发我"觉悟",他十分担心我选错题,影响毕业,实际希望我改题却不愿强我所难。我本不是乖巧的人,更因为与袁枚"因缘"的关系,尽管听课时如坐针毡,但您老既然没有明确命我改题,我就揣着明白装糊涂,最后还是战战兢兢地于一九八二年完成了这篇硕士论文,经过钱先生与徐中玉、王运熙、顾易生诸先生组成的答辩委员会的评审,顺利过关。先生自然很高兴,我则十分感激先生成全了我的论文。也许这是新时期第一篇比较全面地肯定袁枚"性灵说"的论文,后来还入选了"全国优秀博士硕士论文选"。而让我惊喜的是一九九四年第二期《文学遗产》发表了钱先生领衔署名的《袁枚新论》大文,对袁枚"性灵说"与诗坛地位给予了全新的极高的评价,先生与时俱进的精神使我深受感动,同时我心头积压多年的有违师意的歉疚也随之化解,继续深入研究袁枚的信心则更足矣。

研究生毕业后，我主编整理了四百一十三万字的《袁枚全集》。此书一九九三年初版，一九九七年重印，海内外发行量超过六千套。此书收袁枚著作十种，还有编辑之作等多种，应该是当时收集最全的"全集"。但是有两种手抄本未见而阙如：一是《州县心书》一卷，当为县谱之作；二是"日记"，或曰"纪游册"。袁枚《随园诗话补遗》卷七云："余所到必有日记，因师丹之老而善忘也。"俞樾《春在堂随笔》卷十记曰："袁枚随园纪游册，乃其元孙润字泽民所藏。"二书是否留存，一直是个谜。

但一个富于戏剧性的机缘，我竟然得到了认为已经失传的手抄本袁枚日记。那是二〇〇七年的一天，我忽然接到《扬子晚报》记者杨娟的来电，告知有读者要找寻袁枚的后人，但无处可寻，南京师范大学某教授介绍说可向我打听。我回答说，我主编《袁枚全集》时就想找到袁枚后人，希望得到些"秘籍"，但孤陋寡闻，没有结果，我也不知道袁枚是否有后人健在。此次采访见报不久，我收到一封陌生来信，说看了报纸对我的采访，自报家门就是袁枚第八代孙女袁建中。有这等巧事？我半信半疑，但经过后来的电子邮件往来，特别是建中传给我其父当年因南京要修建体育场，写给市政府要求保留其先祖袁枚墓地的申诉函以及政府的批复等材料，还有一张从未见过的袁枚像，使我确信"袁枚后人"不假，非常欣慰。于是我们见了面，建中带来一大本相册，有八九十张照片，竟是我渴望已久的手抄本袁枚日记的翻拍本。我当时的兴奋已非言语可表述，但遗憾的是照片较小，手书字迹看不大清楚。于是我问可有原件，答曰原件在其生活于海外的兄长袁建扬处；我又得寸进尺，问可否用数码相机翻拍一套供我研究，建中慨然答应。过了些日子，我终于见到翻拍清晰的袁枚日记。建扬先生于信中说："袁枚这本晚年游记经历了太平天国的烟火，逃避了日本人的炸弹，躲开了红卫兵的视线，抗过了二百多季江南黄梅天的潮湿及蛀虫的侵犯，终于找到了理想的归宿。也许,这正是她生命的新开端!"令人感慨系之。日记有草书、楷书、行书等四人笔迹,其中约四分之一为袁枚亲笔,张祥河《关陇舆中·偶忆篇》赞袁枚书法有云:"随园老人不以书名,而船山太史(按,张问陶)盛称其书,以为雅淡如幽花,秀逸如美士。"日记内容则是掌握袁枚晚年人生与思想的生动资料,也是了解乾隆盛世后期社会生活与习俗的鲜活教材,弥足珍贵。未料好事成双,二〇一二年夏我竟又得到了前所未闻的袁枚庚午、辛未、壬申诗集手稿,这是袁枚现存数量最多的诗歌手稿。

  我当年得到袁枚日记后曾感叹:人海茫茫,此日记独为我所得,非因缘而何耶? 今再得袁枚手稿,则深感所谓"因缘",实际是我长期研究袁枚所得的回报,所谓天道酬勤也。自一九八二年完成硕士论文《袁枚"性灵说"新探》,到二〇一一年《袁枚评传》再版,我的三十来本著作中,四分之一与袁枚有关,除了属于古籍整理类的《袁枚全集》、《袁枚诗选》等外,更有属于理论阐释类的《袁枚评传》、《袁枚和〈随园诗话〉》、《性灵派研究》等,还有文学传记类的《文采风流——袁枚传》,随笔类的《随园性灵》。因为对袁枚进行了较全面的开发,故学界朋友有"袁枚功臣"之戏言。而有了大量的付出,才有了《扬子晚报》就袁枚问题对我的采访,进而有了与袁枚八世孙与孙女的结识,袁氏兄妹为我对其先祖的执着研究所感动,这才有了袁氏兄妹的主动奉献,使袁枚日记问世、手稿现身。

(原载2009年4月16日《文汇报》,北京大学网"北大人物"曾转载)

后　记

　　我自 1979 年随钱仲联先生攻读清代诗学，经过一段时间摸索，就确定了以"袁枚性灵说内涵新探"作为我的硕士论文论题；完成此论文后，随着对袁枚的认识不断加深，对袁枚的兴趣也日益增强，于是研究的范围逐渐扩大。我在出版了《袁枚与随园诗话》（上海古籍出版社 1990 年版，台湾万卷楼图书有限公司 1993 年繁体字版）、《续诗品注评》（浙江古籍出版社 1989 年版）之前的 1986 年，就先完成了《袁枚诗选评》。当时，学界尚无袁枚诗的选本，正如著名学者吴调公先生当时为此书所作的序所言，"大约是三十年代，我曾经读过一本薄薄的《袁蒋诗选》，但作为袁氏专集的诗选还不曾见过，更不用说用马克思主义文艺观点去选评的了。"其所谓的"蒋"是指蒋士铨，与袁枚、赵翼齐名为乾隆三大家。

　　《袁枚诗选评》这部书稿杀青后即寄给了中州古籍出版社资深编辑王鸿芦先生。我并不认识王鸿芦先生，但读过她编辑的书稿《赵翼诗选》，对她很钦佩，很信任。而且袁枚的诗选可与赵翼的诗选相匹配。我没有失望，过了一段时间，王鸿芦先生赐覆表示准备采纳此书稿。虽然此前我刚出版了《清人诗论研究》（江苏古籍出版社 1986 年版）与《清人绝句五十家掇英》（山西人民出版社 1986 年版）两书，不复有出版处女作的狂喜，但仍非常欣慰，为第一本袁枚的诗选即将问世而高兴。

　　大概是一年以后，我收到了《袁枚诗选评》的校样。以前看自己的书稿校样，虽然辛苦，但却是很幸福的事，是一种精神享受。但面对这本书稿的校样，我却十分沮丧，甚至有点恼怒。这是什么校样啊！几乎没有书稿的格式可言，顺序还颠三倒四，至于文字错误百出已是不足道也。这简直是一份"恶作剧"的校样,我好像老虎看着一个刺猬,不知如何下口。尽管如此,我还是勉为其难地校订了两遍,只是如此反常的校样令我有一种不祥的预感。果不其然,校样寄回后就长时间杳无音讯。经不住我一再写信询问,王鸿芦先生终于回了我一封长信,道出了有关此书稿的一些内情。原来负责此书稿排版的印刷厂某人,是当时出版社一位主要领导的"公子",由于不便说明的原因,与编辑产生摩擦,糟蹋我的书稿校样即是其报复的手段之一。由于其特殊的身份,在他拒绝修改校样的情况下,出版社出版科居然无计可施,既不敢更换印刷厂,也不能命令他完成书稿的排版任务,于是此书稿的校样就被其束之高阁,不管不问了。王鸿芦先生是位正直的老知识分子,为此书稿的及时出版曾据理力争,不惜得罪那位"公子"及其老子,但胳膊怎么扭得过大腿?她为此气愤、苦恼,并觉得有些对不起我,只是家丑不可外扬,她无法向我说清。后来是被我逼急了,才稍微透露了一点消息。当我了解了此内情,我对此书稿的出版基本丧失了信心,抱着随它自生自灭的心情,不再管它了。但尊敬的王鸿芦先生却仍在较劲。在原主要领导下台,那位"公子"失去靠山之后的1992年,此书还是出版了。在此我要再次衷心感谢早已退休的王鸿芦先生。

在我终于见到这本袁枚诗选的样书后,却高兴不起来。由于长期折腾,出版环节又衔接不好,此书造成不小的遗憾。首先是拖了6年才出版,使它不再是第一本袁枚的诗选。其次校对质量极差。书名是《袁枚诗选》,版权页却是《袁枚诗选评》,吴调公先生的《序》与我写的《后记》所提及的也是《袁枚诗选评》(本该是此名);扉页上我的姓名还错成"王志英",正文的差错也不少;至于装帧、印刷、用纸之简陋粗糙,毫无美感,也是无法使人笑开颜的。因此,我甚至没有另购样书赠送友人,觉得实在拿不出手。

但我很快丢开了不快,继续投入到袁枚研究中去了。陆续主编整理了412万字的《袁枚全集》（江苏古籍出版社1993年初版，1997年修订再版），撰写了《性灵派研究》（辽宁大学出版社1998年版）、《袁枚》（春风文艺出版社1999年版）、《红粉青山伴歌吟——袁枚传》（东方出版社1999年版）、《袁枚暨性灵派诗传》（吉林人民出版社2000年版）、《袁枚评传》（南京大学出版社2002年版）等著作，几乎完成了我有关袁枚的既定计划，我的研究方向已转向清近代山水诗的研究。但是心中始终挥不去重新出版一本《袁枚诗选》的奢望，弥补那本令人失望的书所留下的遗憾，使我的袁枚研究能更圆满一些。前年曾经有过一次希望。当时我的导师、当代国学大师钱仲联先生尚健在，某出版社请我协助钱老主编一套"清代十大家诗选丛书"，其中一家就是袁枚，自然由我来承担撰写任务。但后来出版社取消了此计划，我的希望的肥皂泡也就破灭了。但我仍在等待着。大概是苍天不负苦心人，或者是袁枚有人缘，我终于在今年年初看到了实实在在的希望：人民文学出版社决定把《袁枚诗选》收入"明清十大家诗选"，这是袁枚的荣幸；周绚隆先生则把《袁枚诗选》的撰写任务交给了我，这是我的荣幸。多年的心愿将要实现，我真是万分喜悦。我不能不对人民文学出版社与周绚隆先生的信任与美意表示真挚的感激之情。

现在这本《袁枚诗选》是根据人民文学出版社的"丛书"体例重新撰写的。此书以随园自刻本《小仓山房诗集》为底本，并参照四部备要本，择善而从。凡异体字、繁体字皆改为规范简体字，避讳字、通假字亦径改通用字。入选诗仍依原顺序排列，于每首诗题的注释中标明该诗的写作时间，说明其所在原诗集的卷数。注释侧重于释字（冷僻字注音，并附常见同音字）与词。每句的释词列为一条。释词后一般附列前人较早的书证。典故尽量注明出处，说明其在诗中的意义。个别诗句予以串解。本书由中州古籍出版社初版时有著名古典文学研究专家吴调公教授热情赐序，现予恢复，以表怀念之意。另有前言，对袁枚的生平、思想、诗论以及诗歌思想与艺术特点作简要介绍。书末附录有关袁枚的传记、年谱、评论资料、家族及编著一览表,供读者深入研究时参考。原来的《袁枚诗选评》中有"点评"一项,此书已删去,但在注释〔1〕中增加了对该诗思想或艺术的简短说明文字。原来那本书选诗约 150 首,现此书则增至 200 首出头,可更充分地反映袁枚诗歌的成就与特点。

内子周嫣女士参加了此书的誊录、校订工作,特此说明并表谢忱。

我在《袁枚评传·后记》中曾说:"至此我长期的袁枚研究亦暂告一段落。"原以为此后不会再在袁枚身上下功夫了。未料两年以后,我又回归到袁枚研究了。此后又有《袁枚赵翼集》,批注本《随园诗话》等问世,特别是 2015 年浙江古籍出版社推出我独立编纂校点的 20 册《袁枚全集新编》,使我的袁枚研究画上了圆满的句号。此次修订再版《袁枚诗选》,可视为我袁枚研究的馀波而已。本书修订参考了李秋霞博士的意见,不敢掠美,特表谢忱。

王　英　志

2018 年 8 月于苏州大学凌云斋